烟火男女

晓秋 著

只有隔阂，才能让人与人之间沟壑纵横，可以让彼此的熟识变成生疏，让深情变得淡漠，让河变成江，让海变成洋。但是，我和肖意，我们之间能有多深多宽的沟？

中国文史出版社

第一章

1

天还尚早，打眼向外面一瞧，窗边才刚刚挂了一丝黛青，就接到尚文柳的电话，第一句便问肖意是不是在我家。

我还没从香甜的梦里醒过神来，正恼怒这大早不识时务的电话，没听出是尚文柳，嘟囔了一句，谁管得了她来着？

她没在你那儿啊？尚文柳的声音打足了气的球似的，一下子蹿出好高，我这才听出他的声音，恼怒的情绪顿时烟消云散，也不知前世欠了肖意什么，被她打扰不说，这大清早的还得叫她老公打扰。

我调整了一下表情，开玩笑地说道，怎么了，尚文柳，知道你对老婆好，也不能整得这样黏黏糊糊肉麻兮兮吧？肖意才出来几天哪，这就想她了？

不是不是，尚文柳赶紧说道，我只是想知道肖意是不是去了北京。怎么，你还不知道肖意到北京来了？她不是被单位公派来参加培

训的吗，她居然没跟你说？那你这个老公是怎么当的？老婆这么大的动向你都不了解，这老公做得可是大大的不称职。

肖意、她没和你说什么？我、最近是忙了一点，没顾得上关心肖意，结果她就跟我赌气，跑到北京去了也不和我说上一声，害我着急，到处打电话找她。知道她在北京就成。没事了，没事了。再见啊，陈伟悦！

挂上电话，我细细琢磨尚文柳的话，越想越觉这事儿不对劲儿，肖意到北京来，尚文柳居然不知道，而且，据我观察，肖意在去培训班之前，在我家住的几天里，也绝对没有跟尚文柳联系过。

吴天正在起床，瞅着我发呆的样子，他推推我，嘿，发什么呆呢？还不赶紧起床，不上班了？

肖意为什么不让尚文柳知道她到北京来？你说，他们夫妻之间是不是出现了什么问题？我问吴天。

吴天白了我一眼，真是狗拿耗子。告诉你，这没你什么事，人家肖意不告诉尚文柳有她不告诉的理由，你就别瞎操这个心了。好好地过你的日子好了。

哎，怎么说话的呢？我怎么狗拿耗子了？肖意是我的好朋友，她要有事，我跟着心里难过，知道不？所以我一定得了解真相，帮她化解与尚文柳之间的问题。

你以为你是谁？清官还难断家务事呢。我看你呀，最好问都不要问，夫妻间的事，是是非非，谁说得清？我看你还是别乱插一杠子，本来人家之间没什么事，叫你这一胡搅，没事也成有事了。吴天说道。

我一听也有理，肖意是一个激情四射的人，她对生活的追求可不像我这么平平淡淡，随遇而安，或者她到北京没告诉尚文柳是正想给他们的感情生活制造一些平平仄仄的东西出来，免得夫妻间日子过得长了，彼此都有些倦怠了。再说，要真有什么事，她能憋得住不告诉我？这么多年了，她经历的哪件事我不知道啊！

可这样的话叫吴天说出来，倒显得是我很多事。我心犹不甘，知道吴天不想将这个话题再延续下去，便嬉笑着故意问道，要是我也像肖意一样悄没声息地离开，你会怎样？会不会像尚文柳那样到处找我？

吴天皱了皱眉，你觉得做这样的设想有意思吗？

那什么有意思呢？

赶紧起你的床，叠你的被，安安稳稳过你的日子，别吃饱了撑得慌，尽干些没名堂的事。

教训完了我，吴天的衣裤也穿戴整齐了，站在床边看着我，我说干吗呢？

做饭去呀！

凭什么老是我做饭？我咕哝着，吴天像没听到一般，径自去卫生间洗脸刷牙。

人生就是这样欲罢不能！我很哲人地大声吼了一句，也没听到吴天的应答。

算了，顾不上肖意了，还是像吴天说的那样，安安稳稳地过自己的日子吧。我以最快的速度整理好自己，冲进厨房，开始烟熏火燎的一天。

2

我和肖意的友情可追溯的历史很长，得到我上小学三年级那会儿，因为父亲的工作调动，肖意跟着从邻县转学到了我们学校，成了我的

同班同学。那时的肖意正儿八经的一丑小鸭，瘦小黝黑，小眼睛，小鼻子，还不停地伸出舌头舔她那对厚厚的嘴唇，一头乱糟糟的头发朝天扎着，甭说有个女孩儿的样子了，简直像是街头的小乞丐嘛。

老师把她介绍给大家的时候，班上响起一片惊呼声，有的同学干脆喊开了，老师，她是不是没有爸爸妈妈？

老师很严肃地盯了一眼说风凉话的同学，齐子宣，肖意同学是咱们学校新来的肖老师的女儿，以后她就是你们的同学。老师希望大家能接纳她，和她成为朋友，而不是说怪话。

同学们都不说话了。老师的话就像圣旨一样，在课堂上，谁还敢对老师说个"不"字。

尽管老师很希望我们大家能和肖意成为朋友，可事实上老师的愿望落空了。

在我们那里有很多的方言，在一个县里，乡和乡之间的语言语调都是不一样的，只要你一说话，别人绝对能判断出你是哪个乡的。县与县之间的差别就更大了，相邻的县因为彼此的来往多一些，或者还可勉强听懂一些，那隔得远的县，方言之间就没什么通融性了，只能用普通话来交流，要是普通话说得不好，那就只有连说带比画，好比外国人不会说中文一样。

肖意那时说的是她们那县的方言，虽说能勉强听懂一些，可那时我们毕竟还小，又羞于说普通话，所以对肖意这个长得并不漂亮的同学压根儿就没什么耐心，不但如此，大家对她所说的每一句与我们很不一样的话都觉得好笑，尤其是在课堂上，老师让她起来回答问题的时候，不知道她是因为紧张，还是确实不会回答，总之常常是答非所问，惹得大家哄堂大笑。这时的肖意，脸色便更加黝黑，她埋着头，一双手不停地绞着衣摆。

下了课，没人和肖意在一起玩，女同学玩皮筋、玩跳房子、踢毽子、跳绳、打石子房，所有的活动里面都没有人邀请肖意参加。肖意孤零零地立在一旁，一脸落寞地看着大家玩得开开心心。有时候，她不看，独自坐在教室里，在一张废旧卷子的另一面涂涂画画。我曾经偷看过她的画，那绝对是一个沸腾的大操场（我想比我们学校的操场要大多了），有人在玩单、双杠，有人在打排球和篮球，有人在拔河，还有踢毽子的人，在这热闹的人群中，有一个笑得最为开心的小朋友，她的胸前写着"我是肖意"。当时我看着画几近愣怔，这是一个多么向往人群的同学啊！我觉得自己好像读懂了或者说感受到了肖意内心的寂寞，我有些同情她了。于是，我试着跟她接触。

我不知道一个人内心寂寞久了，反而会对别人的亲近产生一种本能的抗拒。肖意那时就是在躲闪着我跟她的亲近。但我一点也不气馁，我继续友好地对她微笑，友好地和她说话，甚至还友好地装着不经意中拉住她的手。那时我们喜欢带些家里自制的零食，最多的就是各种干菜：茄子干、南瓜干、丝瓜干、冬瓜干、霉干菜……这些干菜，虽说制作方法是一样的，可配料各不相同，所以相同的干菜，有些同学家的就好吃，有些同学家的就不好吃。那时我们也凭着关系来分配各自的零食，我和你好，就会在分吃的时候多掰一些下来给你，今天我和你闹别扭了，我就故意当着你的面把东西分给除你以外的其他人。而不任什么时候，肖意是从来没有这种机会的，没有人曾给她分过什么吃的，她总一个人吃自己的。

为了表示我的诚意，我把我带的零食分给了她。肖意最初并不接受，我硬塞给她，我说吃吧吃吧，我家还有呢。肖意就接过来，怯怯

地送到嘴里，轻轻地咬上一口。

我问她好吃吗？

她点点头。我笑。

我明天也给你带。肖意说。

我很高兴，忙不迭地点着头，她接受了我的零食，又对我说这样的话，这就表示她不再拒绝我对她的友好了。

第二天，她果然给我带来不少干菜，不像我们每次带那么一块两块，她是用手绢包了满满一手绢，是各种不同的干菜。她往我手里一放，说，吃吧吃吧，这些都是我特意给你拿的，我妈晒的干菜可好吃了。

我拿起一块茄子干，果然味道独特，不仅甜，而且口中留有余香，是我从来没吃过的一种味道。

干菜自然成了我们亲近的桥梁，为了表示我的诚意，我还总是把肖意带到其他女同学那里，我让她把她带的干菜分给她们吃。可是，几乎没一个同学十分痛快地接过肖意的干菜，有些人甚至转过身去，对肖意递过去的干菜理都不理。肖意眼里的泪花激起了我的怜惜感，我一把夺过肖意手上的干菜，狠狠地咬上一口，冲那几个转过身的同学吼一句：给你们吃是看得起你们，别把自己当什么似的！我拉着肖意跑开了。

不知道是不是干菜的力量，慢慢地还是有几个同学接受了肖意。肖意很开心能有人和她一起，她攒足劲似的把家里的各种干菜带来分给同学们吃，大家也对她消除了轻视和莫名的敌意。

但好景不长，没过多久，肖意的一双手竟长满了一种疮。疮溃烂时，散发着一股浓重的腐烂气味，班上再也没有人敢吃她带来的干菜，也没人敢跟她玩了，情形又回到了最初的时候。

在这种危难的时候，我没有离开肖意，我用少年顽强的个性坚持着我对肖意的友谊。

很多人都说肖意手上的疮会传染，我和肖意形影不离，等于是把自己从那个紧密团结的群体里脱离了出来，自此以后，肖意再不是形单影只，而是我和她一起远离着热闹，远离着各种群体的游戏。

这或许就是我和肖意友谊的源头，只是这样的日子并没有过多久。

肖意手上的疮好了以后，班上的女同学们在老师的干涉下又开始接受她了，于是肖意家的干菜又成了非常热门的吃食，慢慢地，肖意成了班上最让人眼羡的人物。为了能从肖意那里讨到她的干菜，几乎所有的女同学都愿意把她拉过来和自己一起玩。有了玩伴的肖意这个时候已经想不到我了，在别人的唆使下，她不愿意理我，对我置若罔闻，甚至告诉别人，我之所以和她在一起玩，就是为了多吃她的干菜。

忽然之间，我成了没人欢迎的人，大家都躲着我，远远地看着我指指点点。偶尔有同学过来跟我说上几句悄悄话，肖意发现了，便大声地喊着那个同学的名字，把她叫走。我看到肖意望着我时那得意非凡的笑。

我真正体会到了什么是孤独，孤独不是没有人和你玩，不是在所有的人都笑着的时候你不能笑，孤独是被出卖被伤害而又无法言喻的一种感觉，尤其是好朋友的出卖和伤害！

这是当年九岁的我最深最深的体会。

后来，和肖意聊天时说起这段往事，说起那时我深入骨髓的孤独和疼痛时，肖意便躲闪，躲闪不过，就作投降状，说好好，陈伟悦有肚量，那时肖意是混蛋。

我嘻嘻笑，攒足了劲狠夸自己，那是，我基本属于大肚能容天下

难容之事的人。所以才有如此魅力，引得你肖意从此死活要与我黏糊到一块。

肖意白了我一眼，还真能顺着梯子往上爬啊，其实你只是缺个心眼，你要多个心眼，我们都黏糊不到一起。

想想也是，我那时大抵属于那种别人一说好话便会心软的人，尤其看不得别人流泪，所以虽然性格上是比较倔强的，但终不是个会玩心眼、刁钻难处的人。

3

我到底没能忍住，打电话告诉肖意，尚文柳打电话找他了。肖意却一点也不以为然，轻描淡写地说了句，他还是找到北京来了，就把话题晃了过去。

听肖意话里的意思，她和尚文柳之间确实发生了什么事情，而且还不是一般的事。我忍了忍，还是没把吴天的告诫当一回事，问肖意，喂，说清楚啊，你和尚文柳到底怎么了？这世上还有老公满世界找老婆的？说，你这次又玩出什么花样把人家尚文柳欺负了？人家可是你看中的，不是死乞白赖非追你不可的。

停停停……陈伟悦你给我住嘴！肖意在电话那头大声地喊起来。

我说的不是事实？

事实是事实，可就是太古老了，那多少年的事还提？

怎么了？多少年前的事实就不叫事实？

咳，这么多年，什么样的人不被造就成另外一个样子啊？就说你陈伟悦吧，当年一个风风火火、闲不下五分钟的人，如今你看看，简直老态龙钟了嘛。

喂，不用这么损吧？我最多也就是达到了慵懒这个词的程度，怎么就老态龙钟了？——哎，等等，说你和尚文柳，扯我干吗，想转移方向啊？

说你笨还不信！肖意得意地说。

好了，便宜你也占了，现在该说说你和尚文柳之间的事。

我、和尚文柳离婚了！肖意迟疑了一下，又补充道，不过，我们只是协议了一下，还没正式办理离婚手续。

我吓了一跳，又涮我是吧？

喊，这种事能拿来涮人？你真是越来越弱智了。

我一想也是，我是她多年的好朋友，尤其是高中的三年，我们虽然不在一个班，可她班上所有的同学都认识我，我班上所有的同学也认识她。有人要找我时，肯定会有人让他去找三班的肖意，同样若有人要找她，也一定会有人说找五班的陈伟悦。所谓形影相随，说的就是我们，只是不知道谁是谁的影子。

先且不说我们有这样牢靠的友谊基础，让她不可能涮我，单是离婚这样严肃的事情，本身就不是可以拿来开玩笑的。

尚文柳不是对你一直都挺好的吗？你给人家闹出那么多事来，他都宽容原谅了你，怎么你还要离婚？

你是在幸福的蜜罐里泡着，当然体会不到我的苦楚。他是对我好，可有什么用？一个小小的副科级干部，还居然跑到乡下挂职去了，你说他多没出息，能安安稳稳待在机关也成啊，可他偏不，说什么要到乡下去锻炼，结果倒好，他这一锻炼就再也回不来机关了——有多少人觑着他的那个位置，你也知道咱们那个小地方，谁不想在机关寻个

位置？好家伙，他自己倒是老老实实让出来了，还说什么到基层去更能锻炼人。一周回一趟家，整得跟个农民似的，浑身上下没一处干净的地儿，一问他，真有种，居然还真的跟着农民下地呢。

尚文柳有自己的想法嘛，你不要老把你的想法强加于他。你老说他没用，可我就觉得他的想法也有得当之处，你说人在机关里，整天除了往椅了上一坐，一张报纸一杯茶耗掉大半天，再串串办公室，说说东道道西，一天也就结束了，这样的日子过着确实也乏味着呢。

嫌过得平淡，那就有点出息啊，大学一毕业就进了政府办公室，几年了，一点动静也没有。想上进倒是去跑跑呀，真以为馅饼是天上掉下来的？

瞧瞧你，人家寻求发展吧，你不乐意他下乡；在机关耗吧，又嫌他没出息。肖意你让人家尚文柳怎么办啊？当初把人家说得天花乱坠的是你，如今嫌人家没长进的还是你，你叫不叫人活了？

嘿，别提当初了，想起来就悔断肠子。也不知道那时眼光怎么就那么窄，见他有一副好皮囊，又蛮有才气，想着跟他在一起，生活肯定不乏情趣。可事实上呢？过得现实而杂沓，一点浪漫的情怀都没有。不说别的，就说我们结婚纪念日吧，还没等到呢，他就咋咋呼呼起来，等到了，他反而忘得一干二净。

别忘了他在你出差回来的时候捧着鲜花去接你的情形。肖意曾说过，她第一次出差，回来时尚文柳是捧着一束鲜花去接她的，那天正是阴天，亮丽的鲜花在灰暗的背景中显得格外夺目。

还说呢，他好不容易想起要给我买束鲜花，却早早地就打电话告诉了我，让我一点惊喜的心情都没有。

生活嘛，总是现实的，能想得到就是他的心意。至于所谓的情调啊浪漫啊，那是能果腹啊还是能取暖？我劝道。

陈伟悦，你怎么也会变得这样？肖意大叫起来，你太让我失望了，你忘了那年下的那场雪了？是你急死急活把我从被子里拉出来，硬要我陪你去踏雪，虽然天寒地冻，但一片白茫茫、纯净得让人感动的雪野里，只有我们两个人，沿着铁路线一直走啊走，都不知道走到了哪里，可是我们两个人都开心得跟小企鹅似的。你当时戴着顶不知从哪里翻出来的男人的鸭舌帽，很可笑可是也很可爱啊！我呢，穿了件我老爸的大衣，还把你裹在了大衣里，我们还冲着从身边飞过去的列车挥着手大声地跟那些趴在窗边的旅客打招呼……你那时的热情，你那时的浪漫，谁又能比得过？可是现在，你怎么这样安于现实的平庸？对生活的平淡这样无动于衷啊？

肖意的话像清冽的露水，一下子滋润了我的记忆，是的，还很年少的时候，我是个非常不安于现实的人，我的脑子里总是充满了各种各样的想象。对于那场雪，其实是后来我和肖意说得最多的、最值得我们留恋和幻想的一件事。那一场无边的大雪里，我们俩就像两个滑稽的雪人，通红着鼻子和脸蛋，在毫无方向的雪野里迎着雪狂奔……

那一片橘子林里，已经被覆盖着厚厚的雪了，落尽了枯叶的橘树，沉默地立在寒冷中，它们每一根枝杈都挺着一层洁净的雪，好像冬日里一个特别的节日，雪为它们做着最尽心尽意的装扮。我和肖意在每一棵橘树旁立定的时候，都不敢大声说话，虽然凛冽的寒风呼啸着，可我们还是担心自己的声音会惊吓着那些橘树。我们踏着雪，每一步都是提着心轻轻地踏下去的，因为我们害怕雪咯吱咯吱的声音冷冷地响起来时，会惊动无数沉睡的梦……

那一天不知走了多长时间，我的手脚都冻得冰凉，连话也不会说了，只会哆嗦着麻木的嘴唇呜里哇啦。肖意也是一样，她把我裹进她的大衣里，温暖的感觉一层一层地泛起来，等我可以正常说话的时候，肖意大衣里已是一片凉意了。我们无所顾忌地大笑，在苍茫一片的雪野里，像两只不畏寒冷的小鸟，笨重地，却是欢快地飞翔着……

可是那样的日子没有了，青春亦像小鸟一样扑棱着翅膀飞远了，年轻的情怀早已随着岁月的沉积而湮没了，除了对往日的追忆能令心有些许感动之外，剩下的，便只有日复一日的琐碎、繁杂、平庸和沉闷。

我不知道怎样去回应肖意的那些回忆，谁都有年轻时的风花雪月，谁都有青春的轻舞飞扬，可是，谁又能抗住岁月的磨砺，谁又能真的让心永不言老呢？

我苦笑了一下，这个肖意，三十多岁的女人了，怎么还活在十七八岁的梦里？

可以了。我对肖意说，至少尚文柳还知道给你买玫瑰花，我结婚都十几年了，至今还不知道手捧玫瑰的感觉。

你不懂，伟悦，没有情感的滋润，我的心是靠不岸了的。

我真的不懂你。我说，我不懂的是为什么你如此无视尚文柳，一心只想要到外面寻找你的情感停泊地，难道尚文柳的宽容，尚文柳的无私就不能让你的心暖一暖吗？你难道不觉得你这样对尚文柳很不公平吗？

我承认，我的所作所为是对他不公平，可现在我们不是要离婚了吗？也可以说是我解脱了他，从此他就不必受我的牵制和影响了。肖意很轻松地说道。

肖意……

喂喂喂，说教完了没有啊？我们实质上是已经离婚了！就算你有海水一样丰富的同情心，也不能再让我和他复原最初的状态了，拜托你关心关心我好吧！

我叹了口气，你活得比谁都滋润呢，我还能关心你什么呀？

好没良心的家伙，忘了当初我是怎样舍命陪你的？如今倒没有一点怜惜之情。你别以为只有尚文柳才值得同情，我也是受伤者。没有一个女人会在婚姻崩裂的时候有轻松感的。

那你还想着离？现在回头还来得及，尚文柳还在等着你呢。

看看，又把话题兜回去了不是？一双再合脚的鞋子，如果你不喜欢它的样式是不是就老想脱掉？

我摇摇头，算了，不讨论鞋子和脚的问题了。说吧，我怎么关心你？

简单噢，后天是星期天，我们放半天假，陪我去逛街吧！用你的实际行动来慰藉我这颗受了伤的心。

美得你吧！我气哼哼地说。她刚来北京的那两天，我倒是陪她在我家附近的几个大商场里逛来着，可每次都是一到女装部她就走不动了，硬是把每一件她喜欢的衣服都试了个遍，最后却一件也不买，把那些围在她身边转来转去的售货小姐气得脸都绿了，眼白都翻成海，快把我们淹死。

陪她逛街是件痛苦的事！

挂电话之前，听到里面肖意的喊声，我等你啊！

4

我和肖意，不知道是不是前生就有扯不尽的恩怨，从她转学来的那年开始，我俩就一直在离离合合中纠缠。好的时候，好成了一个人，谁也不容对方离开自己，我们一起逃课，一起做纸牌，躲在我家或者她家玩争上游，一起去做些不三不四的事，比如跑到学校后面的菜地里，偷摘别人的蔬菜和瓜果，刨人家的红薯，拔人家的花生。做这些事的时候通常我是策划者，肖意是行动者，因为她手脚灵活，行动敏捷，且力量比我大，而我这个智慧型的人物也只能在行动中做个点拨和望风的。一旦我们俩关系恶劣起来，则水火不容，这个时候，我们之间就没有了可以保守的秘密，肖意会把我们所做过的一切坏事都说出来，当然，她说的时候只有我的事，而没有她的事。于是，我成了同学们嘲笑的对象。我其实完全可以在肖意攻击我的时候把她也一起供出来，让别人知道，坏事其实是她做的。但奇怪的是，依我那时敢做敢为的性格，竟然一次次忍受了肖意的出卖，我没有向任何人表白过，也没有说出肖意。在我十分不得意地成为别人背后欣赏的风景时，肖意竟像是一枝独秀的花，烂漫而无忧。直到后来，肖意才说，她原本只想用这种方式来打倒我，不要我过于得意，却没料到后果会是那样严重。她说当她看到同学们在背后对我指指点点的时候，她惆怅到了极点，也害怕到极点，她怕当我把事情的真相说出来时，会遭遇和我一样的结局。可是我从来都没说过什么，这使她内心充满了沮丧和懊悔。

我和肖意在钩心斗角中，在彼此制造的风风雨雨中，上完了初中，从高中开始，两个人像被什么点化了一般，一下子铁了，我不计前嫌，抛开以往的恩恩怨怨，也算是以真心换诚心，也或者是多年的磨合，让我们彼此都意识到内心对友谊的极度渴望吧，反正我们从此坦诚相待，连自己最隐秘的事情都会毫无保留地袒露给对方。

我告诉吴天肖意离婚的事，吴天没有一点惊异的表情，他淡淡地说，就你这个同学，离婚是预期的，她要是不整出个大动静来，这世界可就太安静了。离婚对于她，那是迟早的事儿。

我愣愣地看着他，吴天，你怎么也看得这样清楚，我以为只有我才把肖意看得透彻呢。

你？吴天一副使不上劲的表情看了我一眼，整个儿一糊里糊涂的女人，还自诩什么智慧女人，我看你的智慧呀，早就到头了。

吴天的话很挫伤我，他总是这样，随便一句话打得人晕头转向，却从来没有意识到他对我不经意之中的伤害。

我真的就那么不堪吗？我垂头丧气地看着他，肖意对我失望了，难道吴天的心里，我也是个失去了智慧只会愚蠢生活的女人？

其实，肖意是对生活想象过头了，而尚文柳给她的生活又过于安静和平凡，所以，她只好自己跟自己折腾。我放下自己的感受，继续和吴天探讨着肖意。我知道她的心里并不是真的要想弄出什么动静来让别人注意她，而是她内心太富有激情，而她的激情是需要宣泄的。你想啊，一个容器里如果只有往里存的东西而没有往外排的口，那容器是不是最后就会被撑破？那被撑破的感觉是不是很惨烈？这人的激情也是一样的，只不过人和人宣泄的方式不一样而已。

哼，什么激情？说白了就是不甘寂寞。女人啊，总是不甘寂寞。吴天埋着头说，他在翻看一份《北京晚报》，报纸的每一版他都看得特别仔细，甚至连广告都没放过。就像他此刻是一个处于认字阶段的人，他必须把每一个字都认完才算完成了任务。他的脸本来是冲着我的，此刻却被报纸挡着，我只看到从报纸的顶端遗漏出来的乌黑头发。

谁说女人是不甘寂寞的？我不服气地反驳他，心说我就是一个活

生生的安于寂寞安于平淡的女人，你怎么就看不到呢。事实是因为这世间太多不甘寂寞的男人，才衍生了那些不甘寂寞的女人。

吴天从报纸里抬起头，看了我半天才摇了摇又埋下头看他的报纸了。在他看来，他面前这个不施铅华的女人，根本没报纸里那些沉默的文字有趣。我叹了口气，并尽量让这口气叹得又悠长又无奈，充满着心酸。我知道这招对他管用。

果然，吴天扔下手里的报纸，行了，别叹气了，现在还有什么话，说吧。

我瞪着眼看他，他一脸无奈地看着我，见我瞪着他，他的目光就像停不了岸的船，摇摇晃晃地飘开。我没话可说，说了他也不一定有心听，这两年他越来越少听我说话了，每次都只有他说我听，而他说的确实也是大事，比如谁想当官给领导送礼让曝了光，哪个有权势的人在外面包二奶被揭露了，张三平时就是个很张狂的人，得了病，一查，居然是脑癌，报应吧？李四的亲戚到北京包了一个转了好几手的工程，工程都做到一半了，没了钱，又要不来钱，做不下去了，还欠了一屁股的债，跳楼死了。他说这一切的时候，像做报告，情绪激昂，声情并茂，时不时地还兼以夸张的动作。

这种事听着当然有意思，不过，跟生活无关。

吴天问我什么是生活？

我说生活就是花红柳绿兼油盐酱醋，今天吃了明天不会饿着。

吴天嘴里含着的一口茶水喷了出来，他抹着下巴上滴答的水珠说女人就是女人，目光短浅，胸无大志，难怪历史上成就事业的大部分都是男人。

我不服气，只要不是胸无点墨就成，天生就是个小人物，要那么大志干什么？

吴天被我气乐了，摇着头说和我说话是这个世界上最痛苦的事。

不过这并不影响他继续向我灌输他的所见所闻。但到我跟他说一些话的时候，他总是呵欠连天，连掩饰一下的耐心都没有，时常我还没说完一句话他就很不耐烦地打断我，哎呀，就你们单位那些破事，还值得你这样郑重其事地跟我说？！

看看，我说的就是破事！还不值得跟他说，感觉他是一个多大的官每天有多少公务要他繁忙，我跟他说几句话，就叫他少处理几件国家大事似的。

我恨恨地看着吴天，他被我看得不自然起来，挥着手里的报纸，够了没？够了就干你的正事去！他故意绷着脸，又不想让我觉得他很严肃，脸上便又泄出一点笑意，笑意多了，又撑住，像做了某件羞于出口的事，模样很滑稽。

我忍不住笑起来，让一个有着一张严肃脸的人有这种表情不容易。

5

我嫁给吴天的时候，吴天还在部队，在一个训练大队里当教官，每天绷着个脸给那些新兵喊口号，走正步。我敢肯定，他的脸上绝对少有笑容就是那时落下的，大概是怕笑开了脸在那些新兵面前失了威信吧，便用皱眉来累积他的威严，久而久之这张脸就失去了弹性，光会缩紧不会展开了。其实我们俩刚认识那会儿，他还是很爱说笑的，在讲述一件事时，他的表情绝对丰富，语言也俏皮，常常逗得我开怀大笑，想竭力保持的一点淑女风度总是关键时候在他调皮的话语中崩

塌。吴天最爱说"你这个孩子",好像在他面前我真的还只是个孩子。结婚前我们相处的时间和机会都不多,他在部队,一年探一次亲,在他自己家里待上一段时间,再在我家待的时间就那么几天了,所以,我们看对方的眼里,除了爱还是爱。

婚姻像是一座山头,山的这头风景绮丽秀美,遍地花香;而山的那头,怪石嶙峋,寸草不生。

结婚以后,吴天最具体的表现就是给我的信越写越少,由先前的一星期两至三封到一星期一封,再半个月一封,不知道是距离让人疲惫还是婚姻使他失去了想象的激情。等到一年后,我随他到了部队,生活变得更为具体和烦琐,婚前的吴天就像被海浪吞没的礁石,除了偶尔一露峥嵘,再现他的俏皮之外,就真的变成了石头,甭说夫妻间的绵绵情话,连最普通的交流都很少。有时我觉着闷就忍不住和他说一些从前的事情,或者我对于生活的一些设想,他也不等听完,直愣愣地就来上一句,你老生活在从前里累不累啊?或者是,不实际的话说多了会不会觉得生活就不是生活?噎得我老半天缓不过气来,他却没事似的,自个儿坐一旁看起书来,我在他身边最多就是个摆设,甚至连摆设的地位都达不到,是一本他已经看过、早已过时多年且破烂不堪的旧书,有与无都无所谓——不,几乎就是无胜于有,就好像,我们之间那一段不曾走远的日子一直不曾有过色彩,我和他的邂逅造就的这段爱情是一种虚空。

绝然想不到婚姻会以这样一种状态出现在我面前,我心里那个凄凉啊,简直比冬天的冰还要寒冷,就一边待着,拿着书,却一个字也看不进去,眼泪吧嗒吧嗒地落,那无限的惆怅,无边的寂寞就像滴落在纸巾上的水,快速洇开,这才婚后一年多,眼巴巴地盼着相聚的日子，这日子好不容易聚到一块了，怎么就捏不拢呢？便觉着这日子有些无望了。

这个时候的吴天也是十分苦恼，我从南方随他到部队，没有工作，部队里也没房子，是租的民房，家里的所有开销只靠他一个人的工资。那时吴天一个月也只有四百多块钱，对于一个新家来说，这点钱实在太紧。且不说家具和家电这样大的开销，光是每日的柴米油盐酱醋就已经够招人烦的。我们的爱情原是通过信和电话谈了一年多，但这样的恋爱就像镜中月水中花，因为模糊所以看着才绝对美丽。要说婚前还有点浪漫，那其实也就是在进入围城前，一对难得在一起的男女在对彼此有些刻意的掩饰中，共同对围城里面的风景抱着一点向往而已。而婚姻则过于实际，所有的一切都由抽象具体化了，尤其是两个性格不同的人在一起要磨合的地方实在是太多。于是，人间的烟火越来越浓烈，而想象则变得越来越远，越来越轻，最终，消散在日复一日过于真实的生活之中。

临离开老家前，我把高中以来的所有日记本都捆绑起来，对吴天说要把这些文字的记忆带走，这样，等我不开心的时候，翻开来看看，感受一下以前的心情，也许就不会不开心了。吴天去把那些捆绑好的日记本又重新塞回到柜子里，说跟我在一起哪能有不开心的事呢，以后你接着写，保管会比你这些日记有意思。

这大概是婚后吴天跟我说的最浪漫的一句话了，让我心里漫起无边的柔情，对日后的生活更多了一份憧憬。

紧接着，吴天又从书柜里翻出这两三年来他写给我的信，那些信被我保管得很好，一封一封按顺序叠放捆在一起。我以为他要把这些信带走，这可是我们爱情最直接的记录啊！可是我想错了，吴天对那

些信连看都没看，径自拎着拿到屋后的垃圾堆里，一封一封地烧了，烧得极为仔细，偶有边边角角没有完全燃烧的，他都拨拉出来重新点火，直到每一块纸片都变成灰烬，让风带着，惆怅地飞扬和飘落。我站在窗口望着吴天面无表情地焚烧信，心里竟有说不出的哀伤，一段岁月的痕迹，就让他抹杀得一清二白。

每当我想起吴天焚毁那些信时的漠然表情，心就忍不住痛一下，再痛一下，直到最后连哀伤也没有，也麻木了。

好多年以后，当我再次想起这事，回头再细细瞅瞅我和吴天的生活纹络，心里才有恍然，一场失了风花雪月记忆的婚姻，一开始就注定没有平平仄仄，跌宕起伏。好在，这么多年，当生活把我身上的棱棱角角一点一点磨平，我便也习惯和满足了生活的平淡与庸常。

和我认识前吴天就开始爱好写作，不过，那时他还没发过一篇文章。结婚以后在我虚妄的鼓励下他写得更勤了，眼见得他写过字的稿纸一摞一摞地越堆越高，可他的名字依然一次也没有变成铅字，这使得对生活备感压力的他更多了一份失落和茫然，从而变得更加沉默，甚至有些颓废。

奇怪的是,我一次随手涂鸦的小散文却在当地的都市报上发表了，我自己都莫名其妙。我很少正儿八经写东西。偶有一次，是晚饭后，吴天要出去散步，散步是他的习惯，我觉得这习惯挺好，有时候也收拾收拾跟他一起走走。那天闭路电视里正在播一部李连杰主演的片子，用现在的话来说，我那时是李连杰的"粉丝"，所以就不想出去跟着吴天"跑步"了。往常也有这样的情况，我身体不舒服的时候，说句"不想出去"，他不也强迫，自己出门，散步本来就不是一场集体行为，做与不做都不是件重要的事。但这次吴天却生起气来，说了句："整天在家看电视，难道还没看够？"上来就把电视给关了。我心里泛起了委屈，说是散步，实际吴天的步子就跟赶路似的，我得跑着才能追上他，每次我都要他慢点慢点，他皱着眉头说，又不是老头老太太，那么慢干吗？我说这不是散步嘛，要那么快干吗。说归说，他却一点没有要慢下来的意思。直到有旁人看我们夫妻连追带跑的挺滑稽的，开玩笑地问你们夫妻这是在比什么赛呢？吴天这才不好意思地慢下脚步来。

关了电视，吴天也不管我，顾自一个人"咚咚咚"地出门，到很晚很晚才回家。整天一个人在家，我不怕孤单，可是却总想不明白我看电视怎么就妨碍了他。心里伤心，懒了再开电视的心，便在纸上乱涂乱写了几行字，还是写在吴天的香烟盒上，因为是压在一张报纸上写的，写完就找个信封，把烟盒装了进去，然后在信封上照报纸抄下地址。结果这个信封第二天让吴天拿去发了，他以为我是要投稿，其实这也是无聊之下，好像走在路边随手扯了身边一片树叶一样。等不到吴天回家，我不用写字来打发时光，又能怎样？但偏偏我那篇小散文就发表了。这事对吴天刺激挺大，他也写过散文，还写了不少，可都一样被退了回来，不只是一个编辑说他的文章里掺了太多的灰色情调，而灰色的东西总是让人沉重和压抑。也许正因为这样，他的文章才不容易发表吧。而我，竟然轻而易举地走到了他的前面。不光如此，都市报里有个栏目叫"东西南北事"，这个栏目的编辑给我写信要我每个星期给这个栏目三篇稿，每篇也就五百字左右，写什么事情都可以，但一定要语调轻松，带点调侃。真是做梦也想不到，我会成为都市报的专栏"作家"。吴天很受挫的神情，望着他写的一大摞稿纸，他的目光呆滞，眼仁就像个被磨得坑里坑洼的玻璃球，没有了一点灵动和光泽。

最后他哀叹了一声，拿起一本稿纸撕成了两半，还是我眼疾手快，一把夺了过来，后来又一点点地把这些撕碎了的纸粘起来。

我当然没有成为都市报什么专栏"作家"，因为我根本就没那个心思，我的心思全都在吴天身上，他开心我就开心，他的脸上要是阴着，我这一天都不知道笑是什么。我原来并不是这样一个看人脸色的人，不但不会看人脸色，反而只要有人给了我脸色，我便立马也要以牙还牙地还回去一个脸色，我十分倔强，跟个木棒子似的，一点弯也不知道转，却没想到结了婚就变得一点自我都没了。那时候，我唯一和吴天不合拍的就是给肖意写了很多的信，我告诉她我的生活，我的苦恼，还有我的变化。我总是写很多很多的字，把字写得细细的，小小的，一张容三百个字的稿纸上几乎写了有近千字，就是为了把信给吴天寄的时候，他不会拈着信，皱着眉说怎么这么厚，哪来那么多的话说。肖意每次给我回信都要说她的眼睛坏了，是看信看坏的，她还抗议说从此以后再不读我的信，即使读了也不回信，除非我把字号放大成正常的样子。但是她的抗议从来都不起作用，我依然抖抖索索把字写得极细极小，一封接一封地写，她呢，却从来没勇气不回我的信，她说她看到一个内心寂寞而空旷的小女人在一边看着南方一边流泪的孤独的身影，她的心就痛得无边无际，如果不回信的话，那疼就是一直止不住，用多少止痛膏也止不住，与其这样痛着，倒不如舍出眼睛来。谁让我是你的朋友呢，赚了你的心思就得用文字来付费。她最后总要这样说上一句。我看了她的信，每每都会有一种想号啕大哭一场的感觉。

那个时候，肖意成了我精神上最坚强的依靠，可以说，那一段日子，依吴天对我冷漠和轻视，如果没有肖意的信成为我的支撑，我想我和吴天的婚姻一定早就坍塌了。

我也不知自己像一朵野花一样究竟独自开了多久，忽然有一天，吴天像发现一片新大陆似的，发现了我的冷清。那是一个黄昏，一名战士拿着一本杂志奔来，很兴奋地说，上面有吴天的文章。吴天几乎是扑过去抢过杂志，他使劲地翻啊翻啊，手抖得把一页都撕裂了，他终于翻到那个战士说的那个页码，果然，吴天的名字很显眼地印在上面。吴天一点也不顾风度地大喊了一声，撒开脚丫子就跑，他一边跑还一边极其兴奋地喊我的名字："小悦，小悦！"我以为那个黄昏会和其他的黄昏一样无聊和漫长，正有一搭无一搭地不停地换着频道看电视呢，听到吴天的喊声，以为出了什么大事，赶紧扔下遥控器，迎着吴天的喊声飞奔出门。这时，天还昏黄着，我看到吴天狂奔的身影，他的身影四周还有许许多多的落叶，在吴天的喊声中很缤纷。自从我跟他到部队后，已经很难听到吴天这样亲昵地叫我了，他总是十分严肃且古怪地连名连姓喊我"陈伟悦"。我是从那缤纷的落叶中才意识到秋天到了，秋天是我最喜欢的季节，不是因为别的，就因为那落叶，那纷繁的、杂沓的、悲凉而沉默的落叶。听到吴天喊我的名字，我忍不住泪流满面，那一刻，我觉得，幸福要回到我的身边了。

吴天奔到我跟前，举着杂志的手忽然落了下来，很惊异地看着我的脸，是的，我的脸已经很消瘦了，消瘦到我的眼窝都已经深深地凹陷下去。吴天伸出手，在我脸上轻轻地抚摸着，擦拭着我脸上奔涌的泪水。他叹了口气，忽然就扔掉了手中的杂志，一把将我拥进他的怀里，我听到他说："小悦，以后我再也不会忽视你了！"

心里就有如行过云流过水，一下子变得极其清爽舒朗起来；又如一直在阴暗之中的一株植物，一下子被阳光照射着，那被蒙着灰尘因

而显得极为暗旧的外表也因之而灿烂和生动起来，便竭力要把自己舒展开来似的，全身每一个毛孔都在释放着激动。

我说不出来什么，任吴天那样拥抱着，任泪水幸福地打湿他前胸的军装。

日子就算是恢复了正常，我又看到了婚前的吴天，喜欢逗我，看到我笑，他也会乐乐呵呵地傻笑着。像是要把这段时间对我的漠视都补偿回来一样，只要在家，他什么活也不让我干，包揽了家里的全部活计，连吃过饭擦桌子这样的活也不让我动手，我享受着"女皇"的待遇。不仅如此，他还专程跑到都市报，和专栏部的编辑商量，要帮我签约成为都市报的专栏"作家"，只是由于当初看中我文字的编辑早已经离开了都市报，而现在的编辑也没见过我的作品，我除了写信和写日记以外，已经很少写什么了。所以，就算吴天拿着我以前写的东西，也无法说服人家让我为专栏写稿，何况，用专栏版编辑的话来说，专栏的稿件一年也用不完，根本就不需要什么固定的作者，更不用签什么约。吴天十分懊恼，他说如果不是他的原因，当初我可能就会应当时那编辑的约，成为专栏"作家"了，是他让我失去了机会。我笑着说，只要他的作品能不断地变成铅字，我能不能给都市报写稿都不是一件很重要的事情。我用了一句后来很流行却也是很暧昧的广告词："你好我也好。"

我是过了几年所谓的幸福生活的，正是在这样幸福的生活里，我对吴天的依赖感越来越强，对生活却也是越来越失去了想象。数年后，我自然也就成了现在这个样子，没有激情，只有满足。吴天的路，这几年倒是越走越顺，名字见诸各类报刊的频率很高，终于引起上级部门的注意，从边远城市一步登天，调到了北京。到北京的两年后，便在一个朋友的帮助下，转业到隶属北京市政府的一个部门当了个小小的副科长，开始搞起了材料，或许是工作上的紧张，一度支撑他度过一段苦闷日子的写作慢慢被他遗忘了。我不知道写多了官样材料的人除了神经会紧张以外，是否感情也会越来越僵硬，总之，从他转业后说话的味道越来越叫我陌生，而且再也看不到他对我开心地、无所顾忌地笑过，他的笑很少，偶尔，也只是轻轻地扯扯嘴角，跟提线木偶似的，只要线一落，那轻浅的笑便迅疾收拢，收得干脆利落，一点也不拖泥带水。而且，和我说的话越来越少。起初，每天下班都会跟我说他这一天的所见所闻，尤其是一些很搞笑的事情，他会说上几遍，后来说得少了，只说今天去干了什么，遇到了什么人，跟汇报工作似的。

现在，除非我缠着吴天说话，话痨一般不管虚虚实实都往他耳里灌，他才会应答我几声，而他主动跟我说的话都简短得像在火车上偶遇的陌生人，比如，"饭好了吗？""我晚上不回来吃饭""这样的肥皂剧你也看？没品位""我那件灰色夹克在哪"。

我不知道，是不是任何一对夫妻，在经年累月的日子里，在爱情的绚烂让烟火味道一点一点侵蚀，彼此的感觉都逐渐麻木的时候，都会有相逢陌路人的心境和态度。虽说吴天说过再也不会忽视我了，但这句话太过去式，谁都有可能记住一件事，记住一个人，但有几个人，会真的记住自己曾经说过的某一句话，用自己的一生来践约呢？所谓山盟海誓，海枯石烂，又有谁见证过？

6

肖意到北京已经快二十天了，我不知道她们那个培训班到底要培

训多长时间，我问她，她也不告诉我，只说快了快了。又问我，是不是嫌她在北京待着把我给烦着了？我说那还用说，北京该"到此一游"的地方你差不多都游过了，现在是你在北京多待一天，我就忍不住操心一天，你快点回去我的心也就踏实了。

肖意刚到北京的第三天，一大早她就铺开北京市区图，说今天要去这儿，再去这儿，明天到这里……她的手指在地图上东游西走，看得我眼花缭乱。

我说慢点慢点，这大冬天的，你去香山干什么？看满山光秃秃的树？咱们老家那儿的山好歹也都还能飘点绿色来，可比这冬天的香山强多了。

她把手朝我一摆，你不懂，我好不容易到北京，只要有名的地方，我都想去，看不看是一回事，重要的是我到过那儿了——到此一游，你懂吗？

在北京的这段时间，她已然"到此一游"了好多处名胜古迹。

瞧你瞎操个什么心，我又不吃你的住你的，难不成我在这里还会叫人卖了不成？大概是催问人家的行程让她伤心了，肖意撇撇嘴。

我还真怕你被人卖了！我一板一眼地说道。

卖了也是卖我，你怕什么。肖意嘻嘻笑着，你可真是闲吃萝卜淡操心。

我白了她一眼，哼，她居然会和吴天一个腔调。

我要对尚文柳负责啊，人家可是隔两天就来一个电话向我询问你的情况。

一听尚文柳的名字，肖意一下子瞪大了眼睛，尚文柳什么时候这样给我勤打过电话？这家伙也真是，烦不烦啊，我都快要和他离婚了，他瞎掰的哪门子劲啊。

噫，你一天没和人家办离婚手续，就一天是人家的老婆，关心老婆有什么错？

拜托了吴太太，你别站在人家那一头，帮人说话好不好？我是你最好的朋友，你就不能无条件地支持一下我，给我点同情心，给我一份友谊的支撑，不要让我感觉势单力薄？我逃到北京来，就是因为我想要从你这里寻求一份依靠啊！你好好想一想，一个人没有依靠的时候？

我知道她这时在提醒我，当年我拿她当支撑的那段日子。

你这是失道寡助！我叹了口气，说完这句话，就不再往下说了，看到肖意那张变绿了的脸，我知道要再说下去，她一准要和我翻脸，踹我一脚都说不定。

肖意这不是第一次要和尚文柳闹离婚了，只是每一次她的离婚最后都变成了一场闹剧，最终偃旗息鼓了。这也亏了是尚文柳，爱肖意太多，对肖意的率性而为抱有太多的宽容，否则，换任何一个男人，都会无法忍受肖意一次次对他感情的背叛，这场婚姻，也可能早已不复存在了。

据肖意自己说，她在上大学时慢慢形成了对人的外表很唯美的习惯，不管是男人还是女人，她第一印象通常是看人家长得好不好看，好看的人她就有好感，然后不管别人的感受怎样，就一味地对人家表示自己的好感。人通常都有虚荣心，谁不愿意听到别人对自己外表的赞叹呢。肖意就是用这种方法在自己的身边聚集了一批俊男靓女，当初要不是尚文柳有一副俊朗的外表，纵使他才华横溢到太平洋，估计

肖意也很难把他放在眼里。我不是外表能让人一眼看上就很喜欢的那种，所以对肖意以貌取人的做法当时强烈反对。肖意的解释是，她只是以外表取第一印象，却不是以外表来与人做深度交往的，华丽的不一定不好，但也不一定就是好。我虽然不是让人一见动心，再见倾心的那类女孩，可好歹也是一副机灵聪慧、不讨厌的模样嘛，再说，我和她的友谊是经过多少年风风雨雨考验的，是烈火真金，岂是她个人的某种癖好所能动摇的。肖意先前在口才上一直不是我的对手，可她这番口沫横飞的话，竟然让我很勉强地接受了，不但接受，而且以后走在街上还会和她一起对于面前闪过的那些帅男靓女，毫不避讳地大放厥词，甚至语言更出彩，弄得肖意一度认为我已经沦落成她那以貌取人的德行。

结婚后，随吴天到了部队又被他冷落，心情最不好、感觉最无助时，肖意也经历了一场啼笑皆非的爱情。其实过程很简单，在一次去邻县参观学习时，她与一个看上去长得蛮帅的男人相遇了。肖意很得意地说那男人看到她时眼珠子都快掉出来了，她也为对方俊朗的外表怦然心动，两个人目不转睛地互盯了很长时间，然后开始搭腔，再然后避开其他的人单独活动了。一场恋爱就是这样俗套地开始了。参观活动只有两天，两天很快就过去了。分手的时候，肖意柔肠百结，恨不能把时间拽住。男人也一副难舍难分、眼泪都快要流出来的样子。

各自回到单位后，两个人开始通信，男人真不愧为情场高手，那些情书写得千肠百转，深情款款，把肖意感动得泪水涟涟，忙不迭地一腔柔情回应。几封信之后，那种"日日思君不见君"的一腔忧愁便整个儿覆盖了肖意，她上班没有精神，回到家里尽找尚文柳的碴儿，弄得尚文柳莫名其妙，不知道肖意是犯了哪门子神经。

肖意无法忍受这样撕心扯肺的相思之苦，她决心去邻县与那个男人见面。她向单位请了两天假，跟尚文柳说是出差，直奔邻县。

　　待在宾馆里等着男人到来时，肖意一直在想象着他们两个人再次见面时的情形：他会一脸惊喜，然后张开双臂将她紧紧拥抱住。她也会把他抱得紧紧的，让他咚咚的心跳声恣意地振荡着她的耳膜。偎在他的怀里，听他轻言细语地告诉她这些天来是怎样地想念她。当然，他会吻她，她又怎样回应他的吻……

　　直到肖意把想象温了一遍又一遍、感觉都快要麻木的时候，那个男人出现了。看到男人帅帅的笑脸，肖意刚才温馨而热切的想象却一点也没有了，她奇怪自己的心里怎会没有一点激动的感觉，好像她来到这里等候了这么长时间，是一件令她多么不愉快的事情似的，这么冲动的决定在男人出现的那一刻突然变成了一种懊悔。

　　男人没有张开他的胳膊，肖意也没扑进男人的怀抱，两个人在门口面对面地相视了一会儿，肖意才神情淡淡侧转身要把男人让进屋。男人却不动，搓着手吞吞吐吐地说了一句，我、不进去了，今天我老婆过生日，我、得回去……

　　肖意很善解人意地迅速地接过他的话，那你赶快回吧，可别耽误了。女人是很在意自己的男人把自己的生日当不当一回事的。说完，她自己都有些吃惊，原来她的心里并不希望男人进来，她忽然觉得自己很可笑，坐几个小时的车心急火燎地从另外一个小县里奔到这里来，不就是为面前这个让自己日思夜想、魂牵梦绕的男人吗？就在几分钟前，她还坐立不安、望眼欲穿地等候着这个男人，她想念他那温暖的宽大的怀抱，虽然她从来就没接触过他的怀抱，从来就不知道他的胸怀究竟有多大的空间能容纳她的热情。可是，在漫

长的等待就要结束的这个仓促瞬间，她忽然感觉自己像是飘零在无边大海之中的一片树叶，孤零零地失去了支撑，也失去了方向。她茫然起来。就在茫然的感觉一涌上来，她就失去了对这个男人的耐心。望着男人脸上那快撑不下去的温柔，她笑了。男人也笑了。男人是不知道自己笑什么的傻笑。笑完他看着肖意说，我们其实是朋友，是吧？肖意心里被什么东西堵了一下，男人的想法原来和自己是不一样的。走吧！再见！她说。男人果然转过了身，走了几步路，男人又回过头，我们还是朋友吧！

肖意看到自己冷却的激情像一坨冰横亘在面前，她勉强地冲着男人又笑了笑。男人并没有等肖意的回答，说完头也不回地走了，他踏在宾馆走廊的地毯上细微的脚步声在肖意的耳朵里听出一片意兴阑珊来。

肖意的这一出当时被她描述得颇为辉煌的爱情，就莫名其妙地成了一声叹息。

肖意还舍不得扔掉男人写给她的那一沓信，她说那是留给自己的一段感情回忆。结果这段她"留给自己的回忆"在一次和尚文柳的拌嘴中，变成了她攻击尚文柳的证据，因为别人可以写出这么美丽动听的话来，而尚文柳连声"我爱你"都难得说一句。于是，本来已是风平浪静的往事在肖意的蓄意之下，又演变成了一场家庭战争。

我不记得那时肖意给我写了多少信，我是以我的心情为基准的，对于她的回信里讲述的关于她的爱情，是很麻木的，偶尔有些触动的时候，那是她对爱情的满足让我悲伤，我伤心吴天为什么就失去了对我的感觉，失去了对我们婚前时光而言真正辉煌和灿烂的那一段感情。

我和肖意在彼此的诉说里，相互依托着，走过了一段非常的日子。

7

冬天的第一场雪落下来了，透过窗户看到外面细碎的雪花零零落落地飘下来时，我的心像是被一根坚固的绳索捆了许久，终于被释放了似的，一下子感觉呼吸通畅，头脑也异常清醒。我赶紧给肖意打电话，这时的肖意已经去一家公司里上班了，在她培训结束后，跟单位打了个电话，说是辞职，辞职信已经用特快专递送到单位去了。她把自己安顿好后，才告诉我她辞职要留在北京。

我从一大堆稿件钻出来，大脑缺了氧一般，昏头昏脑想都没想就问，那尚文柳呢？你真把他甩了？

肖意在电话里吼了一句，陈伟悦你搞清楚，我和尚文柳离婚了！

我赶紧把话筒拿开我的耳朵，那惊雷一样的声音还是丝毫没减弱从话筒里传出来，几乎整个办公室里的人都听到了这句话，每人模样怪怪地看着我，好像是我惹得人家离婚一样。我没敢就她和尚文柳的关系进一步说下去，怕引起她再作河东狮吼，我的神经受不了。我调整了一下自己的面部表情，作一副欢欣鼓舞状道，留在北京太好了，以后咱们可以长期在一起了。

肖意果然嘿嘿一笑，情绪好转起来，她说这样才够意思。我问她下一步准备怎么办。她说已经有了安身之处，是在一个朋友帮她联系的广告公司做策划。朋友？什么朋友？我怎么从来没听你说过啊？说完了就觉得自己有点神经过敏，赶快又夸了她一句，真有种，找工作都跟玩一样。我听到肖意得意的笑声，嘎嘎嘎的，有点像觅食的鸭子叫唤。

这天我给肖意打电话，她那头一直占线，我等得有点不耐烦了，这个肖意，干什么啊，一个破策划，能忙成什么样？

我转而给吴天拨电话。

吴天那懒洋洋的声音跟这场雪有点相似，都有些漫不经心的味道。我对吴天说，吴天，下雪了！我想象着吴天望了一眼窗外，他那漫不经心的表情会因为窗外静静的雪落有些欣然，他知道我喜欢雪。结婚头几年，他部队所在的地方每年都会飘几场鹅毛大雪，那时他总要带我出去踏雪，即使在他最忽略我的时候也不曾忘记。在北京，雪见得少了，我想吴天肯定也会为这场雪的来临有些不一样的感觉吧。

雪有什么稀奇的！你又不是没见过雪，多大的雪你都见识过了，就这小雪你瞎激动个啥？吴天却一点也没我想象的欢呼，而且他的声音真的像雪，冰冰凉凉的，一直晃晃悠悠地落进我的心里，凝结成冰。

我一下子蔫了，可不是，以前多大的雪没见过呢，怎么就会为这点雪激动？来北京也好几年了，每年都会有这么一场浅尝辄止的雪，一副见惯了的景象实在不值得如此欣慰。

拿着电话居然就不想再说什么，电话里空洞得很。

没什么事我就挂了。没等我应声，那边就真的把电话挂了，像挂一个无意中打错的电话，干脆利落。

一句多余的话都没让我说。挂了电话我觉得有点不对劲，就算雪无关紧要，但他难道真的不知道我其实真正在意的不是雪，而是与他分享快乐的那种感觉吗？是从什么时候开始我们俩就没什么话说了呢？在他的眼里，我的所作所为都极端没有意义，他不关注我生活得是否快乐，也从不问我工作是不是顺心，我的穿衣着帽他不在意，我的嬉笑怒骂他没感觉。我们好像两棵爬滕，最初的时候，因为都匍匐在地上，彼此还能触到对方，当随着缠绕的树越来越高大时，我们的距离也就越来越宽广。

我不甘心，拿起电话再拨。吴天一听我的声音，打了个长长的呵欠，说，还有什么事没说啊？

我让脸上挤出一点笑，这样会让心情好一些。我说，没事，想你了呗！

嘿，无聊！

我脸上的笑一下子无影无踪，牵强的笑挂不住好心情，我这是跑到吴天那里自找没趣。

情绪一下子郁闷起来，什么稿件都看不下去。索性丢开稿子，把椅子挪到窗边，看着屋外飘飘洒洒的雪花。雪比刚才密集了一些，已经由零零落落到纷纷扬扬。才一会儿时间，屋外就薄薄地铺了一层，细细密密的，看上去柔软又冰凉。

电话响个没完，我坐着没动。

这时办公室没其他人，一场雪下来，他们比孩子还开心，一个一个撺弄着跑去玩雪了。平时大家的关系都比较淡，雪一下子把大家的距离拉近了。除了公事，找我的电话不多，这电话肯定是找别人的。这时的心绪，我连替别人接电话都不乐意。

电话铃响了一会儿，断了，接着又没头没脑地响着，像知道有人似的。我只好起身去接，看来人心情不好的时候别人也不给你省事。

喂，干吗不接电话？刚才是一直打不进去，你忙个什么呀？这世界是不是缺了你就不转啦？别太把自己当回事，如今的人可都是能混就混，有几个人像你那么卖力啊。

肖意的声音是明朗的，像充足了气的球弹性十足。我心说这才是

一重天一重人呢，看人家那个底气，我攒足劲也跟不上啊。索性把自己的身子搁在桌上，半张脸压在桌子上说，别贫了，你以为自己还在吃大锅饭呀！你的天换了，顶头上司你该叫人家老板，知道老板是干吗的？就是过去的资本家，狠着心让你给他赚钱的人。你小心喽，这种人，可由不得你自己的性子，当心他看到你煲电话粥把你开了！

咳，早看出你的不良居心了，你就盼着我被老板炒鱿鱼啊？我被炒了你是不会有好日子过的。肖意的情绪一点也不受我的影响，依旧大着嗓门跟我调侃。

关我什么事？我有气无力地说，那可是你自己的日子。

行，是我的日子，跟你无关，这下总可以了吧？肖意一点也不在意我的态度，继续说，劳驾你把头转一下看看窗外，看到没？下雪了。北京还能看到雪，咱老家那儿可都好几年没下过雪了。哎，你把雪看过瘾了吧？我还记得你写的那篇小散文呢，写得真有意境，那样漫无天际的雪我要有一天能见着，那可真他妈过瘾！

没等我说话，肖意独自絮絮叨叨了一大堆。

我写过关于雪的散文，怎么一点印象都没有？我甩了甩头，大脑一片空白，没有关于雪的文章从记忆里漫出来。

怎么，没感觉了？还是人老了记忆跟不上？

感觉个屁，一场破雪有什么了不起，我以前见过的雪可是山摇地动的。见过大阵势的人，还会在意一场轻飞曼舞、小心翼翼的雪？我实在无法在肖意面前强忍心里的委屈，冲着她发起牢骚。

哈，不痛快！受吴天的气了吧？一定是你看到下雪屁颠颠地给人家打电话，他却麻木得跟块石头似的，没有知音的感觉。

我心里一酸，这个肖意，太了解我哪里软，哪里会痛了。

还没等我和肖意在地铁口会面，雪就停住了，薄薄的一层雪如同经历了一场严酷的战争，那纯净洁白的颜色已不复存在，变成了污黑的泥水在行人的脚下被肆意践踏着。倒是光秃秃的树杈上，战战兢兢地立着些雪，像残存的一个美丽梦想。

等到婀婀娜娜的肖意到来，我掌心里的一团雪已经在体温下化成一汪水，浅浅地在掌心里摇晃着，冰凉蚀骨，我的手麻木得不知道冷是什么感觉。我笑着把那只没有感觉的手掌举到肖意面前，雪水顺着掌纹滑落下来，滴在肖意洋红的驼绒大衣上。

肖意忙不迭地跳开，掀开大衣，把我那只被雪冻得麻木的手裹进她温热的大衣里，骂道，有病还出来乱蹿，当心传染给人。

我索性把另一只手也伸进她的大衣，两手抱住她柔软的腰肢，把脸贴到她的胸口，哼哼叽叽的，是啊是啊，我是有病，不过神经病是不会传染的，倒是那个什么疮的会传染啊。说完，我哈哈笑着，让两只手在她的腰间肆意游走。

肖意一边扭动身子躲闪我的手，一边喘着气笑骂，你不能一受气就拿我发泄，你这个小心眼，我好歹也是你的好朋友呢，你让我为年少时的错误埋多少回单啊。

我住了手，颇有些得意地点头，我知道，就这事能拿捏住你。

我和肖意的少年期间纠葛太多，在成长的过程中，我们会忆起很多事情来，会为那时因为幼稚和顽固给予对方不少的伤害而倍感愧疚，不过愧疚最多的是肖意，因为在与她的许多纷争中，她总会成为赐予者，而我，则莫名其妙地总是受害者。

成年后的我和肖意自然不会把年少时的事当一回事，我也并非真

的拿少年的无知和幼稚拿捏她，这些只是我们之间的玩笑话而已。

我的手很快被肖意的体温暖透，抽出手，我往脸上搓搓，一边搓一边用很色的眼光看着肖意极其无赖地说，要是能把脸放在某个很弹性的位置上就更舒服了。

话音刚落，我的眼前闪过一团白色的影子，一个雪团向我砸来，一脸冰冷的湿意。

我赶紧拿羽绒服袖子去擦脸。

肖意很轻松地甩干净手上的雪末，笑嘻嘻地问我，怎么样，舒畅了吧？

我抛了她一个白眼球，哼，不就是调戏一下嘛，至于吗？我在这冰天雪地里可等了你半个多小时。半个多小时的守候原来就这种结果！

肖意随意地用戴着皮手套的手指打个闷声闷气的榧子，嘬起嘴巴吹了几串口哨，这是多年前我最经典的动作，每逢高兴的事，总会自觉不自觉地打个响榧，吹口哨就更不用说了，我打小就会翻跟斗、吹口哨，刚上学的时候，还跟班上的男同学比赛过呢，那一打小屁孩，竟然没一个能吹出节奏来，一换气就不知道自己吹的是什么了。自打结婚后，我就再也没有打过响榧，也很少吹口哨了，因为吴天不喜欢。吴天说这样的动作对一个女人来说太不文雅，而且匪气十足。吴天的话让我吃了一惊，他居然说这样匪气十足，曾经就有人说过我打响榧吹口哨的时候就是一副匪气的样子。既然吴天不喜欢，我也就没必要惹他生气，我只好收了自己的那份匪气，作温婉淑女状，一心只想做好吴天喜欢的那种女人，可惜伪淑女做得时间长了，吴天又嫌我没有了个性。

肖意当然是克隆了我当年的动作，不过当年她做得可是很不自在，有点东施效颦的味道，别人或者是无所谓，我却看着别扭，如今不可同日而语，动作娴熟潇洒，恢宏大气，很有些桀骜不驯、目中无人的意味。

走！肖意说。

去哪儿？我傻愣愣地看着她，她的动作真是漂亮。

请你吃饭哪，吴天不就说了一句小雪有啥好激动的嘛，至于把你刺激傻到这种地步吗？

这个肖意真够狠毒的，知道我的软肋，弄把明晃晃的刀子往上戳。我焉了，耷拉着脑袋跟在她身后一声不吭。

我看你真的完了，陈伟悦，让吴天把你改造得完全失去了个性。肖意习惯性地哀叹着。说她习惯，是自打她来到北京后，说我没有个性的话不知重复了多少遍。她在我家住了五天，五天里当着吴天的面说这句话至少不下七次，她每说一次吴天就用异样的眼神瞅我一眼。我很感谢肖意，她让吴天在短时间内瞅我的次数达到了一年以来的最高，她离开后，我再没见吴天那样瞅过我，他的目光要么在电视上或报纸上，要么就在杂志上，而我这个他面前的人，则像是被什么隐了形，隐了形的东西怎么可能入眼？

我猜肖意还打算一直这样说下去，因为这样的话能让她在我面前有顶天立地的感觉。她本来就比我高出大半个头，和她站在一起，无论高度和体积很明显地看出我属弱势，再加上被生活越来越磨得没了性格，更有一种犹见她怜的样子，有我在她身边衬托，她理所当然是一副强者的派头。

我耸耸鼻子，冰冷的空气像一把锯齿似的在我鼻腔里来回冲撞，撕割得我的心都带着冷气。

对肖意的这种说法我也不在意了，个性没了就没了吧，这玩意儿

反正也吃不成喝不成。没什么，个性也不是什么能卖出好价钱的玩意儿，既吃不成也喝不成，失去了改变不了什么。反正我还能照常吃饭照常呼吸。

伤心了要哭就哭嘛，干什么要把自己整得跟块铁似的，以为硬就坚强？肖意撇撇嘴角，你是女人，女人哭可是天经地义的。我中午就哭过，给你打电话前。

我诧异地盯着她，怎么了？是不是尚文柳那边把手续办好了？

办个鬼！你还不知道他，我要不主动他才不会主动去办的，他巴不得我们离不了呢。

那能有什么事让你伤心得流泪？是想家吧？出来这么长时间，想家也是正常的！我握着肖意的手，虽然中间隔着手套，可我还是感觉到了她的手在颤抖。我的心一沉，一定是发生了什么严重的事情，不然，依肖意那万事都不在乎的性格，是很难有此反应的。

我失恋了。真的，真正的失恋！

我有种失重的感觉，天啊，肖意在北京才待了多长时间，两三个月，居然就有了一段恋情，居然还被这段情给伤害了。握着肖意颤抖的手，我产生了想甩开她手的冲动，可是，望着她眼眶中竭尽全力忍住要落下来的泪水，我的心软了。她一直是个追寻爱情的女人，她的生命就是为了爱情活着的，她曾经跟我说过一句这样的话"我的心是不能空的，它永远都在想念着某个人，某段情"。她不是水性杨花的女人，她是实实在在用心去对待所遭遇的每一段感情。她不知道爱情在如今的社会是多么奢侈，很多人对于爱情已经很陌生了，他们所需要的，只是婚姻以外的一种填补，寻找的是那异于婚姻的刺激和新鲜感。所谓爱情，只不过是在逢场作戏罢了。

可是，多情的肖意却永远都不明白：爱情，在现实生活中，在她这种年龄的女人世界里，本是一件非常非常遥远和模糊的事情。

因为肖意太易动情，所以对于她每次和我讲述她遭遇的"爱情"，我是越来越无动于衷了，她的感情来得快，消失得也快，有时候，甚至在我刚刚收到她的信，才获知她一段新的感情诞生，还来不及向她考究这段感情的起缘，她已经偃旗息鼓了，就像一个草台戏班子，刚刚搭建好一个戏台，鼓也打了，锣也敲了，演员连戏服都穿好，就在观众蜂拥而至时，戏已经收场了，让人有些莫名其妙。我没有太多理由和精力陪着她，为她那一段段情起情灭感动和感叹，我只有远远地看着，面无表情——实在是我无法及时调整我的表情，只好面无表情。

我不知道以前经历的那些大大小小的爱情——我只能称它们为爱情，不仅因为我是肖意的好朋友，更重要的是我相信那些感情对于肖意确实是一段段的爱情，虽然它们的过程各不相同，但它们的结局却无一例外。我不知道那些爱情在肖意的心里是否有过创伤，肖意在信中从来不跟我说结局之后的事，她展现在我面前的是依然如故的开始，平平展展，看不出一点褶痕的肖意。

但现在，我看到一个受了伤的肖意，在这样一个寒冷的天气里依然美丽动人的女人，此刻正泪流满面地依在我的怀里——我并不温暖和宽大的胸怀里。

我们坐在一个冷清的咖啡店里。我很奇怪这样一个可以偷懒的天气，人们为什么不愿意出来坐在这样的小店里，和自己的朋友或者亲人享受一下与家庭氛围截然不同的优雅气氛呢？在这里，手里捧着一只小小的咖啡杯，在氤氲着香甜醉人的咖啡气息里，透过落地玻璃窗，用一种与平日不同的心情欣赏这样一个飘雪的冬天。

以前，在那个动不动就飘一场大雪的城市里，吴天去上班，我一个人待在家里，最喜欢趴在窗前看外面飘着的漫天大雪，或大雪过后那被雪覆盖着的世界。屋里屋外，在屋里的我看来，同样的宁静，只是慢慢地，屋外的雪被人践踏得不堪入目，我无法面对那样美丽的景致被踩躏，便转而看起窗玻璃上结着的冰花，那些晶莹剔透的冰花像是漫长冬天留给人们一个美丽的笑靥，让人心里忍不住随着那份美丽的温暖柔软起来。有时候，吴天会陪我一起看那些冰花，我们依偎在一起，透过冰花，望着模糊的窗外世界。只是时间一长，冰花越结越厚，最后会凝结成一层冰，我用手轻轻刮着，这时的冰花已经不是手指可以刮得动的了，即使在有太阳的日子里，一时半会儿也很难融化掉。当冰花越积越厚，再也看不出花的形状，窗子上只剩下一坨冰，一坨冷漠冰凉臃肿的冰挂在窗上。当冬天的气息越来越淡时，冰才开始慢慢融化。这时我的心里便有了一种无法言说的忧伤，我看着那些融化的水流下来洇进墙壁，看到墙壁像画着地图似的斑斑驳驳，好像我的梦，冰花一样慢慢融化了，只残存着一些记忆，斑斑驳驳的。

或许是人气不旺所致，咖啡店里的暖气也懒懒散散的不是很热。我只好一手搂着流泪的肖意，一手死死抱着热热的咖啡杯捂在脸颊上，用杯子的热量来温暖冰冷的自己。

肖意什么也没说，我什么也没问，在咖啡店有些冷清的氛围里，我神情有些恍惚地看着窗外阴沉的天。

8

美丽总是遥远的。这句话是我说的。肖意在剽窃我这句话的时候，

脸上的表情有一种智人的光芒。我定定地看着她，知道不用等我来问，她一定忍不住要把这次事情的前因后果原原本本告诉我的。她上大学和刚参加工作的时候，最喜欢把她的信拿出来给我看，我本无心打探她的秘密，更对她与别人的通信毫无兴趣，可她不管，几乎是强迫着我看她的那些信，强迫我进入她的感情世界，以至于有一段时间，我一去她那里，见她有所动作时，立马声明我今天绝对不看她的信，想先发制人求一个清静。但结局往往不妙。

肖意说尹可凡最吸引她的就是他的那句话，"如果你爱一个人，就不要让她的心在大街上流浪。"

肖意几乎震惊了，这是个什么样的男人啊，"如果你爱一个人，就不要让她的心在大街上流浪。"那一刻，她就爱上了这个看上去温厚又睿智的男人。她本来就是个容易动情的女人，几乎随时随地会为某个男人心动。瞬间爱上尹可凡的肖意，便用她那深情款款的目光须臾不离地注视着尹可凡，她那一副花痴的模样弄得坐在她旁边的人都不好意思了，不停地用胳膊悄悄碰她，示意她不要失态。可偏偏肖意一点也没在意这个人的好心，反而把自己的身子坐远了一些。

肖意那痴迷的眼神，在座的只要不是瞎子都能看出来。尹可凡不是瞎子，他冲肖意笑笑，还点了点头。肖意这下完了，岂止是激动，简直就是心潮澎湃了，她面色潮红，呼吸短促，眼神更是意乱情迷。

肖意的旁边坐着她在培训班里的同学，是她带着肖意来看望自己在北京工作的大学同学，而她大学同学也不知道出于什么目的把尹可凡也请了来，这或许是天意，尹可凡本是北京某政府机关直属单位一个部门的主任，平时车来车往，肖意在北京除了认识我和吴天，两眼一抹黑，看哪张脸都是一个表情，她和尹可凡，就是在路上相遇，也不一定能把谁看到眼里去，可偏偏尹可凡在交杯换盏时，不知道缘于什么话题忽然说出了这么一句让女人能柔情百结的经典话语。换了别的女人，感动是感动，感慨是感慨，面对这样一个对女人用心如此的男人，不有点感慨感叹的意思确实也有点冷血（说实话，我在听到这样一句话后，心里也是柔情涌动，要是吴天能为我说出这么一句话，我真是此生无憾了）。但肖意的动静也忒大了，忒明显了，连点掩饰都没有，直截了当地把自己摊了开来。

甭看尹可凡嘴里说出那么经典的话，可骨子里还是男人的本性，明知道肖意要他电话的意思特有深意，却还是心甘情愿地准备着踏入某个温柔陷阱。

接到肖意有些迫不及待的电话时，我不清楚尹可凡是什么想法，不知道他是否想到他说的"如果爱一个人，就不要让她的心在大街上流浪"这句话，我想这句话也一定会让他的妻子充满幸福感，也由此对他不设任何防备，一个对爱人用情至深的男人，怎么会背叛自己所爱的人？但尹可凡接受了肖意的邀请，对于一块主动送到嘴边的肉，闻着那香味源源不断地散发出来，沁人肺腑，谁抵挡得住啊？把口水咽下，尹可凡已经忘记他那句经典的话，只是不知道，当他的心在外面放浪的时候，他是否想到自己妻子的那颗心已被他丢到了大街上？

男女若是一开始交往就存了非分之想，往后的事情可就水到渠成。肖意是赤裸裸地袒露了自己，毫不做作，她对尹可凡的感情就像摊在晒场的谷子，铺开来是无法掩饰的一大片，能够收拢它们的就只有尹可凡了。相比之下，尹可凡收敛得多，他或者清楚自己在肖意心里的位置，所以他从来不主动，从来都是等待肖意的电话，他像一个放风筝的高手，太知道线该怎样拉才能充分利用风的动力把风筝放得更高更稳。

尹可凡没拒绝过一次肖意的约会，正因为如此，肖意对自己的感情充满了期待和向往，她从来就没想过，自己在尹可凡那里是个什么样的女人，置于什么样的位置，也许这样的问题对她而言太小儿科，一个是欲离婚而未离婚的女人，一个是有妇之夫，这样的一对男女在彼此的心里，根本就不存在位置一说。何况感情这玩意儿，是抽象的东西，就像精神，就像意志，说有就有，说没有就没有，它又能占据什么样的位置？

我很佩服肖意对感情的诠释，她是不论付出与收获，或者换句话，她付出了，也收获了，付出多少，也收获了多少，只是，她的付出与收获都像晨雾一样，最终都会消散。

可是对尹可凡，肖意可没这么潇洒，也实在是尹可凡太优秀，太男人了。

其实，最初他们俩也只是一起出来喝喝茶，聊聊天。尹可凡是混迹官场上的人，官场风云惊心动魄，一般不具备各种手段各式武装的人想要在官场的明争暗斗中胜出，是想都不敢去想的，尹可凡连拿出在官场使出的一份力都不用，就能把肖意打个人仰马翻——在情场上，肖意实在太智障，甭看她像能收放自如的那种女人。

肖意追求的就是情调，而尹可凡能配合她的情调，比如在喝咖啡时，借口上洗手间去给肖意点一支歌，在莹莹烛光中，轻轻地哼着曲子，笑意盈盈的样子，那情形一定很温馨；或者变魔术似的从袖子里抽出一支从哪里顺手牵羊牵过来的玫瑰，还艺术地说上一句，你的微笑就像这花一样美丽动人！当然，如果他们从哪个饭庄吃完饭出来，看到屋外灯火辉煌，他也会深邃地凝望着那一片灯火，然后轻叹一声，

这样的夜色太华丽了，我真是很想念那种没有装饰过的夜，漆黑的深处闪烁着如豆的星火，那分宁静，那样的意境，真美啊！

想想看，这样一个身在官场却清淡文雅的男人，如何能不令肖意着迷！

当然啦，以上这些都是我想象出来的，吴天从来没给我来过这些浪漫，我实在想不出男人浪漫起来会是什么样子，对我这个想象力越来越跟不上时代的小女人来说，我也只能动用从前会觉得浪漫的事了。肖意只说尹可凡是个很浪漫很有情调的人，可她又不具体地说，我这个听众即使有好奇心，还是不好意思在这种时候问人家到底是怎样浪漫和情调的。

反正是尹可凡有手段，肖意也有情意。

尹可凡很快就把肖意的情况摸得一清二楚，他说，干脆，你别再回你那个小县城做什么小职员了，既挣不上钱也不会有太大发展，就留在北京算了，反正现在这个社会，在哪儿不是一个活呀。

这话太中肖意的意了，培训剩下几天就要结束，她正发愁回到那个憋闷的小县城呢。

可是，不回去，留在北京又能干什么？既没工作，又没住处，连日常生活开销都难。不管肖意如何洒脱，总归脱不掉作为一个女人的谨小慎微。

有我在，你担心什么？尹可凡这样说道。

肖意的眼睛一亮，这话的意思太明确了，可是……她还是犹豫了一下，虽然她生活在一个小地方，可她毕竟在那里生活了三十多年，那里有她稳定的工作，熟悉的环境，一下子让她抛开那个地方，抛开她所有的东西，她不能不犹豫。

嘿，你就别舍不得你那份工作了，没什么大不了的，我有个朋友，是一家公司的总经理，我跟他说一声，把你介绍进去好了。一个月工资不说太高，怎么着也比你在小县城里干几个月强！

说意乱情迷没假，可一说到钱，也同样重要，无论为情为钱，肖意留在北京的分量都比回到老家那个小县城重，这两者几乎不用权衡。肖意还为自己找了个理由，用她的话来说，那理由也相当充足：留下来可以和我做伴，我在北京太孤单，吴天又太不解我的心。

我几乎哭笑不得，这哪跟哪儿呀！

于是肖意就理直气壮地在北京留了下来。

可是，尹可凡终究是别人的丈夫，他不仅要回家，还会和肖意在一起时接到妻子或者孩子打来的电话，他接听电话时那一脸幸福陶醉的样子，在肖意面前，他毫不避讳自己的温柔，对家人的关心和呵护。孤身一人的肖意哪受得了这个，她愣愣地看着尹可凡。接听完电话仍是一脸褪不尽柔情蜜意的尹可凡一旦面对肖意，他的脸上又清淡了，尽管这时他和肖意的关系已经非比寻常。

肖意像被人兜头泼了一盆凉水，浑身湿漉漉的冰凉，她忽然发现自己的可悲，人家一家人甜甜蜜蜜，自己却像一枚酸果，无法融进这甜蜜之中，便只有独自酸着，本以为自己是不会在意这些的，可如今她已经抛弃了她的所有，再也没有可以支撑自己的东西了。第一次，她发现自己的软弱。

她眼里一点一点泛起泪花。但尹可凡并没发现她眼里的内容，或者有可能发现了并没在意，这里原本就不是他心的停留地。肖意这时就不仅是心酸，还有心痛。她到底没能忍住心中的起伏，大哭起来。

尹可凡冷不丁地被肖意的大哭吓了一跳，可是他并没走近肖意，

他神态平静地看着肖意没来由地哭着。

肖意一直哭着，直到有些声嘶力竭，才慢慢平息下来。她揉着自己肿胀的眼睛。尹可凡冷淡的态度让她一下子心灰意冷。

9

男人若是不爱一个女人，不管女人为他做什么他也无动于衷。肖意这样总结性地说。

我的嘴里正好含着一口咖啡，听到此话，没忍住"扑哧"一声，一口咖啡全吐在我的毛衣上。

肖意在递给我纸巾的同时，一点也没怜惜她的白眼球。

这话也忒实话实说了。为掩饰我的失态，也为抚慰肖意的情绪，我赶紧说道。心里却想，才知道啊！真是千帆过尽，才知沧桑啊！人家尚文柳怎样尽心待你，你却视而不见。

是啊，我现在才真的知道爱是美丽的，却是遥远的。肖意篡改着我的"名言"，问题是我总想接近美丽，结果美丽就要从我手中失去。

太哲理了！我惊叫起来。

肖意拿她的白眼球又瞅了我一眼，幽幽地说道，我就知道，你也不是个好东西，你的心里只有吴天，除了他，你谁也不在意，我这个朋友，连个替补的资格都没有……

哎哎哎……我赶紧打断她哀哀的声音，你以为我真吃饱了撑的？冷天冻地的，在这个没一点热气的咖啡店里陪你？要不是你，换了谁，八抬大轿抬我也不来受这份罪……你还抱怨我？有没有人情味儿啊？我几乎喊叫起来。

先发制人，通常是我和肖意惯常的手法。

果然，肖意一扫刚才的索然，拉着我的手挺腻歪地又把头靠在我肩上说，我就知道，你是我唯一的依靠！

嘁，少来这套！我这消瘦的肩能靠得住你？我一点也不领情，继续我的情绪，我还假装推了她一把。

是谁说我小女人来着？是谁老说我没个性来着？是谁说我唯老公天下来着？是谁……

是我，是我，还是我！肖意赶紧举着手，报数似的承认着。

我笑了，劝人我不会，使小手腕让她转换情绪的本事还是有的。

冬天的夜来得早，不知什么时候，外面的天已经黑透，路灯闪烁起来，透过窗户，我看到灯光下有一片片晶莹的东西在闪耀，是雪花！一会儿，雪花密集起来，像一根根银色的丝线，穿过黑夜与灯光的距离。好美丽的景致！

雪落无声，可我却分明听到雪落时那清柔而丁零的声音。我还看到，一个手舞着围巾的少女，仰着脖张着嘴在接那一片片雪花，雪花飞进唇，是很香甜的感觉，我年少也曾这样吮吸过雪花，还和同伴们一起比赛把脸整个扣进雪地中，然后再抬起来时，洁白的雪地上会烙上我们的脸印，所有的脸在雪地上都是一个样子的，可我们还会兴奋地说，看，我的脸就是不一样！其实没什么不一样，所有的生动都源于我们年少的心。

我看肖意，她也正凝望着窗外，她是不是和我一样，想起了少年的时光？

和肖意分手后，搭乘公共汽车依然人满为患，却因为这样一个寒冷的天气，这时候的人拥挤着人就有了一种彼此取暖的意味，便心甘

情愿地被人挤着。

裹挟着一团冷气回到家，我被一团温暖拥抱起来。经历了外面的寒冷，才觉得家的暖是一种幸福。

吴天还没有回来。我把羽绒服脱掉，把自己扔进软软的沙发中，身心放松下来。想着肖意这时大概已经回到了她的住处，她的住处当然也是暖和的，可是她那里的暖和仅仅是暖和而已。这个时候，我才觉得，家在一个人的心中是多么重要！有家和没家的感觉是截然不一样的。

我不知道什么时候在沙发上睡着了，等我醒来时，已是晚上 11 点多，吴天还没回来。他很少这么晚回来，这样的天气，他也不会有些什么应酬吧？我有些坐立不安起来。

我拿起电话，想拨吴天的手机，可是拨到一半又放下了。吴天曾跟我说过，轻易不要给他打手机，除非有什么要紧的事情，否则他的同事会觉得他的妻子把他看得很紧，这就表明他不是个很值得信赖的人，会让他在同事和朋友面前很没面子。

男人的面子比天大。我还是很懂得这个道理，所以我很少给吴天打电话，充其量只是给他发个短信。而他有什么事，也只会发短信告诉我。

可是今天他既没打电话，也没发短信给我。

他不会出什么事吧？这个念头一闪过，我浑身颤了一下。不行，我得打个电话！

我拨通了他的手机。

一个平和而古板的女声说道，你好，你所拨打的电话已关机！

我跌坐在沙发上，一种恐慌瞬间侵袭过来，我全身无力。

忘了是在哪本书见过这么一句话，说人一急，智商就会急剧下降。我就是这样，几乎没有智商了。上帝保佑，吴天不会有事！我的大脑就是叫这样一句话给填得满满当当。

等我智商稍微恢复点，又开始拨电话。这次拨的是肖意的电话。

肖意好像已经睡了，她的声音慵懒又沉闷。一听到她的声音，我的大脑开始运转，我急吼吼地冲她说，肖意，出事了！

出什么事啦？你不是好好的嘛？肖意咕哝道。

吴天不见了！他到现在还没回来，我不知道他怎么了，打他电话又关机……

肖意忽然吼叫起来，你有病啊！你的那个小心眼里怎么就只有吴天？他没回来你想他会出什么事？不是应酬就是去泡女人，你这个弱智，这么简单的道理都不懂！

你你你……我又气又急，眼泪哗啦一下像谁把里面的龙头拧开了一般，我的脸上很快就一片水漫金山。

我什么我？肖意没好气地说，我就见不得你这副离开吴天世界就到了末日的样子！

我差点把电话摔了，一下午时间，是谁一副世界末日的样子啊？把我这副小肩膀都当成了依靠呢！

但我无心跟她叫板。

我不说话，肖意就心软了，她放柔声音说，你别急，或许是吴天的手机没电了……

如果他真是跟别人在一起，他可以借别人的手机发个短信或打个电话啊！我依然眼泪成河地说。

你等着，肖意很无奈地说，我现在就过去……

　　我只听到她这句话，就感觉到一股冷气袭过来，我回过头看，门开了，吴天站在门口，头上和身上都是湿的。

　　吴天！你回来了！我惊喜地喊叫起来，就像在天上没着没落地飘了好长时间终于落下来一样，心一下子踏实了。我甚至都忘了跟电话里的肖意说上一声，就扔了电话。

　　吴天很淡漠地应了一声，回来了！

　　我欣然奔过去，要给他脱被雪洇湿的外衣，也许是我今天的态度积极得有点过了，他闪身避过。一股淡淡的香味袭来，是香水的气息，被一股烟草味掩盖着的极淡极淡的香水味。因为我从来不用香水，所以对这种非纯天然的香味极为敏感。

　　去哪儿了？这么晚，又这种天气，让人担心。我没有很在意这种香水味道，吴天的工作免不了和女人接触的，身上侵袭一丝香水气息也很正常。

　　能去哪儿？这样一个天气，我在办公室和同事聊天。

　　聊天？我疑惑地看着他，他却自顾脱掉被雪濡湿的衣服。

　　那你也不打个电话给我，还关了手机，害我一直担心。

　　担心什么？我又不是小孩找不着回家的路。你们女人真是，就会瞎操心。难道我还能出什么事不成？

　　我被他噎了一下，竟无话可说。我心里却悲凉起来，难道我只是担心他回家找不着路吗？怎么关心他也成了一种错误？也许我是神经过敏，可我要是不闻不问，无动于衷呢？

　　冬天的夜静得有些可怕，我听到从窗隙里渗进来的风，在屋里踮着脚尖轻轻移动的声音。身边的吴天没像往常那轻微的呼噜声，连鼻息声都若有若无，我知道他和我一样没有入睡。我爬起来，俯着身去看他，分明看到他的眼睑迅速地合上了。

我轻轻地叹口气，翻身躺下，他没有和我交谈的欲望，他只是想在这样静静的夜晚里，静静地想自己的心思。

他的心思里，一定是不会有我的位置的。这样的念头一闪过，我忽然笑起来，这么多年过去了，在吴天的心里，我什么时候有过位置？或者有那么一段时间，我的寂寞曾打动了他的心，唤起了贮藏在他内心深处对我的柔情，可是这么多年过去，他的柔情早已风干了，他对我的爱已经成为历史，成为一段只能供我远远观望或者怀念的历史，他现在赋予我的，仅仅是一种责任罢了，可是这分责任在我心里，却成了我所有感情的寄托，我生活的全部。

窗外有呼呼作响的风声，冬天的风就是这样神出鬼没，刚才还悄无声息，瞬间，就山摇地动了。屋里的暖气很足，我甚至还听到暖气片里丝丝流动的暖流声，像蛇在草丛里抖抖索索爬行。我感觉燥热，把胳膊伸出被子外面，可是很奇怪，在我胳膊从被子里抽出来后，我的身子却在被子里面颤抖起来，好像胳膊是一截高效能的导线，把寒冷极速地导进我的体内，我浑身一阵冰凉。

不知什么时候，吴天沉重的鼻息声响了起来，他终于睡着了。无眠的，只有我，和屋外那同样孤独的却可以肆意的风。

10

感冒突如其来。

从沉睡中艰难地醒来，已快九点了。我一看时间，得赶紧去上班，十点编辑部要开例会，迟到了又要看那个秃了半个脑袋的副总编老周

的白眼。

想要爬起来，却头痛欲裂，我咽了咽口水，嗓子眼里干干的，火燎般疼痛。

反正心情也不好，例会也不过老一套言词，我忽然不想去上班，身体不好，上班这不等于卖命嘛，不值！我打电话向老周请假。老周阴森森地说道，陈伟悦，这样的天气确实很适宜在家焐着暖水袋看电视啊，不过这人生病也是件没办法的事，所谓天灾人祸嘛。可到底工作还是要做的。

我差点笑出声来，都他妈哪年哪月了，现在你想找个暖水袋焐着还不容易呢，北京好歹是首都，哪能在这样冰冷的天气里眼睁睁看着咱这小老百姓焐个热水袋过日子，早暖心暖肺地把暖气送上了！想笑也笑不出来，我浑身一阵冰冷，抱着被子都没觉得暖和，牙齿咯吱咯吱响着，我拼命控制住它们剧烈的声音传到电话那头，颤颤抖抖地说，周总啊，我很抱歉没遭遇什么天灾人祸，虽说只是感冒，可若不是为你们的生命安全着想，我是绝对不会抱病休息的。这种带病工作的觉悟我一直都有，不过我表现了，突出的只是我个人，我于心不忍。

陈伟悦，想不到平时看你沉默寡言，这个时候倒是能贫啊！感冒的人都这症状啊！老周哼哼着。我猜得到电话那头他的脸一定变绿了，比夏天最茂盛的草地都要绿。

我平时在办公室里确实不是个多言善语的人，充其量也就是个埋头苦干的老黄牛型，不说兢兢业业，至少也踏踏实实、勤勤恳恳，可是也怪，这个秃了半个脑袋的副总编就死活跟我过不去，我编好的稿子不打回来三次让我重新弄，那我就得跑外面去看，今儿个是不是太阳从西边出来了。

好在我这个人已经没了当初的血性，也就是没了肖意常说的个性，所以，不管副总编怎么找我的碴儿，我也好脾气地接受了，无非就是他每打回来一次，我只不过费点事往桌上多放一回，重新看是不可能的，反正第四次送稿的时候该通过的还是会通过。

实事求是地说，最初我进编辑部，还是托老周的福。

当初吴天去都市报要帮我签约"专栏作家"，结果被专栏的编辑调侃了一番，这使他很沮丧，对我也歉疚得很，便铆足劲到处帮我联系工作，后来也不知他怎么打听到他上军校时的一个教员，转业到这个城市新闻管理部门当了一名领导。他找到从前的老师，人家还真挺仗义，看完我平时随手涂鸦的东西，二话不说就把我推荐给一家女性杂志社。人寂寞得久了，自然会格外珍惜不易得到的东西，何况这样东西还是我所喜欢的。我努力勤奋，而且好学，把杂志社里每一个编辑都看成是自己的老师，我只做了一期的编辑助理，就正式地成了一名编辑，三年的时间，我又拿下了汉语言文学的本科。

到北京后，我找工作的首选就是杂志编辑，那时还不知道怎样到网上发简历，就每期必买一些专业报纸，去找上面的招聘广告，见到自己心仪的工作，打电话、寄简历。电话中被问学历，我老实告诉对方是自学本科，人家便找理由婉拒了我。来回不下十个电话，情况大致都差不多。池深要养大鱼，我明白。

就在我气馁的时候，老周主动给我打来电话，说看了我的简历，学历不是最重要的，重要的是能力和经验，经过社里讨论，决定给我个机会，让我去杂志社面试一下，如果面试通过，就先试用三个月。

真是久旱逢甘霖，我几乎是抱着感激之心去面试的。由声音到人，

看到老周锃亮的秃脑门，我都觉得那表达的是一种睿智。

因为对老周感激，最初我是很尊敬他的，老周对我也不错，常常笑眯眯地说我很有新闻敏感性，能把握住稿件社会性，编辑处理得很到位，一看就是个做编辑的料。那时我还不清楚这个杂志社的是是非非，对人事一派茫然。所以对老周的夸赞还是很有些沾沾自喜的。可是后来，我发现一旦我和老周单独相处时，他会很隐含地说一些总编的不是，而且发表完他的议论就用他细眯的双眼盯着我，要我也发表一下看法。我这人天生对人之间的复杂性有点迟钝，虽然感觉到了他话里有话，却总以为人有些情绪是正常的，比如我以前就对吴天冷落我很幽怨，可我明白我之所以幽怨是因为我爱他，我不希望他无视我的存在。我憨憨地对老周说，我觉得您挺好的，和善，能干。总编也不错，有才气，做事也有魄力，而且为人又谦和。

完了，我这话一说，老周立马变了脸色，他阴鸷的眼神盯了我半天，才说了一句，行啊陈伟悦，拍马屁的功夫倒是一流！

我对他的话毫无知觉，还乐乐呵呵地笑笑，我哪里是拍马屁，说的就是实话嘛！

哼，真是捂不烂的柿子！老周在拂袖而去的时候扔下这么一句话。望着他离开的方向，我想了半天，把他说的话、他所有的表情和眼神都细细地做了一番回顾，也没悟出其中的一点道道。但从此以后，老周再也不给我好脸色，在他眼里，我自然也不再是个当编辑的好料了。

直到后来，还是小摆看我实在懵懂，才悄悄点拨了我一下：老周跟总编是面和心不和，他想把杂志社所有的人都变成他的人，然后引发大家对总编不满，这样他就可以掌控杂志社。

我一个刚进杂志社的小编辑，又有多大的力量帮助他掌控杂志社呢？

人多力量大，蚂蚁多了还能扛动大象呢。小摆瞥了我一眼，然后把深邃的目光投向莫名的远方。

真是闻君一席话，胜读十年书。虽说我的年龄比小摆大出许多，可凭见识，我实在是自愧不如。当时，我对她差点崇拜起来。

就这样，我对副总编老周而言，就犹如一块好钢，本来淬火之后更有韧性，结果却淬过头，变成了一块废铁。

小摆叫摆晃，就是摇摇摆摆、晃晃荡荡的意思。刚一见面她就这么跟我介绍自己的，在杂志社，她是第一个主动跟我说话的人，其余的人，都不过点个头微微一笑，没有谁过来跟我说他叫什么什么。小摆来自黑龙江，据说大学没毕业就跟着男朋友跑到韩国待了两年，舞跳得不错，后来又和男朋友闹翻了，独自一人回了国。大学是不可能继续上了，便到了北京。因为舞跳得好，刚到北京那会儿，找不到合适的工作，就在酒吧里给人伴伴舞，伴了差不多几个月，不知怎么就被人介绍到《生活》杂志社，先前在广告部，后来总编发现她的文笔不错，又试用了两个月，这才将她正式调到编辑部。

摆晃早我几个月进《生活》杂志社，刚开始总编叫她带我去各个部门走一走，先熟悉熟悉情况，我听她一口的东北腔，就没话找话地问了一句，小摆是东北哪儿的？她居然眼定定地看我，一脸的悲怆，你咋知道我是东北的？

我笑笑，听口音呗！

天啊，我还以为我说的普通话里没有东北味了呢。她大叫起来，你是第一个听出来的，可别告诉别人。

我们笑作一团。

11

挂了老周的电话，我的牙齿和牙齿碰出的声音再也压抑不住了，我抖抖索索地钻进被窝。被窝真凉！我蜷紧自己的身子，可是那冷还是从骨头缝里一点一点往外渗，连被子也被这股冷气冻了一般，半天没有暖意。脑子里一片稀里哗啦地翻搅，我有了欲死不能的感觉。

吴天去上班了，他起床的时候，我咬着牙刚刚进入迷迷糊糊的状态。他把我推醒，起床了！都几点了。他的声音清清亮亮。

他的声音很少这样清亮。我强睁开眼睛，看到他的脸模模糊糊，以为自己的眼睛糊多了眼屎，我用力揉揉眼睛，看见的是一个背影。没等我看清楚，他已经转过身出去了。他的背影也是朦胧的。

我没在吴天的催促下起床。

吴天洗刷完后，见我还没要起床的意思，便绷着脸在屋里来来回回走了几遭。他一点也没注意到我的虚弱，我无力的，随着他身形晃动带着期待呵护的眼神。他其实压根儿就没好好看我一眼，他只是用眼角瞟了我一下，好像蜻蜓扇动翅膀在水面上掠过一样，什么也没看到。

我本还想用呻吟来引发他的注意，可是我没力气了，我所有的力气都在咬紧自己的牙关，我不能让牙齿发出震颤的声音。

那、我先走了！吴天说道。

我虚弱地点点头。我好冷。我很想跟吴天说，可是这几个字在我心里转来转去，就是无法从嘴里冲出来。

我听到开门关门声，听到吴天有力的脚步声，还听到他的咳嗽渐渐远去。

用被子把自己裹紧，再度昏睡前，我的头脑里蹦出一个十分可笑的问题：吴天的声音今天怎么那么清亮呢？

　　头痛欲裂！

　　屋里很静，静得我都能够听到寂静的声音，尖锐而悠长，像把锥子一样钻进我的心里，我的心被这种安静的声音刺得千疮百孔，而每一个疮每一个孔又被这种声音填满。我一动不动地窝在被子里，只有眼珠不受我浑身的冷气和疼痛的影响，缓慢地转动着。我看电话机，希望它能响起来，它一响，我就不得不起来接它，就会有理由让自己暂时忘记软弱，会包装起坚强来。我需要坚强！可是红色的电话机这个时候表现出顽固的执着，它温暖的颜色仅仅给了我一分视觉上的感受，却没有给我带来温暖心灵的声音。而躺在床上的我，此时又是多么需要一种立体的、喧闹的、温暖的声音来陪伴啊！

　　我努力了数次，终于鼓足劲让自己从被子里钻出来，把电视打开。于是，屋子有了流动的喧闹声音，有了明艳闪耀的色彩，我的心终于在飘飘浮浮中有了一点依靠。

　　在电视制造出来的色彩和声音中，我萌生了一个很哲人的想法：人，尤其是孤零零生着病的人，声音和色彩是其心灵最直接最温暖的一种依靠！

　　什么时候流的泪，我自己一点都不清楚，只清楚当我的太阳穴能感觉到枕巾上一片湿润时，我的身子已经暖和过来，不但暖和，而且开始发热，我的思维有些模糊……

　　再醒来时，我的额头上多了条冰凉的毛巾，我刚想把毛巾取下来，听到吴天的声音，别动，你发烧了！

　　我乖乖地不动，心里却想，他怎么回家来了，是回家来取什么东

西发现我发烧了，还是他有心灵感应？

很想问问吴天是不是和我有心灵感应，我依稀记得我昏睡的时候做了一些梦，梦见有一双手抚过我的短发，还看见一张含着笑意的脸。我好像是在一片荒漠里行走着，热辣辣的太阳如同大火炉一般炙烤得我浑身都冒热气，我渴得连呼吸都很困难，就像一条离开了海洋的鱼，只有张大嘴一张一合地等待着被烤成鱼片的那一刻来临。也就是这个时候，我看到了那微笑的脸，他带给我的是一片清爽荫凉的感觉，我看到自己把沉重的头埋进那片荫凉里，在深深地呼吸着时，感受到了一双温柔的手，轻轻地在我的短发丛中滑过，是很久未曾有过的一种温柔！我抬起头，可是面前再没有了那张含笑的脸，只有起伏不定的一堆又一堆的沙丘以一种狰狞的面孔出现在我的视线里。霎时，忘却了所有，只有一心一意地爬向那些沙丘，爬呀爬呀，没有止境……

梦里的那双手是不是吴天的？我望着他，眼前却始终很模糊。我闭上眼睛，让视线能调整得更清楚一些，再睁开眼时我张开了口，却听到自己的声音虚弱又沙哑，含混不清连自己都听不清楚，便闭了嘴。

吴天取掉我额头上已经变得温热的毛巾，重新在冷水里搓了一下又敷到我的额头上。

我冲着他疲倦地笑笑，谢谢！我用足力气说道。

怎么生病了也不说上一声，也不吃药，一个人在家这样躺着，多危险！虽是责备的话，在我听来却充满了关爱之情，我的心头一热，眼里迅速潮湿起来。

现在是什么时候？我想坐起来，刚一动，人摇晃起来，头一阵晕眩。吴天及时地伸过来一双手扶住我。

你就躺着吧！现在都快六点了！

我大吃一惊，居然睡了整整一天！吴天是下班回家才发现我生病的。我盯着日光灯，刚才一直没注意屋里亮着灯，还以为是白昼呢。吴天放下我，我就像一件掉落在地的衣服，失去了支撑后软塌塌地堆在一起，刚刚泛起的暖意又凉了。

　　吴天手里握着一把药片，把水端过来说，吃药吧，吃了药再睡一晚上病就好了。

　　我盯着大小不一形状差不多的药片心想，他怎么也不问问我的症状就给我吃这么多乱七八糟的药？

　　没等我乱七八糟的头脑把这些乱七八糟的药片分析清楚，我已经把它们全部吞进了喉咙。

　　吴天看着我吃药，他的样子很惊奇，我居然没有跟他讨价还价就把药片吞掉了，这似乎不是我的做法。他知道我吃药是最难缠的。我从小就怕吃药，小时候生病宁愿打针也不愿吃药，我怕药片漫出来的苦味。父母为让我吃药，常常要看着我把药片吞掉，我便做戏法一样将几粒药片揉进手指缝里，然后在父母面前装着把药吞下去的样子，后来被父母发现了我的诡计，再吃药时只让我用大拇指和食指掂着药片，一粒一粒地吞。当父母再也无法监督我时，吴天接过了父母的接力棒，成了我吃药的监督人。每到有什么病状需要吃药时，他总是不忘叮嘱和监督，否则即使把药摆在我面前，我也会装着忘记的样子。就是吴天对我最忽视的那段日子，一旦我有吃药的机会，他也没忘过盯着我吃药，而我，也从来没忘记和他讨价还价，就好像吃药不是为了治我的病，而是在享受和吴天讨价还价的快乐。

　　吴天似乎笑了笑，从他的表情里看不出他笑，我在吞完药后目光刚好落在他的嘴唇上，他的嘴唇很细微地往上翘了翘。我不知道那一

翘是不是为了我。

吴天把杯子拿走，很快又端来一碗稀饭说，来，饿了吧？喝点粥！他的声音带着怜惜，难得他这样温和，我心里霎时满足起来，暗暗得意这一场感冒，如果不是生病，我哪里能受到吴天这样的温柔？

粥很白，像玉，有凝脂一样的光泽。我顿时饥肠辘辘起来。

粥还没喝完，吴天就说他要回办公室一趟，赶一份明天上报的材料，一写完材料就回来。没等我说话，他已经拿起衣服。我咬住嘴唇，温滑的粥正在我的肚子里制造出一种踏实的感觉，可到底还是没能叫我彻底踏实下来。我冲着吴天咧了咧嘴。我知道这肯定是一个比哭还难看的笑，但吴天不会介意这是笑还是哭，他已经转过身走了。

我冲着窗户望着，窗里，灯火通明，窗外，是一片昏暗。不知道外面还下不下雪？一种若有若无的暗香涌来，我使劲吸了吸，却猛然被一股凝滞、浑浊的气息呛了一下，我急促地咳嗽起来，咳得凶猛而撕心裂肺。我听到身休里某个器官像瓷器掉在地上一样发出碎裂的声音。

待平静下来，我才躺下，睁着眼看着有些浑黄的房顶。房顶就像我此刻的心情，粗糙，混沌，一片不太纯正的颜色下面掩盖着纷纷扰扰。

第二章

1

肖意很长时间没打电话给我了。我的生活过得一团糟糕，和吴天的关系不知怎么越来越不对劲，我们两个简直就不像夫妻，彼此客气得要命。吴天倒不像以前那样动不动就说我幼稚说我不成熟，对我满脸的不屑，他的表情虽还是淡淡的，可他会询问我在单位的情况，坐下来听我说，很努力地做出一副认真倾听的样子，可是我却分明从他的眼神中看出他思绪的游离，也就是说我不管说什么说多少，也只是我自说自话而已，吴天是一句也没听进去的。有时候，我故意说着说着停下来，吴天老半天也没有反应。他这样的状态，我还能跟他说什么？自然再面对他的询问时也就敷衍了事，他没心思听，我哪里还有心思讲？我们两个就像同时住进一个宾馆的房客，彼此认识，却又不十分熟悉。

我本来就是一心扑在小日子上的人，小日子过得不顺，心情自然

也好不到哪里去。又早已过了当年那个喜欢倾诉的年龄，于是把所有的心事都压在心里，闷头拼命工作，甚至都达到了忘我的境地。总编看着我喜笑颜开，在每个星期的例会上可着劲儿表扬我，把副总编老周听得不停拿眼瞪我，用手蹭他半秃的脑门，直蹭得他那灰暗的脑门像个瓦数极高的灯泡。

摆晃这时候真的成了"摇摇摆摆、晃晃荡荡"了，会议一结束，她就晃到我跟前，瞪着那双画了浓妆的大眼睛直愣愣地看我说，悦姐，卖什么命哪？革命是要花本钱的。她一努嘴，瞧见没，大家伙要被你的沸腾煮成骨头了，快没饭吃了。

我知道她想说什么，《生活》是半月刊，编辑部一共有四个人，四个人的工作我几乎干了一半，等于把他们三个人的工作抢夺了。这段时间，总编提出了几个编辑部预改革的方案，其中有一个就是想试行一下按编发稿计酬，也就是我们这几个编辑不再拿固定的薪水，而是按编发稿的数量拿钱，编发的稿件和页码多，开的工资就高。老周因为兼着编辑部的主任，他把我们召集到一起后，让我们也考虑一下，按版面计酬的可行性和具体的实施方案。当时我们四个人私下商议过，如果真的要按编稿量计酬的话，我们就分期发稿，两个人轮一期，各二分之一的版面，如果本期稿子质量跟不上，可借下期的稿件充上。实际上还等于四个人平摊工作量和编辑的费用。现在我赶在这个节骨眼上玩命，这不明摆了是身体力行着总编的预"试行"嘛，而且还拿足要拿编辑部薪水最高的架势。

我瞅一瞅编辑部的另外两个人，果然个个脸上带着颜色，见我的眼光瞟过去，便都拧了脸，一副瞅我不屑的样子。

意识到这段时间确实太出头风，我赶紧站起身向大伙道歉，对不起，因为春节要回老家，想着多干点活，到时在老总那里好请假，这就忘了那个预"试行"，下一期我没稿子上，就辛苦辛苦你们了。

我也是顺口说春节要回家的话。年关了，这个理由最为充分。果然，这话一说，其他人也都笑了笑，虽没说什么，可脸上到底是松动了，这就表示对我的理解和认同吧。

摆晃仍撑着身子趴在我的桌上说，悦姐，订了啥时的票？要回家可得早点订票，再晚，就买不上票了。我有个倒票的朋友，你要是订不上票就提前跟我说，我可以找他拿票。

我支支吾吾地说，嗯……好，今年买票应该不紧张的。

其实是我压根儿就没回家过年的打算，摆晃一下子站直了身子，嘿，哪年春节的票不紧张啊？

2

我奇怪自己竟然一直没想起肖意来，就是偶尔想起，也很无动于衷，根本没想要给她主动打个电话。实在不是无情，只是恍惚得很，老觉得和她才见过面不久，又想着她是个热情似火的人，满心满肺都是对生活的热爱，我的关心就像她散步时不期然听到的一首歌，听了或者更快乐一点，不听，也无所谓。再说了，少了我带给她的烦心，她不是更加滋滋润润的吗。

猛然间感觉自己有点像琼瑶笔下的主人公，幽怨、孤独、自闭，只是因为没有容貌的衬托，所以更显得我的世界缺了水分。

肖意到底还是给我打来电话，她幽怨地说，我就想知道你能忍受多长时间没有我的消息。

我一下笑起来，我的世界不能没有你！

少来！她在那头笑了起来，我听到她笑的声音很粗重，好像是故意要让我听出她的笑声似的。

怎么，今天想起我来了？是不是没有我的世界同样寂寞？

我后天的火车！

你要回老家？肖意的这句话有点突兀，我敏感起来，赶紧问道，是不是发生什么事了？肖意的工作性质是没有可能假公济私到外面溜达的，所以我的第一个反应只能是她出事了。这个念头一起，心里竟除了涌起的不舍，更多的还是担心和忧虑。

你怎么就巴望我出事？肖意很不满地叫起来，还有半个月就春节了，我提前请假，反正这时候也没啥要紧的事要做，这个时间守在北京，倒不如早些回去，免得到时买不上车票。

我松了口气，却又迷惘起来，是啊，就要到春节了，留在北京不过是孤清清的一个人，倒不如早些时候回家，从前再怎么想要逃离的地方，一旦真的离开了，就会变成心中的想念。

你呢？和吴天不回去吗？

我们？

我张了张嘴，到北京这几年，我和吴天一次也没有回老家过过年，也从来没说到过回家过年的话题，好像从来不知道"团聚"这个词在春节的意义。我爸妈每到年前就在电话里问，回不回来过年？吴天家那边一打电话，婆婆就急，说这时候甭打电话，甭打电话，人直接回来就行了。我和婆婆的关系一向很好，有时候跟她开玩笑，说不打电话，这可是您说的，别到时又说我们不想您。婆婆生气，说我才懒得理你们，要真想我，就回家，哪个出门的人不是一到过年就忙忙乱乱地往家赶，有你们俩这样的吗？从来没在家过过年，咱家的"圆"，是缺了一块的。

想想也是，春节是万家团圆的日子，可我们给两边老人只有"团圆"的期望，从来没有圆过他们的缺。

往年春节逼近时，或多或少我们总会有一些感觉的，早早地就会商量着买些什么年货，尽管所谓年货，也不过是比平时多一些日常用品，商量归商量，买却总是要等到春节临近的最后一天，匆匆忙忙的，紧紧迫迫的，但从谈论的那一刻起，心情便有了平日没有的喜庆、轻松和快乐，就像你携着一个让你感到快乐的人的手，一直走了那么多那么远的路。

但今年的春节都要逼到跟前了，我还没有太多的意识，和吴天也没有说过一句关于春节的话题。一个让人期待的节日，竟被我们俩生生地拒绝在生活之外。

自从北京的第一场雪落下来后，我和肖意就再也没有在一起聚过，而从那场雪以后，北京的冬天再也没有过精彩，干干的，冷冷的。有二十多天了吧，我在心里暗暗地算着没联系过的这一段日子。不知道肖意这二十多天的生活里又有什么故事发生。

我张嘴刚要问肖意过得怎样，却听得那边肖意极为低迷的声音，伟悦，我怀孕了！

这真是冬天的一个惊雷！我的大脑半天没反应过来，张着嘴半个字都吐不出来。说来也奇怪，我和吴天，肖意和尚文柳，我们都不是那种立志要做丁克家庭的人，非但不是，还满心满肺地想要个孩子，可是结婚多年，我们谁也没有孩子。我和肖意打趣说，我们的关系已经好到了命运相通的境界，没孩子大家都没有，要有孩子，肯定是大

家一起有。肖意就笑，说你是不是想说将来我要有女儿，你家的儿子娶我女儿？我说这可不一定，也许我生的是女儿呢？我们都喜欢女儿，相比之下，还是女儿更贴心也更省心一些。

说归说，都知道是玩笑话，我们谁也不会真想去闹什么娃娃亲——说到底，连孩子都没有，拿什么闹啊！

我和吴天都到医院检查过，医生说我们谁也没问题，只差机遇而已。这一说，安定了我们的心，但数年过去，机遇依然很深地隐藏着，死活不肯降临，慢慢地，我和吴天就很少讨论关于孩子的话题，有时候会说上几句，还是两个人的世界清静！这自然是言不由衷，不得已才说的，说完了，谁也不敢看谁。肖意却是怀过一次孕，是在她结婚的第四年里，但她自己也说不清是什么原因，孩子莫名其妙地流掉了，像一个来去匆匆的梦，没等她好好品味即将为人母的快乐，梦便醒了，留下的痕迹也逐渐模糊最后消失。那一次之后，肖意再也没有怀过。

该来的千呼万唤不来，不该来的却死乞白赖地降临！我心里长叹一声。

生下来吧！迟钝了半天，我张口竟然说出这么一句话。说完，连我自己都吓了一跳，我其实是想问她想要怎么处理这个孩子，可不知怎的，这句话连大脑都没经过，就直接从嘴里蹦了出来。或许在我的意识里，一个生命的来临，无论该与不该，到底是一分精彩，更何况，结婚数年，没有孩子的生活毕竟有些单调和无聊。

我也想留下这孩子！想不到你跟我真的是如此心心相通！

肖意的话让我有些啼笑皆非，她要是知道我本来要想说的话，是不是就会说我不是她的朋友？

可是……留下孩子，今后怎么办？

我养啊！

你怎么养？别忘了你还没离婚呢。

肖意停顿了一下，期期艾艾地说，你、说，要不、我不离婚？跟尚文柳好好说一说，让他允许我把这个孩子生下来？

我真有一种疯狂的感觉，肖意也不知是对自己过于自信还是对尚文柳过于自信，这种事情哪会这么简单？要知道这可是别人的孩子啊，尚文柳再大度，能够容忍你感情上的背叛，那是他知道你感情的热度是维持不了多久，可以后他将要面对的是一个孩子，实实在在的一个生命存在，这不是让他每时每刻都在清楚自己头上戴着的是一顶分量极重的绿帽子吗？再懦弱的男人，又有几个愿意明目张胆地戴绿帽子的？不过这话我没直截了当地说出来，只问了肖意一句，肖意，要是尚文柳和别人生了一个孩子，你会怎样？

他敢！肖意张口就说。

那不就结了？我像极一个小学老师，谆谆善导着她，尚文柳是爱你的，否则他也不会这么多年一直包容你对他情感上不断地背叛，但不管怎么说，这种包容是有限度的，如果你一定要让这限度无休无止地伸延，他当然做不到。就像你，口口声声说要和尚文柳离婚，可你也一样根本就容不下他和别的女人生孩子。你想，哪个男人又愿意自己的老婆和别人生个小孩？

肖意半天没吭气。我以为她被我说服了，正暗自得意自己到了北京口才大有进步，连思维都跟着清晰了不少。

实在不行，我、自己养！我的得意没维持几秒钟，冷不丁听到肖意说出这样一句话来。

真是晕大了！

你以为做单身妈妈容易啊！

不是还有你嘛！肖意嬉皮笑脸地说。

关我屁事！我没好气地道。

怎么能不关你的事？我生孩子你来养，这十月怀胎的苦都给你免了，这样的便宜你上哪找去？

这样的话我想也只有肖意才能说出来，她从来就不顾及什么话能不能说。她根本忘了我其实很想有一次十月怀胎的，可惜结婚十几年，从来都没这样的机会。我颇有些无奈地笑起来。

是不是那个尹可凡的？他知道你有孩子了吗？开始就想问这个问题，到底还是没能忍住。

他不知道，我跟他什么关系都没有了。

可现在不是有了？你怀了他的孩子。

那你要我怎样？

你可以去找他啊！

你智障啊！别老提这茬好不好？我说了跟他没关系啦，你偏要哪壶不开提哪壶，硬把我和那个男人扯一起干吗？他又不能对我负责，找他有屁用！还不是自取其辱！拜托你用点脑子好不好？肖意对我吼道。

我被狠狠地噎了一下，缓过劲来后急了，说，怎么又成我的不是了，明明是人家做的事，难不成要我说是我做的？我想做也得能做啊……话没说完，电话那头的肖意已经大笑起来，你有完没完啊？她喊道，你要再胡说八道我可就摔电话了。

摔就摔！没等她把电话摔掉，我先把电话扣了，气恼地往椅子上一坐。这是什么事嘛，这世界谁的日子也不比别人好过，自己过自己的日子都是一团糟，干吗还总是让我承受莫名其妙的气！

没过一会儿，肖意又把电话打过来，喂，她的声音与刚才相比居高不下，要摔电话也该是我，为什么是你？

凭什么是你摔我电话，我不能摔你电话？我想吼起来，可毕竟少了肖意的肆无忌惮。我是压着嗓子吼。

就凭我是肖意你是陈伟悦！

这有什么关系？你是你，我是我，少把我和你扯在一起！我一咬牙，反正大家心情都不好，要吵就狠狠吵一顿算了，吵完了大不了从此掰开，各走各的阳关道。

年少时的一个雨天，肖意打着一把新雨伞在我们一群旧雨伞中炫耀，大家虽说对她的那分得意很不满，可看看自己的伞，陈旧灰暗，有些还破着几个洞，被补丁遮盖着，根本不能和肖意那把火红的、上面还印着一只可爱的黄色小鸭子雨伞较量，便一个个都蔫头蔫脑，吊着脸闷着头只管走自己的路，也不像平时那样一路叽叽喳喳。快到家时，我忽然发现肖意的雨伞上有一片枯叶，刚好落在小鸭子身上，就喊了一句，肖意，你伞上有片叶子，我给你弄掉！我用自己的伞举到肖意的伞上帮她拨枯叶。没料到，肖意这时一个转身，慌忙中我想把伞抽开，肖意个头比我高，我往外撤伞时往下一沉，一根伞骨戳进了她的伞，崭新的伞面上顿时多了个小窟窿。当时，所有的人都怔住了。肖意猛然大哭起来，指着我非说，看她的伞眼红、嫉妒，故意弄破她的伞。我怎么解释她都不听，最后，我被逼无奈，把身上所有的钱掏出来，向旁边的人借了好几块钱，只能用赔的方式证明我不是有意的。但肖意接过那些钱后仍不罢休，还一个劲说我是故意的，我实在忍无可忍，终于怒道，我就是故意的，你怎么着吧？我赔你钱了，你收了钱就没权利再指责我！肖意接受了我故意弄破她伞的事实，反倒平静下来，问我为什么要故意弄破她的伞？我狠狠地说，我想弄破，我讨厌她的伞，讨厌她这样爱炫耀的人。说完这话，我的泪水涌出来，我痛恨自己的言不由衷，更痛恨自己多事惹来的麻烦，我心里压抑着被肖意伤害的痛楚，疯了一样和肖意对骂……

让你在我面前一直这样自以为是！大不了在电话里再和少年时一样和她狠狠对骂一次！我心里有点恶狠狠的味道。

上天注定要你和我扯在一起，我也没办法！那边肖意的声音忽然又极度温柔起来。

真是受不了！从小一起长大，肖意太知道怎么挠我的痒，怎么止我的痛了。我长长地叹了口气，抛开刚才要和她燃起熊熊战火的念头。算了，即使上天这样不长眼，让我有一个这样的朋友，我只好认命。

哪天聚聚？肖意笑嘻嘻地问我，她的变化之快，真是令人难以应接，前面还悲悲切切，转眼间又作河东狮吼，现在又温柔如水，这样的女人，不把男人折腾死才怪。

3

肖意带着满腹心思回了老家，尽管她一直闹着和尚文柳离婚，可肚里有了别人的孩子，她的心里毕竟无法平静下来。我料不到她和尚文柳之间会以怎样的形式结束，我还是替她担心，我担心在不能接受这个事实时，尚文柳会和肖意大动干戈。不是有兔子急了还咬人这句话嘛。

再担心肖意也顶不了事，她回家后一直没给我来过电话，我呢，倒是有两回把她的电话拨出去了，可没等那边的电话应声，又匆忙挂断。我居然害怕听到肖意的声音。

春节一天天临近。北京城依然平静，只是各大商场超市开始热闹非凡起来，超市里像是要敞开了免费拿货似的，在各色货架前，拥拥挤挤着各式各样的人。我拿着空荡荡的货筐，在人群挤兑之中，竟然不知道该买些什么。看别人推着满满的购物车，我有些羡慕，这是一些把日子过得清清爽爽的人，选什么挑哪样都是很有主见的，不像我，把日子过得一塌糊涂，整日里恍恍惚惚，连什么是我生活的日用品都糊涂了。难怪吴天会时常用那种不屑的目光看我，一个一心扑在小日子上，却又把日子过得一塌糊涂的女人，对于男人而言，是一种悲哀！那么对于吴天，我真的就是他的一个悲剧？

跟在别人后面，我尽量把购物筐装得满满当当，使劲往脸上堆砌笑容，不是为给谁看，仅仅是为让自己与即将来临的节日添上一丝喜庆的意思。

我费力地把东西提回家，还没等走到门口，就大声吆喝着，吴天，快开开门！

吴天把门打开，袖着手站在一旁等我进去。我吃力地把东西挪进屋，往地上一堆，大大小小的塑料袋变成了一座小山。我得意地冲吴天说，看，我买了好多年货！

吴天点点头，要过年了，是该买些东西。话音没完，人已蹩进了书房。

我看着小山一样的塑料袋发愣。

年三十那天，一大早我就起来把家里打扫得干干净净，中午时就开始洗菜，虽说只有我和吴天两个人，可每年的年三十晚上，我们都会奢侈地弄上一桌子菜，摆上几副碗筷，还要拿出几瓶酒，两个人也

会调出很热烈的气氛来。我不会喝酒，也不爱喝饮料，吴天就会给我泡一杯淡淡的茶，让我用茶和他干杯，我们互相猜谜语、唱歌，兴致高时，我还拉他起来乱舞一番，两个人的年夜，一样不缺热闹。有一年，婆婆提前给我们打电话，听到我们说挺忙的，高兴得很，连说忙就好忙就好，过年的时候就是要忙一些，这样到第二年日子就顺了。

我刚洗了几样菜，吴天走过来说道，就两个人，简单点吧，别整那么复杂，吃不完最后倒掉可惜。

我像一只充足气的气球，猛地叫人扎了一下，气儿很快泄漏完了。我无精打采地把洗好的几样菜放回菜筐，没兴趣去配菜了，甩甩手坐到电视机前边。还是电视节目精彩，有声有色，热闹非凡，只是这声色，这热闹，都离我很远。

吴天也不吭声，拿着遥控器不停地换频道，只是不论哪个频道，都是喜庆非凡，好像这个世界整个是喜庆的汪洋，连个阴暗的角落也被人刷了白漆贴了红纸，红晃晃地洋溢着吉祥。

既然整个世界都欢天喜地，我是这个世界的一分子，又有什么理由不欢天喜地？

我看着吴天，他的目光黏在电视上，里面正重播一个娱乐节目，节目里的男女都极尽夸张地张大嘴，为随便一个什么人说出的一句话作出一副乐不可支的模样。我也哈哈大笑起来。

吴天回过头看着我，很好笑吗？他表情严肃地问。

我笑着说，好玩啊，你刚才没听到嘛，那个主持人居然说他想做个花瓶，又挺拔又秀美，还可以养鱼养花。他可是个男人哎，想做花瓶？花瓶被打碎还挺拔个屁，还又养鱼又养花，成烂池塘了！这种男人臭了都不知自己是怎么臭的……

吴天皱眉头，没吭声。

哎，吴天，你说男人是不是都把自己当个宝啊？尤其是那种小有成就的男人？

我不知道！

怎么现在我问你什么都不知道？我问你外面冷不冷，你说不知道；我问你上班是不是很忙，你说不知道；我问你上次买的那围脖暖和不暖和，你说不知道；我问你妈的头疼现在是不是好些了，你说不知道……你告诉我，在我面前，什么是你知道的？你知道今天是大年三十吗？

吴天盯紧我，你怎么了？满口的火药味，今天是不是要故意找碴儿？

我笑起来说，你总算看出来了。我还以为你真的是木头人，没情没绪呢。

有什么情绪？说出来啊，这样阴阳怪气干什么？今天可是过年。吴天不高兴地说道。

我以前很少耍脾性，有不高兴的事，也是闷声不语，一个人躲在一边翻书，看电视，或者手脚不停地干活。受委屈大了，最多也就背着吴天默默地流泪，拿一张纸胡乱写画。我从来都不知道怎样和吴天来发泄自己的不满。

没什么，我就是觉着生活忒没意思！我一下子焉了，自己挑起战火，自己又灰溜溜地偃旗息鼓，我没有太多实战经验，不知道接下来该怎样与吴天舌战。其实更多的是吴天的麻木让我悲哀，他还知道是大年三十，别人都在欢天喜地迎大年，而我们却烟火清冷，连电视里那热火朝天的热闹也没能感染到我们一丝一毫，仿佛这一对男女早已

超脱到远离人间烟火的境界，人间的欢腾是挤不进这两个人的心里。

吴天继续心不在焉地看电视。屋外烟火此起彼伏，把这个年夜映得辉煌灿烂，充实得满满当当。绚烂的夜空像孩子的一幅画，极尽声色，我们清冷的屋子里时不时被一道道炫目的光划亮，在光芒中，却更显寂寥。我望着窗外被烟火映亮的天空，倍感心灰意冷。

大年三十，我和吴天之间竟然没再说过一句话，即使在看新年联欢晚会时，我们的笑声也显得那样做作和无奈。倒是我和吴天的手机，此起彼伏地响着，声声传递着别人新年的祝福，让我空旷的心里多少有了一些过年的意味。

给婆婆打电话，婆婆的声音简直是锣鼓喧天，她喊道，伟悦啊，过年好！我很好，不用担心，我现在是吃嘛嘛香……你们吃过年夜饭了吧？我就猜这个点，怎么你们也吃过了，丰盛不丰盛？哦，丰盛得很！这就好，要过得好首先要吃得好……听到这边的炮鸣了？哈哈，开心吧……祝你们小夫妻和和美美，幸福到老！

婆婆的声音就像屋外的烟火，绚烂而温暖，让我心里暗暗涌动的潮水变成了波浪，一波推涌一波。

很准确地，当新年的钟声敲响时，电话也同时响了起来。我离电话近，伸手接了起来。

喂，新年好！我说。不管对方是谁，我也要像婆婆一样让对方感受到我们在新年里的快乐，尽管快乐是别人的！

电话无声，我又喂喂了几声，还是没人说话。

我刚把电话挂断，过一会儿电话又响了，还是没人说话。我又疑惑地挂断。

大概是电话有毛病吧。这是吴天在新年的第一天和我说的第一句话。

也许吧。

电话再次响起时，我没动，眼睛看着吴天。吴天过来接起来。

我清楚地听到电话里传出来的声音。吴天脸上的神色就像冰冻了上千年的雪山一下子被炽热的阳光集中照射了一般，即刻融化了，春暖花开，简直就是个花圃了。他迅速地看了我一眼，把绽放的春色收住。我看着他笑笑，起身说了声"上厕所"。

把厕所的门一合上，我的眼泪毫不犹豫地涌了出来。没有心酸，只有绝望。

4

直到春节收假，肖意才给我打来电话。说她已经把尚文柳搞定了。我问搞定了什么？

我都跟他说了，我说我怀上了别人的孩子，并且打算把这个孩子生下来。他要是还不想和我离婚，我从此以后好好跟着他过；他要是不想再接纳我，离婚我也签字。

他怎么说？

他什么也没说，只是抽了一夜的烟，第二天才跟我说，他还是不想离婚。如果我真的很想有个孩子的话，他愿意做我肚子里孩子的爸爸。

我的震惊一点也不亚于地震，当然只是那种二三级的地震，毕竟是隔岸观火，不如我和吴天之间的那分淡漠对我更具有杀伤力。我半天没有说出话来。想想肖意离开北京前我们之间的那场谈话，我的担

心，想象中尚文柳剧烈的反应，真是杞人忧天！但我还是觉得纳闷，不知道尚文柳是真的爱肖意入骨了，还是他心理或生理上有什么毛病，我这个旁观者都觉得这是一件匪夷所思的事，他居然能够平静地接受。或者，他就是一个崇高伟大的男人吧。我只能这样去想，也为肖意这相对比较完满的结局舒了一口气。

你什么时候回北京？既然事情没有想象中的那么不堪，我也轻松起来，语气中倒有了一点惬意。

回北京干什么？肖意显然吃惊不小，我要在家养孩子！一个大肚子女人四处乱跑算怎么回事？

瞧，我这又是闲吃萝卜淡操心嘛！

可你把家里的工作辞掉了……

养完孩子再说！肖意不容分说的口气说，孩子的事情大过天，再说尚文柳也说了，以后孩子生下来，我就在家带孩子，他养活我们。

尚文柳现在已经是一个乡的乡长，虽说收入不算太高，但明的暗的加在一块，在我们那小县城里，养家糊口还是绰绰有余。但肖意真的能耐得住那分寂寞吗？

你和吴天怎么样了？

我一点好心情一下子让肖意的这句话给破坏了。

还好。我说，没等肖意再往下说，我扣了电话，连个再见都没说。

5

元宵节一过，时间就变得快了，不经意间，春天开始了。绿色铺天盖地，把这世界都淹没了。

我被那些饱绽的绿色惊住了，怎么也想不起来这些绿色是何时出来的。凑近那些绿，用怀疑的目光不停地打量树的每一根枝枝杈杈和地面上盖着泥的每一寸土地，细细的绿、毛茸茸的、鹅黄的绿，再浓一点的浅绿，浅绿往深一些，再深一些，层次不一，错落无序，都是张开笑脸，泛滥着春意的绿色，那绿色多了，浓了，溅得我有些苍黄的脸上，也有了一股子青青的绿色味道，我也像刚从土里竞争着和那些小草拱出来似的。我使劲地搓着瘦巴巴的脸，春意已经盎然，我这张脸也该桃花盛开了。

　　这天，我刚从外面采访回来，坐下来喝口水，喘口顺气儿，摆晃嘴里含着支笔轻轻走过来，目光里满是神秘。其实办公室这时候就我们两个人。她一把抱住我，嘴贴到我耳朵跟前，说，悦姐，你要升官喽。我拍了拍她春节期间被染成七彩颜色的头，小摆，别做梦了，咱做一个小小的编辑已经很满足了，当官的事留给后人吧。

　　好不容易我说服自己不嫉妒你，你咋就不信我的话呢？小摆的嗓门一下子高了八度。我吓了一跳，我居然从面前这个小女孩身上看到了肖意的影子。

　　成，当了官请你吃饭！我很豪气地说，不过你得告诉我，我是当主编还是社长？

　　喊，我看你就整个一官迷，还主编社长的，有这种跳跃的速度，我看国家新闻出版广电总局的局长明年就是你的。

　　我看可以。我一本正经地说，那就让你当北京新闻出版局的局长。

　　谁那么大的野心,还想当新闻出版局的局长？

　　我们正乐哈着，老周一步跨进来。摆晃冲我眨了眨眼睛，我笑了一下，好像两个人正做一件特别有默契的事似的。

　　我被老周叫进他的办公室。老周表情平板，坐在他那宽大的老板椅里，一只手不停地抚着他那亮灿灿的脑门。老周其实长得倒也周正，细长的眼睛微微有些上吊，笑起来时有些女人的媚劲，但却极有亲和力，平时他装模作样爱绷着个脸，但一笑，满脸的柔和，让人无缘无故地会心生好感。虽说头发少了些，但好歹他还能正视这个问题，没有搞地方支持中央那一套让人望而生笑的繁文缛节。

　　我一坐定，老周便用他那双狭长的眼睛瞅着我，脸上一副欲笑不笑的模样。记得上初中时我们语文老师就时常这副欲笑不笑的表情，有不少同学都说，有这种表情的人通常非奸即盗，后来的事实也证明我们这个语文老师确属于奸类——他写了不少匿名信把学校几乎所有带点小职务的老师都告了，就差告班主任了，他自己是个班主任。后来上级派人来调查，确实也查出学校的一些问题，实际上大部分老师还是很遵纪守法的，学校本是清水衙门，有些老师就是想把自己整成个贪污犯，也没条件啊。

　　看到老周不阴不阳的怪模样，我心里有些发怵，他这个样子，不像是要我高升的兆头啊！倒像是我犯了罪，被他审判一样。老周慢慢吞吞地喝口水，又清了清嗓子，一开口说了几个字：这个……嘛。顿住，掀掀眼皮，又是不清不楚的眼神。我从他眼睛里看出不祥，顿时有些紧张。

　　陈伟悦，你把手头的稿件整理一下，移交给别人。老周终于耷拉下他的眼皮说道，这时我看不清他的脸上是什么表情，是窃喜吧？我对他欲推翻总编计划的不配合，让他一度对我非常恼火，平时也是有事没事净找我碴儿，肯定也是恨不得我能被开掉。虽然他只说这么一句，但对我而言，这句话的意思当然是非常明确的，我要装傻的可能一点都没有。

还好，我没有崩溃。我自信不是个找不着天寻不着地的人，我只是不愿意莫名其妙地叫这种莫名其妙的人做这种莫名其妙的事。让我伸长脖子挨刀总得给个理由吧。

我看定老周那锃亮的头顶，说，我想知道，为什么要让我走。

老周抬起头，奇怪地看着我，咦，我还没说你就知道了？谁消息这么灵通？

他妈的真是老黄瓜刷绿漆，装什么嫩啊！我心里骂了一句，老男人装嫩是很让人恶心的。我没说话。

就算走走过场罢，老周说道，经社里研究，认为你自到杂志社后工作勤恳、认真负责、业务能力强，所以决定调你到《驿站》社去任编辑部主任。

一个人走路走得好好的，忽然被崴了一下脚，脚倒不痛，却发现脚边有一块金子闪闪发光，就算再不财迷的人，恐怕也会忍不住要惊喜万分了。

《驿站》是杂志社办的另一本子刊，原是《生活》杂志的一个栏目，是专门给那些有心事的人诉说衷肠的。一年前由栏目变成刊物，其涵盖内容宽泛得多，社会新闻也是《驿站》落脚的地方之一。由于是一本综合性的杂志，适合于各个年龄段和各个阶层的人阅读，所以尽管它不时尚，也不前卫，但仍拥有一个固定的读者群，因此发行量还说得过去。

我没想到会让我去那个杂志，那可是我们这几个《生活》的编辑心仪的地方呢，单独办公，可以不坐班，不用每周例会，不会整天跟领导打交道，时间绝对宽松。我竭力忍住内心的欢喜，可是没忍住，

绷着的脸硬是被撑开，笑也就自然地溢了出来。以为自己让老周当成眼中钉终于被挖掉了，结果却是柳暗花明，竟然从羊肠小道拐上了宽阔大道。

老周也笑起来，他笑起来的模样真的很迷人。

给吴天打电话，告诉他我调到《驿站》社的消息，吴天听了，只说了句"哦，是吗"？就再没有多余的一个字。他居然一点也没有为我高兴的意思。

我有点不甘心，厚着脸皮说，你也不祝贺我？

这也值得祝贺？多大的事儿？其实调到哪儿还不都一样，反正都是给人家打工。

我心里激荡的喜悦像一盆燃烧的火，被吴天的淡漠浇灭，只听得一片滋滋焰火熄灭声后，我的喜悦顿时化成一堆灰烬。

不知谁的一盒烟忘在我的桌上，我从中抽出一支，到隔壁的办公室借个打火机，点着烟到走廊里抽起来。烟雾缥缥缈缈地升腾起来，很快又若无其事地散尽，香烟过滤嘴的那一块淡黄，在一口烟雾之后变成了焦黄，像魔术似的。香烟辛辣的味道从肺腔蜿蜒出来，在嗓子里蔓延。我被呛得剧烈地咳嗽起来，咳得声嘶力竭。待平息下来，我感到了一种疼痛，那疼痛像烟雾一样散开来，很快又聚在一起，像把锉刀，慢慢地贯穿心脏，如同香烟嘴上的那块焦黄，轻浅却又深切。

老周不知什么时候从屋里出来，惊异地望着我手中的烟头。我醒悟过来，赶紧把烟头扔出去，冲着他努力作出一副开心的样子。老周盯了我才半天才摇摇头，说，我真闹不明白，你们女人抽烟到底是开心还是不开心？

我想也是，干吗要自己折磨自己？好好的属于我自己的事情，该高兴才是。

6

再无味的日子也会一天一天过去。当北京城的街头巷尾变得无比妖娆时，春天已在悄然隐退之中，天气开始热起来，一件毛衣穿在身上，在灿烂的阳光下走上几步路，便满身黏黏糊糊，特别不爽。

我不用像在《生活》社里那样忙碌，整天上网，开始时是在网上与人聊天，上天文下地理，世事人情，把自己整得跟个无所不知的巫师一样，聊得昏天黑地，简直不知魏晋。

这样的日子过得很逍遥，再看吴天，他的冷漠于我，竟也变得相当能接受了。这种心态的转变连我自己都有些诧异，不知道这到底是好事还是坏事，但事实上，我可以平静地面对吴天，可以让很多本来是刀子一样尖锐的细节问题，像烟雾一样散淡成虚无，那蚀骨的疼痛随之也被埋在记忆的最深处，不会一次次轻易地翻涌上来侵蚀我。有时想想，我和吴天结婚十几年，这十几年中，我所有的感情寄托可以说都在他身上，就像他身上的一只佩环，时间长了，佩环失去了最初的光泽，它的美丽动人早已被这十几年的岁月消磨殆尽，尤其当一个人身处不同境地，用不同的目光和心境去看它时，或许就只有陈旧、破败和粗糙，这样一种物件佩在身上，如果不是落后，不是累赘的话，那又能是什么？

这样想着，我心里还是忍不住有些钝痛。再与网友聊天，说到婚姻，就用了一句话：婚姻是块抹布，当抹布变得又破又烂时，守着倒不如扔掉更叫人舒服。

网友问我，你扔掉了那块抹布吗？

我说没有。

网友又问，你什么时候扔？

我回答不上来。

网友大笑，说，其实在你心里，是真的很想陪他一起到老！

我一愣，慢慢地，一种潮水样的东西涌上来。我没跟网友道别，就下了线。寂静而狭小的办公室，一片阳光连个招呼也没打，就懒洋洋地落在桌上，落在一堆乱七八糟的稿件中。我蜷在离温暖阳光更远一点的角落里，看着阳光中飞舞的尘土，我的惆怅绵绵长长，我的忧伤绵绵长长。

其实我是真的很想陪吴天一起到老！不知不觉中我的眼中一片潮湿。

7

愚人节那天，肖意忽然打我手机，她十分不满地喊道，怎么回事，换了地方也不通知一下，让我好找！

我这才想起，到《驿站》社后，还没跟肖意联系过呢，她也不知道我来这里。我赶紧向她道歉。

肖意"喊"了一声，说少来这套，是不是小日子过美了，也想不起我是谁呀？

我连说哪敢呀，再美的生活缺了肖意那也是残缺的美。

肖意这才满意地咂巴了几下嘴，说这还差不多，要记住时刻想着我。

我说想着你干吗？你又不跟我过日子。

肖意吼叫起来，不过日子就不能想啊？我还时刻想着你呢。

我撇撇嘴，说你行了吧，天知道你想谁。我还能不知道我在你心中的分量？充其量也就是你不高兴、没人可想的时候当个填充物，跟空气中的灰尘一样，时不时地飘荡几下。

肖意嘿嘿地笑起来，到底是蛔虫啊，都快钻到我的骨头里去了。哎，我告诉你啊，这段时间我可能吃了，上个星期我一共吃了十九个鸡蛋两斤排骨一斤牛肉四斤苹果……

她肯定是掰着手指头算的。我好气又好笑还连带着急，这家伙大概是怀孕怀出什么毛病来了，打长途电话给我算这些烂账。我赶紧制止她，哎，拜托你长话短话，你打的可是我手机，请帮你也帮我省一点话费行不行。

不会吧，我打电话你也着急？你怎么混到这种地步了？

真是牙疼！我咧着嘴哭笑不得，碰着这种稍一得意、便以为天下人都和她一样得意的人，一点办法都没有。

叶小叶到北京了，我就跟你说这事。好，挂了！

肖意干脆利落地收了线。得，赶着说正事的时候她倒言简意赅。我看着手机发了半晌的呆，才忽然明白过来：今天是愚人节！

愚人？哼，管他什么叶小叶，你愚我可不愚！我得意地笑了。

晚上活动，是《生活》社的一个广告合作单位宴请杂志社全体人员，老周打电话让我也过去参加。自从我到了《驿站》社以后，老周对我的态度又是一个转变，不光是每次我去《生活》社时他热情得有点夸张，还动不动地给我打个电话，也没什么事情，就天南海北地胡聊一气，弄得我倒有些诚惶诚恐，不免怀疑他是不是又想要利用我什

么，每次和他说话都小心翼翼，生怕自己不小心让他逮着我的不是。

下班前，老周又打过来电话，让我现在到《生活》社去，大家一起走。我正在网上和人玩游戏大战，原本还兵强马壮的我，因为接老周的电话被人偷袭，折兵又损将，心里不满，就对老周说我不去了。老周说那可不行，人家点名一定要你去的。

我大惊，我这人除了偶尔出去采访一下，很少和外界接触，更不会关心社里的广告合作单位是谁，谁会知道我，点名让我去啊？功不成名也不就，长得也不是千娇百媚，让人过目难忘，这种状态下，能有人想到我，看来一定是这《驿站》社的编辑部主任没白当，挂在杂志的目录页上好歹有人瞟上一眼能记住。到底是个俗人，惊过之后便是得意，自然也顾不上网上自己剩下的那几个残兵游勇了，赶紧对老周说，我收拾一下，马上就走。

老周婆婆一样又叮咛了几遍，才挂断电话。等大家赶到预定的那家餐厅时，天已经快黑了。华灯初上，一点一点，由浅及深地让北京城变得妖艳和暧昧起来。

广告合作单位的人早来了一会儿，等在包间里。大家嘻嘻哈哈地寒暄打趣，彼此说了些客套话，落座时又你推我让了好一番，因为人多，分了两桌，这才算坐定。

我挑了个角落位置刚坐下，摆晃挂着我的胳膊在我身边坐下，紧接着一个人挨着我另一侧也坐了下来，这人看上去有些面熟，却不知道是谁。《生活》社广告发行部的人流动大，常有陌生的面孔出现并不稀奇。我以为是广告发行部新来的人，去社里办公室时见过，便冲着他笑笑。这人也绽开了笑容。

我之所以选了靠近角落的位置，是因为这位置刚能把另一个桌上的人都看清，我想观察一下，在那张饭桌上，究竟是哪个人熟悉我的大名，但把那几张面孔扫个遍，也没看出个所以然来，除了熟悉的总编们，余下的全是陌生得不能再陌生的面孔，看谁也不像是能喊出我大名的人。

我身边的男人用鬼祟的样子看着我，你在看什么？

我笑笑，没吭声，端起杯子喝茶。我从来就是这样，不喜欢跟不太熟的人搭讪，何况这个时候，能跟他说我在找人？

陈伟悦，你不觉得咱们应该很熟嘛？

这人能叫出我的名字来，看来还真是个有心人。我转过头，认真地打量他，三十岁左右，长相还说得过去，板寸头，显得精明，眼神倒温和，就是体态宽了些。我很羞愧我的迟钝，怎么说也是一个社里的人，说不出他的名字，但也不能做出一副很陌生的样子，便神情夸张地指着他说，你是那谁……那谁……不是嘛！这段时间也没见你！

我想这样糊弄过去完事，反正这顿饭过后我是一定要打听到他的名字的，以后再见面就可以堂而皇之地大喊他的大名了。肖意说过，我属于那种没有大智慧，但是有小聪明的人。这时候我不能不要我的小聪明了。

我到底是那谁？这人真不知趣，又不真的很熟，却非要将我一军。小聪明耍不成，我只好转过头看另一侧坐着的摆晃，希望能给提个醒。摆晃早已笑翻了，趴在桌上浑身抖得跟通了电似的。我冲她挤眉弄眼了半天，她才止住笑，捅捅我，低声道，他不是我们社的。

糗大了！我一下子觉得脸发烫，难堪地放下手，掩饰地端起茶杯。

陈伟悦，你以前可不是这样的。这人再怎么变，可不能没你变得这么快呀，连眼神都不济了。

　　以前？难怪我对他有些熟识。我呼啦一下抬起头，又瞧身边的这人，一旦走出《生活》社这个误区，我的脑子很快就活泛起来。再细细一打量，那眉目，那神情，不就是叶小叶！上午肖意打电话告诉过我，叶小叶来北京了，我还以为是愚人节的愚人行动呢。

　　叶小叶！我喊起来。一桌子坐定的人都被我吓了一跳，齐刷刷地转过头来看我，接着又"哄"的一声笑开了。那边桌上有人喊，小叶，被认出来了！

　　喊什么喊啊！叶小叶抿了一口茶，神定气闲地说。

　　激动啊，我捅了他一下，十多年没见，见了你可不得激动一把。你倒沉得住气，还要我一把。

　　叶小叶笑起来，得了吧你，有你这样激动的嘛。我什么时候要你了？是你自己老眼昏花，连老同学都认不出来，还非要跟我玩什么小把戏。

　　我不好意思地笑，十多年没见面，又是这样的场合，我哪里敢把当年那个羞涩腼腆的小男生和你这个……气度非凡的男人放在一起。

　　我真的变化很大吗？叶小叶的样子颇有些遗憾。

　　你说呢？我促狭地望着他，又狠劲地瞅了他那微微有些鼓突的肚子说，岂止是变化大啊，瞧瞧这比例，简直就不是一个人了嘛！我气恼刚才被他戏弄，逮着机会回敬他一下。

　　岁月易人啊，看看都把你改变成这样小肚鸡肠了。叶小叶一点也不吃亏。

　　真的是岁月易人，曾经文静内向的叶小叶如今也耍贫嘴了，那时他可是跟女生说话都低着眼皮看着地上的。

　　我白了叶小叶一眼，说，我说怎么还有人点名要我来参加晚宴呢，心里还蛮热乎的，以为自己名气快要大破天了。美了半天，其实是你在作祟。敢情咱们还是生意上的合作伙伴呢，既然知道我在这个杂志社，怎么也不跟我联系？我端起茶杯，来，随便什么理由咱喝一口。

叶小叶说，这酒宴还没开始呢，一会儿再叫你喝个够。不过，我得声明一下，我可不是你们杂志社的合作伙伴，我原也不知道你在这个杂志社里。打电话问了肖意，才知道你的电话。还没来得及跟你联系，就被朋友拉到你们杂志社来，我翻了你们的杂志看到你的名字，又打电话问肖意确认了是你。所以才跟朋友提出来一定叫你不能缺席。怎么样，是不是够长你面子？他得意扬扬的样子。

我撇了撇嘴，刚才干吗不直接跟我打招呼？鬼鬼祟祟的样子。

叶小叶又笑道，这不是想让你惊上加喜嘛。你说你那一门心思都干吗去了，你看我的眼神距离那么远，我就知道你没把我认出来。我得试试到底要多长时间你才能把我认出来。

想想刚才自己出的洋相，我不禁哑然失笑。

想不到我们居然十几年没见面了。十年前，我还是一个乱蹦乱跳整天闲不下来的女孩，一头短短的头发，穿着不辨性别的衣服，骑着自行车和肖意几乎蹿遍了我们那个小县城所有能让我们蹿到的地方，只要得空，我哪里能闲得下来，就是高考最紧张的那段时期，我也常逃了课偷偷去看电影。可如今呢，一旦坐下来，就像屁股粘了胶似的，动都懒得动一下，不关心外界发生的事，只沉浸在自己的小情小感里。其实也怪不得肖意常说我没有个性，十几年的婚姻不仅仅把我的棱角磨光了，几乎连整个人都被磨成粉末，相信只要一阵风来，就可以把我吹得无影无踪。

十几年漫长的时光，居然让我们轻而易举地走完了，十几年前我

想不到自己会成为现在这个样子。我感慨道。

你又不是神仙，怎么能预料自己的未来？不过，虽是十多年没见，这些年来你的情况我可是了如指掌。叶小叶说。

一定是肖意告诉你的。我肯定地说，就知道你们俩拉拉扯扯的。

我和她可是什么事也没有。叶小叶严肃起来。

我笑着看他，对他的这股子严肃很不以为然，我只是开个玩笑，你干吗这么认真？

叶小叶看我一眼，忽然叹道，你怎么总是这样没心没肺啊？

我愣了一下，这话从他嘴里说出来虽有点不明不白，可是对这样的话我却并不陌生。吴天有一段时间就老这样说我。

见我有点闷闷不乐，叶小叶问我怎么了，怎么一下子不开心起来。

我摇摇头，没事，就是一下子觉得自己离过去很远，不免有点悲凉。在这种时候说这话，多少有些作秀的味道，但我又怎么会跟他说我和吴天之间的事？

酒宴结束，叶小叶提出要送我回家，我拒绝了。他来北京，当然他是客，我怎么能让客人送我呢，何况，他住的宾馆和我家是两个方向。

第二天一上班，叶小叶就打来电话，说今天他没什么安排，问我有没空闲。我说再没空也不能说没空啊，陪你叶小叶可是义不容辞。

你这话怎么听怎么虚伪，不过我还当是你的肺腑之言。叶小叶说。

我哈哈大笑，说这么多年过去，你怎么还是这样了解我啊。

说好见面地点，我拎起包就走。

东颠西颠了半天，我才到达叶小叶选在西四环边上的一个小饭店。叶小叶已经在小饭店喝了好长时间的茶。一见我就埋怨，嫌我迟到。

我不满地说丢下工作来陪你这个老同学都没有怨言，你居然还嫌我慢。叶小叶笑，说我怎么还就那种强词夺理的劲头，一点也没变，什么时候都是最有理的人。

真想不通吴天是怎么忍受你的强词夺理。叶小叶开玩笑地说。

真不知是你落伍还是我退化，现在都是女人要忍受男人强词夺理的时代，如今的天下是男人的天下，女人充其量只是男人的附属品。

叶小叶一副大惊失色的模样，没想到你陈伟悦也会这样悲观。我一直以为你才是世界的主宰呢。

我白了叶小叶一眼，你干什么？大老远奔到北京不会是来调侃我吧？我抓起桌上的菜单，朝一边的服务员挥挥手，姑娘，点菜！

叶小叶一把夺过菜单，你搞错没有？这么直截了当就奔饭菜？才十点啊！

我做出一副有气无力的样子说，我没吃早饭，早就饿得前胸贴后背了。再说了，现在吃饭，正好你早饭还没消化掉，可以少吃点，节约一些。

叶小叶道，敢情你就这打算啊！行啊，北京真是把你造就出来了。

我大笑，北京还真把我造就出来了，你要有北京的朋友就知道了，电话里热情得一塌糊涂，说到北京来一定要找我，我请你吃饭。真要来了，到吃饭的点，人家把你带到胡同口，指着给说你往前向左拐，六十米外就有饭馆。

叶小叶笑，行，有你这样好学的同学可真是我的荣幸。看在你能随叫随到的分上，先给你上点水果。

你怎么净女人样，什么水果，直接上菜不就完了？吃完了我带你兜兜北京城。我作出一副东道主的样子，很气慨地说。

你带我兜兜？叶小叶手指着我，大笑起来，我可没那福气。还是让我陪着您老在附近逛逛吧。

你什么意思？瞧不起我？我不服气地瞪着叶小叶，我可是在北京待了数年的人。你知道数年是什么概念吗？

叶小叶忍俊不禁，扭过头，冲着窗外呵呵傻笑不已，我是怕您老把北京城给整瞎喽！

还是不信我，他和肖意一样太清楚我对方位的判别能力了。

8

和叶小叶虽然高中三年同学，可我直到高中都快毕业才认识他的。那时的叶小叶就像他的名字一样，秀气腼腆得很，很少说话，在班上一点也不张扬，属于那种一心只读圣贤书的好学生。而我呢，上高一那年就颇有气魄地独自在班上办了份班报，班报开始是在女同学当中流传，然后男生们也接着传阅，后来又从本班流传到外班，以至在整个高中部都有了名气。班报的名气大了，我陈伟悦的名气也水涨船高，不管走到哪儿都觉得有注视我的目光，自我感觉忒良好。可惜，用我们班主任的话说，我这属于不务正业，还荒废了正业，因为我的数理化学得一点都不好，我拼命使劲也没见成绩有什么起色。所以，我的名气有了，但伴随着名气的是各理科老师轻视的目光，把我那好不容易才有的一点良好感觉击得粉碎。直到高二分班，我才解脱数理化的纠缠，跑到文科班招摇去了。

肖意这次死活不跟我一条战线，她拼死抵挡了我的死缠烂打，硬是留在了理科班，她的逻辑思维比我强，学习数理化显得比我自如得多。后来的事实确实证明，她的选择是对的。

依叶小叶自己后来说，他对数理化的学习兴趣比历史地理要大得多，但我问他为什么要跑到文科班来时，他却死活说不清楚，被我逼急了，就说是撞鬼了，被鬼迷了心窍，稀里糊涂地进了文科班。但他的文科一点不差，当时教我们地理的那个老师见着他就眉开眼笑，好像找着了他将来的衣钵似的。弄得叶小叶又是得意又是担心，因为地理老师当时还是学校教务处主任，他怕老师一个心血来潮把他留下来当老师，这样的事儿就曾经发生在几年前我们的一个校友身上，中学留校，这跟大学留校的概念差不多吧，要在现在，这种天上掉馅饼的事做梦都不会有，不过那时可就什么事都有可能发生。就像现在的大学想怎么上就怎么上，上完大学甚至读完研究生要寻个工作都不容易，而我们那会儿是削尖脑袋都不一定挤得进大学。这就是时代的变迁，越变越叫人不可捉摸。

高三下学期，我不知怎么就发现了班上有个面孔陌生的男生，每次见了我都会羞涩地微微一笑，当时我以为他是刚转过来的，还专门在课间时把他指给肖意看，肖意狠狠地白了我一眼，说那是叶小叶，从高一就开始跟你在一个班上，你怎么说人家是个新转来的？我还挺惊讶，说他是叶小叶呀！在课堂上倒是听老师老表扬这个人，但我一直没把叶小叶和他本人对上号。班上有好多男生我都没认全，但我相信班上没有一个男生会不认识我。我远远地望着叶小叶，对肖意说叶小叶怎么长得这么眉清目秀，像个女孩子，我以前怎么就从来没注意过。肖意说你怎么能注意到他，你只关心石明朋。说得我脸一下子红了起来。

石明朋是我们班唯一发表过诗歌的同学，我没见过他发表的诗，

但他每隔一段时间就会收到一张稿费单，虽说数额不大，却成了我崇拜他的理由。我给他写了一封请教信，把我写的诗放在一起偷偷塞进他的抽屉，第二天，我便在我的抽屉里发现他的回信和他替我修改过的诗。崇拜能让一个人盲目，我就在这种偷偷的信件往来中，陷入对石明朋的盲目中。

不能说我对石明朋没有一点喜欢的情愫，但不像是男女之间的那种，似乎更类似于一个初涉江湖的人，对声名显赫的江湖前辈的敬仰之情。我把这种感觉告诉了肖意，可肖意拒不接受我和石明朋之间没有那种感情的言论，无论我怎么辩解，也无法说服她相信我的感觉，以至于后来我都觉得自己真的是喜欢上石明朋了。那时我写了大量的诗，有为我自己写的励志诗，也有为赋新词强说愁的，还有纯粹为了写而写的诗。那些诗在隔了数年后被我无意中翻出来看，真是稚嫩得很，却又坦诚得可爱。

高考越来越逼近，在巨大的压力之下，我居然患了高考恐惧症，只要和肖意见面便会不停地说我不想参加高考，肖意越是劝，我越是无法平静，我害怕自己的情绪影响到她，只能控制自己不去找她，也不让她来找我。一向在班上极为活泼的我，那一段时间就像一只离群的孤雁，根本不愿意融入人群，常常是一个人坐在座位上发呆。

叶小叶就是这个时候开始和我说话的，他问，陈伟悦你怎么了，有心思吗？还是与肖意吵架了，为什么这几天都没看到肖意来找过你？

天知道他这句话到底是关心我还是关心肖意，不管他关心的是哪一个，我也没领情，白了他一眼，说，我没事。肖意在三班，你有事可以直接去找她。

叶小叶的脸一下子涨红起来，他埋下头，赶紧从我桌边走开。

看到叶小叶红彤彤的脸，我又不好意思起来，从座位上站起来，跑到他的桌边说，对不起叶小叶，我没别的意思，只是心情不太好。

叶小叶低声说，没关系的。我只是听肖意说你不想参加高考，才想和你聊一聊的。

肖意说的？我惊讶起来，肖意怎么会和叶小叶说这些？她从来没跟我说她和叶小叶交谈过。

其实，你不用压力太大，考试嘛，跟平时一样就好了。你越是在意，反而会越紧张。叶小叶的这句话让我心里暖了一下，一个从没说过话的同学这种时候能说出这样一句话，我要不感动，就有点麻木不仁了。

我冲着叶小叶笑了笑，要不是肖意说你是叶小叶，我还真不知道你就是叶小叶呢。我就是这个毛病，只要一激动，就死活不会说好话了。

我和你同窗三年，你以为我是谁？叶小叶惊讶地问。

总之不是叶小叶！我大笑，旁边的同学莫明其妙地看着我，好在都习惯我平时的形象，不然的话，准以为陈伟悦神经出了问题。

这以后，每天叶小叶都会过来和我聊会儿天，说来也怪，就这样不着边际地聊聊天，我那紧张的心情竟慢慢地淡了。一个星期后，叶小叶说要给我补课，我也欣然地接受了。

我不能不感谢叶小叶那一段日子对我的帮助，没有他每天帮我松弛神经，我想我一定会变成一个有些神经质的女孩。

肖意听说叶小叶给我补课，那表情简直不知道怎样来形容，她当时就一巴掌拍在我肩膀上，一副恶狠狠的样子说，你是不是喜欢上叶

小叶了？

我回敬了她一个巴掌，哪来那么多喜欢？我和他才认识多久？真搞不懂你，同学之间稍微谈得来一些就当成那样的关系。肖意神情一松，也是，你那里有石明朋嘛。

我说的是实话，虽然叶小叶除了帮我补课外，我们也会聊天，但聊得最多的其实还是我和肖意之间的事，我把发生在我们童年的很多故事都说给叶小叶听。叶小叶听了，只会乐，说我和肖意两个人这么黏糊，看不出来我们之间居然有那么多的是是非非，风风雨雨。我得意地说，这叫经历过风雨才能见彩虹。

只是友谊可以风雨过后见彩虹，命运却很难预料，高考一放榜，肖意和叶小叶考上了同一所大学，而我则名落孙山。我像一片落叶，被命运放逐了。

肖意刚上大学那会儿，给我写来的信几乎每天一封，前面是说学校的生活丰富多彩。也就一个礼拜左右，就开始叫苦了，叫完苦，又说开了叶小叶。我那时多聪明的一个人哪，能看不出来她的意思？我每次都会给她回那几个字：穷追猛打！

那时叶小叶也给我写信，信里内容的演变过程大抵和肖意差不多：先是学校生活，再是学习环境，最后是对我的鼓励，叫我不要泄气，一定要再努力，明年接着再考。

对肖意和叶小叶之间的感情发展，我可知道得一清二楚，不但知道他们之间的情况，而且还从中起了促进作用。肖意对叶小叶倒是挺主动，他们不在一个系，肖意又是女孩子，那主动里面多少还有几分矜持的，所以叶小叶似乎一点感觉都没有。我看了挺为他俩着急，这一对金童玉女，不在一块儿也怪可惜，便每次给叶小叶的回信都大谈特谈肖意,简直把肖意夸得跟清晨含露开放而又永不凋谢的花儿一般,还要他平时多多关心照顾肖意。我敢肯定,一定是我的信起了作用(当然也不排除肖意的主动),肖意后来说叶小叶常到她的宿舍去,还请她看过两回电影。我心里挺美,看到自己的一对好朋友走到一起,还是蛮开心的。但高兴之余,又有些失落,没来由的失落。

肖意和叶小叶谁也没说过爱情这样的话,他们之间就那样朦朦胧胧了半年多,最后不知什么原因,叶小叶竟然闪了身,落下肖意独独对着那份可望而不可即的感情感叹。之后的两三年,肖意的恋爱就跟别人去餐馆点菜似的,今天点了这个菜,尝过味道了,明天就要换另一道菜,反正不带重样。我也不知道她哪来那么大魅力,居然会有那么多的男孩心甘情愿跟在她屁股后面任她摔摔打打。最初我挺为她担忧的,一个女孩走马灯似的不停换男朋友,给人的印象总归不好。还好大学一毕业分配到单位以后,肖意安定了下来,有大半年的时候她没跟我说过关于她新的一任男朋友的事,关心得比较多的倒是叶小叶,她问我怎么叶小叶还不找女朋友呢?问话的样子,好像叶小叶在等她似的。我又不是叶小叶肚里的蛔虫,哪里知道他为什么还不找女朋友,或者他有了女朋友不过是没跟我们说而已。这时的我已经开始跟吴天谈婚论嫁了,通了快两年的信,把所有该绵绵的情意也都绵绵过了,就像孩子吃糖,再爱吃也不能整天都吃啊,都要腻了,再吃就该吐,总得吃点别的东西。说到底,人的感情再浓厚,落不到实处就不过是水中月镜中花,都是隔鞋搔痒,顶不了用的。于是在双方父母的应允和催促下,我们把婚娶提到议事日程,也就是几封信的来回,结婚日期就定下了。我每天都在数距离我当新娘的日子还有几天,实在也顾不上花更多的心思去关注肖意和叶小叶他们的事了。

肖意参加工作后，第一任正式男朋友上任是半年以后的事，是个眼科医生，自个儿却戴了副酒瓶盖似的眼镜。肖意跟我介绍时说这个医生可能耐了，翻开眼皮就知道人家患的什么眼疾，连问都不用问。我记得当时被肖意的弱智气得说不出话来，普通的眼疾不过几种，症状也大都明显，若是普通的眼疾翻了眼皮还看不出来是什么毛病，还当什么医生！不过，大凡恋爱中的人都是有些弱智的，能理解。就比如我和吴天的恋爱，肖意的嘴都撇到耳朵根了，说我眼睛带色，把块石头当成玉捂到了心口，还真以为自己发现了块宝呢。幸好我被她打击惯了，也自知缺了她的魅力，扛不下来她眼中的那些优质材料。肖意把医生很郑重其事地带到我家里跟我见过一面。医生大概瞧我也不在眼里，背着手在我家里上上下下走了一遍，然后说了一句话，没把我呛趴下。他说，你家很一般嘛！说完看着肖意。我脸上的笑顿时一下子觉得撑累了，忙不迭收了起来，背过身再也不理医生。肖意见我生气，嘻嘻笑着过来拢着我的肩，说医生这人太认真了，又不会说话，不过原因在她，她想要医生也给我介绍一个当医生的男朋友，就把我说得天花乱坠。我说要一般也是我个人很一般，跟我家有什么关系？肖意吭哧道，我顺道把你家也说得天花乱坠了。我狠狠白了她一眼，她不愿意我嫁得远，可也不能莫名给我招来这种难堪啊！那以后我再也不愿见她的医生，她喜欢医生是她的事，没必要要我也喜欢她的男朋友。

不喜欢医生，却也不能因为我的不喜欢而不让人家谈这场恋爱，有一回，我很有些恶毒地问肖意，到底是叶小叶好，还是医生好？

肖意脸色就变了，把眼一瞪，怒吼了一声，有病没病？叶小叶再好也不能是我的。

连唾沫都喷溅到我脸上。我把手在脸上一抹，差点儿也要冲着她吼起来，凭什么她可以叶小叶长叶小叶短，我问一声就变脸？但抹完脸，她已经转身走了。

便知道叶小叶是肖意心中的一道伤口，她自己碰得，别人却碰不得。

跟医生处了没多久，肖意就再也处不下去，说这个人古板得很，除了给人看病的时候还像个人之外，简直就是头猪！她骂得恶狠狠，脚下还顺便踢了一块拳头大的石头，结果石头半截子还在土里，她硬生生把自己的脚指甲踢掉了半块，痛得连医生的祖宗都骂了。

再接下来的男朋友就是尚文柳。

尚文柳长得好。肖意一眼就看中了，再加上尚文柳在县政府工作，虽只是个小小的科员，但在肖意心中的砝码就重了。肖意中意得不得了，一头扎进去，热情高涨地又开始了一场热火朝天的爱情。

叶小叶大学刚毕业那会儿，我们还有联系，大部分时候都是他来看我，我们这时候也没什么话题可聊，偶尔他会问一问关于吴天的事，我不想把这段叫很多同学并不看好的爱情像肖意那样张扬出去，便常常以一笑避过，他也并不追问。我们俩便像一对偶遇的陌生人，默然地坐那么一会儿，然后，在我父母的挽留中，他微笑着告辞。来过几次，便不怎么来了，有时候我们会在大街上相遇，也就是那么站一会儿，打个招呼，礼节性地问一声最近还好吗？便各自走往各自的方向，我不问他什么，他也不问我什么。第二年，我和吴天结婚，跟着他来到一个陌生的地方，这里离我的家乡有上千公里，我的世界里，除了和肖意的书信，便只有吴天一个人了。再有关叶小叶的消息，都是肖意在信中告诉我的：叶小叶主动要求去了我们那一个偏远的乡镇，当了一名乡长助理；叶小叶有了女朋友，长得并不漂亮，是他所在的那

个乡的妇女主任，说话可风火了；叶小叶喜欢上了喝酒，把肝喝坏了，住院的时候，他女朋友跟乡长滚到了一起，叶小叶出院后什么话都没说，可他女朋友却不干了，又哭又闹；叶小叶辞职了，不知道去了哪里……

我知道，不论肖意的感情世界如何丰富多彩，如何变幻莫测，但万绿丛中，那一点寂寞的红终是叶小叶，最绚丽，最招摇，却又是最凄冷，最孤清，最不能触碰。

9

十几年，总是有很多的往事可任由我们说起。我与叶小叶都不免感叹一番，谁会知道从来没有过联系的我们，会在这么多年后邂逅呢。我对叶小叶举着茶杯说，来，权当是酒，为咱们十几年后还能见面，干一杯！

叶小叶笑着，跟我碰了碰杯。

喝过几壶茶，奔了几趟洗手间，也没能让自己的好奇心随着体内液体的流失而流失，我终于按捺不住，厚着脸皮还是把那个已经腐烂的问题向叶小叶提了出来：当年他和肖意之间到底为什么没有发展下去？

这个问题我也问过肖意，但肖意只会打太极，而且情绪会在顷刻间变得沉郁，弄得我心促气短起来，好像自己有意要往雷区闯，结果就真的踩着雷了，于是赶紧撇开这个话题再说别的。所以，多少年了，我也没弄清楚他们俩还没算正儿八经地开始，怎么就宣告结束了。

叶小叶端着茶杯转过来转过去把里面的茶叶端详着，好像那答案就在茶里面似的。我等得都有些不耐烦，说，别看了，那里面铁定了没有答案。

叶小叶停止转动茶杯，一本正经地看着我说，肖意没跟你说过？

说什么？她只会让我看她的白眼球。好像我是法海，拆散了许仙和白素贞。

你真的很想知道？

我搓了搓脸掩饰了一下自己的窘态，把双手留在脸上，只让两只眼睛从手指上端露出来，当然，这有点隐私，你……你也可以不说的。我嘴上这么说，心里却催促着他快说。

其实原因嘛，也简单，我喜欢的人不是肖意。叶小叶垂下眼睑说道。

我一下子把手从脸上拿开，难怪肖意死活不肯跟我说，这家伙也忒好强，一向只有别人穷追她，好不容易自己喜欢上的一个人却喜欢别人，不伤心死她才怪……

你别那么大反应行不行，不都过去的事吗？我不过是为满足一下你的好奇心，你当我有瘾啊？叶小叶不满地说。

你又不是不知道，肖意那段时间都把谈恋爱当成嚼泡泡糖了，嚼一个吐一个。虽说最后跟尚文柳结了婚，算是稳定了，心里可从未放下过你。我觉着，你其实应该对肖意的状态负一部分责任。我很认真地对叶小叶说道。

那我又该找谁来为我负责？

找谁？问你自己呗，你当初喜欢的是谁，你就让她为你负责。话说出口，就觉得自己特无赖，这不无理取闹嘛。

叶小叶盯了我半晌，忽然又笑开了，陈伟悦，你说这些话就是很

不负责任的一种态度，你说大家都成家立业了，难不成还要为过去的所作所为负责？甭说大家并没有什么伤害，就算伤到了，感情这玩意儿，谁也负不了责。你说怎么负责？叶小叶到底不是过去的叶小叶，他一严肃起来，倒很有成熟男人的味道。

他这一严肃，我就不敢胡说八道了，赶紧摇摇头，哎，我不过说着玩儿，你干吗这么认真？

这是我和肖意惯使的手段，通常把自己的话掼在对方身上，把自己脱个一干二净。

问到叶小叶现在的情况，他似乎并不是很情愿说，只轻描淡写地用了两句话：生活嘛，马马虎虎；事业嘛，过得去。

我问，婚姻呢？

他顿了顿，晃悠了一下，才说，一般。

什么叫一般？态度很不端正嘛。我不满这样的回答，再问，他就说我变得很八婆。我只好闭嘴，收起了自己的八婆，算了，不打听了，又不是明星，公开了也不值钱。

和叶小叶道别后，我也懒得再回办公室，便直奔西单逛街，不是为买东西，纯粹是为感受一下那种小商品大气派的氛围，让我麻木的，已渐渐远离生活的大脑回归于做女人的感觉。从西单辗转回到家天已经黑了，吴天正在厨房里忙碌着。我有点惊异，他很长时间没下过厨了，除非我电话告诉他晚上不回家吃饭，他才要么自己煮点挂面，或者到外面去解决。一般情况下是我把饭做好，端上桌，吼上一声，吃饭喽！他才老爷一样沉着脸踱步到饭桌跟前。我很羞愧我做的饭菜不太像样，力图色香味俱全，却往往是过分地追求色，而忽略了味，吃到嘴里确实不能上口。都说女人要拴住男人的心，首先要拴住男人的胃，可我是满足了吴天的眼睛，死活拴不住他的胃。有时一边做饭，一边想，是我首先没有拴住吴天的胃，所以就没有办法拴住他的心。我也曾寻思着去上个业余烹饪班，练出一手烹饪的本领，把吴天的胃拴住，进而拴住他的心，再进而把生活调理得有滋有味。我跟吴天说过我的想法，吴天把嘴一撇，头摇得跟电风扇似的，半天都收不住，一下就把我鼓足的信心像云一样吹散了。

我刚把手洗好，还没来得及进厨房，吴天已经给我盛好饭端了出来，来，快吃饭吧！

天呀，这简直是太阳打西边出来了。我一时还没适应他的这分主动，愣在厨房门口，心想刚才出去怎么没找人算算卦，看今天到底是什么好日子。这几年，他嫌我做的饭不好吃，也下过厨，但却从来没有没给我盛过饭，每次都盛了自己的饭，兀自吃着，招呼是招呼过了，却从来不知道等我一块吃，有时候我才开始吃饭，他都已经吃好了，碗推在一边，自顾看报纸或者电视。

咦，愣着干什么？快吃饭呀，一会儿就凉了！

我神情讪讪地跟在他后边。

吴天的厨艺并不比我的厨艺好到哪里去，我好歹还追求个色，胃不满足可眼睛能满足，吴天的绝招却是一股脑儿的黑色，不管你红的绿的白的黄的，只要到了他手里，全得黑着脸出锅，他酱油放得太离谱了，开始我还抗议来着，但一点效果都没有，有时还要遭他一顿说，说我要是真要讲究什么色泽、营养，就别生火了，把蔬菜洗巴洗巴直接吃得了，那色彩够鲜艳，那营养够丰富。跟直接往我嗓子眼里塞了个木塞子，堵得我半天说不出话。便索性任由他去，反正我也不是穷讲究的人，他能做得出来，我难道还吃不下去？笑

话！我还乐得个清闲呢。

看着饭桌上黑乎乎的几个菜我还在发蒙，吴天敲敲桌子，嘿，发什么呆呢，还不赶快吃！真想吃凉拌饭。

你怎么不问问我今天干吗去了？我忽然没头没脑地蹦出这么一句话来。说完了，自己觉得难堪，我们冷战的这段时间，他何曾问过我的来去。

吴天端着碗，果然漫不经心地问了一句，那你今天干吗去了？

我去见我的一个同学，是肖意的初恋情人呢。我简直是有些控制不住自己，并没在意吴天的态度，继续说，我们仨以前可是很好的朋友呢，肖意对叶小叶可以说是用情至深，可惜，叶小叶说他那时就喜欢上了别人，你说肖意挺不错的一个人，长得也漂亮，那时有那么多人追她，怎么就不招叶小叶的喜欢，你说……难得吴天听我说一回往事，我简直是滔滔不绝，恨不能一口气把当年的事说道给吴天。如果不是今天有和叶小叶长聊的铺垫，对往事的追忆，我想我也不会有特别强烈的想要述说往事的愿望。

话说到这里，吴天的碗空了，起身去盛饭，盛完饭再没过来，连他自己做的菜都没再夹上一筷子。

我等了一会儿，见他去了阳台，趴在阳台的窗棂上，望着外面灰蒙蒙的天空。这才反应过来，他实在是不想听我跟他说这些无聊的话。似有一盆凉水兜头泼下来，我心里空得像冬天的山谷。

其实就是一顿饭，只不过吴天自己想操刀上一回厨房而已。

用肖意的话说，甭看我自诩有点小聪明，但却是脑子里缺了根弦的人，因为我总以为每件事每个人都会如同我之所愿，成为我想象中的那人和那样的事，而事实与我的想象很少有吻合的时候。后来我才明白，肖意的这句话是真理，我头脑里的智慧果然与现实的差距太大，大得我手足无措。

吃罢晚饭，我收拾干净，正要坐下来看一会儿电视，吴天却把电视关了。他转过身来很专注地看着我。

我被吴天看得有些不自在，要不是他那一脸的严肃，我还以为他有什么想法呢，不是有句"饱暖思淫"的话嘛。

伟悦，我想跟你谈谈我们之间的事。他说道。我抬起头看定他，心跳居然莫名地加快，但这次是有了不妙的感觉。

你觉得我们这样生活下去有意思吗？没有交流，没有沟通，就是彼此想要说什么话也都是些家长里短、鸡毛蒜皮的事。他叹口气，又不说了。

我心说这些家长里短、鸡毛蒜皮的事当然只会是我说，我就是想不家长里短、鸡毛蒜皮，可生活就是如此，这中东战事、卫星上天倒是不鸡毛蒜皮，可那轮得着我说吗？

我低头只管抠自己的指甲，什么话也没说，除了吴天眼里的鸡毛蒜皮，我实在也没什么好说的，总不能拿本外国小说跟他探讨国外小说的发展轨迹吧？

吴天大概也不知道怎么和我沟通，他沉默了半晌，才又说道，伟悦、咱们离婚吧！

一点过渡都没有。我缺乏智慧的脑袋钝钝之中明白了今晚这一餐的意义。依旧没有抬头，眼泪却呼啦一下汹涌而出，像雨水似的，停不下来。

屋里很静，空洞、洪荒一般的静。我的心里，是一望无际、浩浩荡荡的黑暗。我很想跟吴天说些什么，至少我要问一问他，我到底做错了什么，每个家庭都是杂沓平凡的，食五谷杂粮，难道能超脱到没有人间烟火的味道？生活平淡，不是我一个人造成的，是你吴天不愿意陪我一起静下心来细细品味那些酸甜苦辣。你说没有交流，没有沟通，可你给过我机会嘛？所谓交流，不过是你决定的那就是真理，从来不需要我的意见，我的喜怒哀乐你都无动于衷，你在意的，只是你的环境，你在单位为人处世的影响，别人对你的态度……还有，那个香水味，那个欲盖弥彰的电话。这时我才发现，其实自己早已把吴天的一些蛛丝马迹放在了心里，只不过，要把自己撑起来，撑得比本来的我要大，要强。可是现在，我无法撑了，心都空了，就剩一个皮囊，轻飘飘的，吴天一口气就可以将这副皮囊吹到几里之外。我耷拉着脑袋，不敢看着吴天，我怕他从他的嘴里再说出跟离婚有关的话。其实从吴天的话一出口，我就知道，什么叫作定局。不管我心里煎熬成什么样，可是我什么也说不出来，我甚至不能让自己的嘴正常一点。它一直在颤抖，我无法控制。我还特别想这个时候跟他狠狠大吵一顿，像从前我跟肖意大吵一样，歇斯底里，声嘶力竭，肆无忌惮，可是压根儿就忘了架应该怎么吵，在吴天面前，我很久没有了自己。

不知道自己流了多长时间的泪，是颈脖的沉重和酸痛让我抬起了头，我肿胀的眼睛已经看不清被日光灯照得煞白的屋子里还有别的东西。

10

没有哭喊喧闹，没有死去活来，我居然如此平静地和吴天离了婚。十几年的婚姻如同一所破旧的房子，拆了也就拆了。都说现在的男人离过婚就成了宝，很抢手的，既然有了资本，拆了旧房子，在原地上再盖一幢新房子，过的日子就又是崭新的了。

房子是吴天单位的，我没有理由再住在那里，生活在往日婚姻的气息里，尽管那种气息早已若有若无，却仍是苦涩不堪。我没听从吴天的话，等寻到房子再搬出去，办完手续的当天，我就收拾自己的东西，直接去了办公室。

我从此就是单身了。抖抖身子，听到有很多细碎的东西落下来的声音，我知道，这就是我的过去。我的婚姻，它们像灰尘一样拥挤在我的身体里，把我身体的物质构成改变成了另外一种东西。于是，我在吴天的眼里，就不再是他曾经真心爱过用心呵护过的那个人。其实婚姻是最残酷的，它让你用激情的心来迎接它，而它却又不动声色地整饬你，让你在日积月累的疲惫中，整个地破碎。

没有人知道我离了婚，外表的坚强糊弄住了我虚弱的心。白天我出去采访，回来熬夜写稿子，几乎承担了整本杂志的编辑校对工作，不让自己有一点空闲时间。我怕那一点空闲会涌进来更多我无法承受的东西。相比之下，我更愿意选择奔波和疲累。

我消瘦得很厉害，原本就不丰满的人，经过一番折腾之后，更是秋后的枯枝似的，有一种营养严重不良的倾向。

我卖着命在杂志社耗了一个多月，身体实在吃不消，竟然在一次乘车时晕倒在公共汽车里，车到站，售票员和司机发现后把我送进了医院。还好我的记者证一直带在身上，他们跟杂志社联系，大家才知道我出了事。

老周带着一大堆水果到医院来看我，后面还跟着小摆等几个同事。

小摆一见我虚弱的样子，喊了声"悦姐"，几乎要扑过来，还是老周眼疾手快，顺手把她拉了一下，不然的话，她非得扑到我身上不可。我还挂着吊瓶哪！我冲着摆晃他们苦笑，葡萄糖，医生说是营养不良，你们可得注意营养。又跟老周开玩笑，周总，平时见你都很怄门，我一生病你出手倒大方了，是不是料定我吃不了那么多，你还得拿回去呀？

小摆他们一听，都咧开嘴跟着乐呵起来。

老周摇着头，一脸关切地说，陈伟悦，你也太不注意自己的身体了，工作再努力，也不至于拿自己的身体拼命啊。瞧瞧，瞧瞧，去年看上去还花红柳绿的一个人儿，现在都成什么样了！

我猜他当时一定是想说我都快成木乃伊了。

真是少有的关怀！

现在的我如同一株没有雨淋日晒的小草，失去了水分，也失去了营养，软蔫蔫的，满心都是荒芜，老周的这一番话就像干旱土地上的一瓢水，一下子浸到我的心里。我心一酸，眼里不禁潮湿起来。忍着被关怀出来的泪水，我强自笑道，还不是因为当了官么，拼命工作就是为了对得住编辑部主任这个衔呢。

瞧瞧，瞧瞧！老周还在摇头，我担心他的头要被他摇掉了，多敬岗爱业的同志！

我不知道老周是真没听出我的调侃还是故意装没听明白。

摆晃过来，拉着我另一只没插针头的手，手是干枯的，暴起的青筋像一条条营养旺盛的矮壮蚯蚓。小摆的眼里泛起泪光，悦姐，你怎么不早说？

我装不明白，早说什么啊？我哪能把《驿站》的稿子给你编，这不丢我饭碗嘛。你这小家伙，起什么歪念了吧？

小摆的眼泪淌了下来，她转过头，趴在我耳边悄声说，悦姐，你别瞒我们了，大家都知道你的事了。

听到很远很远的轰鸣声，由远及近，到了跟前，巨大的响声惊雷一般，尔后世界一片沉寂。所有人都听到了小摆的话，每双眼睛都在怜惜地看着我。我想对他们笑笑，可是他们却一下子变得模糊起来，我看不清面前站着的都是谁，只觉得心里漫无边际的是一片酸楚，还"咕咚咕咚"泛着白沫，白沫里谁也看不见的利器，尖锐地刺进我的心。

其实也没什么大事，就是体质太弱，加之疲累过度引起的，在医院调养了两天，我就出院了。一出院，大家看我的眼神就跟以前不一样了，不见一丝凌厉，倒像是三四月的风，温软而柔和。其实往日里大家不是这样，若还以风来论，彼此间倒更像是初秋的风，迎面扑来，能驱了酷暑的热，又裹了寒秋的凉，坚硬却不生硬。我其实是喜欢人与人间这样带着些许距离感的往来，谁也不碰着扎着谁，谁也不亲着黏着谁。

我不忍大家用同情和怜悯的眼光看我，只能逃开，回到属于个人的世界。尽管这个世界现在是蒿草遍野，静默荒芜，但它一片黑暗，无边无沿。此时，我习惯黑暗，习惯寂静。

11

还没等我再次拿出拼命三郎的架势投入工作，总编找我谈话了，说这段时间我工作得太辛苦，社里决定给我一段时间休假，让我去北戴河转转，那里空气好，环境也好，临海，每天可以到大海里游游泳，练练筋骨。我犹豫了一下，刚六月的北京，天气还不算太热，这个时

候就往北戴河，有些浪费了吧。总编见我犹豫，又说，如果不想去北戴河，那你想要去哪里你自己安排好了，费用由社里给你报销。

这个诱惑很有分量，我毫不迟疑地应承下来，傻子才会不心动。但回头想想，又觉得自己可悲，好像真的是为工作才累倒的，其实大家都心知肚明，分明是因为我离婚才被人施舍了同情，总编却像求着我去休假似的。想必这就是离婚女人的唯一好处了，让人觉得可怜，弱者嘛！

我自然没去北戴河，那地方虽好，可毕竟不是我想去的地方。我回了老家。

进入夏天，老家的热劲儿已经开始，我才住了一晚就后悔挑这个季节回来，父母把电扇挪到我床跟前，好几年的老电扇了，"咕噜咕噜"响了一个晚上，我被那磨损的零件发出的摩擦声折磨得无法入睡，关了电扇，不一会儿就浑身湿热，蚊子也蜂拥而来，趴在蚊帐的外面，轮候着我的肌肤在夜半时不经意贴近蚊帐，它们轻松地从把那细长的吸管穿过蚊帐，美美地把我的血液吸个肚满肠肥。

我刚在肖意的面前抱怨了句："这鬼天气，才六月，简直能把人蒸熟！"就被肖意批判得体无完肤，她说我忘本，以前在这块土块生活了二十多年，同样是热，你怎么就能适应？现在人到了北京，动不动就拿北京的派头来评论你的故乡，你摆的什么谱？居心又何在？我只有眨眼的分儿，实在不知道自己到底是拿的什么派头摆的什么谱，不过就是热嘛，就是热死，也是在自己的故乡，还不值啊？总比客死他乡强吧？

我谦虚的态度总算让肖意满意了。人家现在挺个大肚子，我纵然有理，也不敢跟她较劲。肖意得意地挺挺腰，可惜腰太粗，挺了跟没挺一个样，左看右看，掐头去尾，像我们老家乡下用来挑水的木桶，上下一般粗。

我离婚的事自然还瞒着家人，只说是杂志社轮流休假，这会儿轮到了我，就回家了，吴天请不上假，当然就过不来了。但这事却瞒不过肖意的那双慧眼。

父母一见我的模样，有些心痛，我说是坐了一天一夜火车熬出来，他们也就信了。从我上次回家到现在，有一年多时间了，再加上我回来之前根据医生的建议还是好好调养了几天，脸色多少缓和一些，在他们的印象中，我这一年多的变化也就是瘦了一些。

最吃惊的是肖意，她一见我憔悴的模样，张着嘴半天没说话，说这才半年不见，怎么就扶风弱柳似的？

我自嘲道，要能有弱柳的柔和嫩也成啊，我可是不折不扣一干枯枝。

肖意摸摸鼓突的肚子，一针见血地说，是和吴天熬的吧？

我还想掩饰一下，笑着说，哪能啊，我们现在好得跟一个人似的，他单位看得紧，不让请假，不然的话，他死活都要和我一起回家的。

你就硬挺吧你！看你能硬挺到什么时候！肖意并不看我，只摸着她的肚子说道。

她说得漫不经心，可是我知道，肖意已经洞悉了我的一切。所有的坚强就像阳光下的冰块，迅速瓦解了。我不敢看肖意，因为我的眼睛里汹满了泪水。肖意走近我，她的肚子有力地占据着我低垂的目光。我终于忍不住，像个孩子似的趴在她的肩膀上，汹涌的泪水无声地侵占了她那一方并不宽阔的地方。肖意不再摸她的肚子，她抱着我，像个母亲似的轻轻抚拍着我的后肩。

我把所发生的一切细细地跟肖意叙述了一遍，肖意还没等听完，就瞪圆了眼睛说，我早告诉你了，吴天有情况，你为什么不多注意他？你是女人，你喜欢他就要留住他，难道非要让别人一点一点地把他从你手中抢走？你清高，你不愿意干涉人家，还痴心妄想地等着人家回头，像以前一样关注你，你以为你是谁啊？你不想离婚，你说啊，你别离啊！你倒好，人家说离你就签字。伟悦，我真搞不懂你，你让吴天说圆就圆，说方就方，一点个性都没有，他怎么会有心思跟你过日子啊？人家说女人千娇百媚，你拿出一点点的娇媚来，别总是无言地守候，让吴天知道，你的世界不是一成不变的，你对他还是有诱惑的，他能轻易离开吗？换了我，就不放手！看他能怎么办！

我苦笑了一下，婚都离了，再说这些还有什么用，我的世界并不是一成不变的，吴天又何尝不知道，可是知道又如何？我的世界再精彩他也见识过。再说了，婚姻本来是互相的，一个人的感情没了，又岂能依赖另一个人的感情来维系？

可是这些话我不能跟肖意说，跟她说了只能让她对我更加恨铁不成钢，在她眼里，我可就彻头彻尾变成了一堆烂泥。

吴天不是尚文柳，我不是肖意，我们的婚姻也许在某一方面有着相同或者相似的轨迹，但毕竟还是不同的婚姻。正如那句话，不幸的婚姻有各自的不幸，我的婚姻虽说不上不幸，但可以说是悲怆，当然是对我而言。

12

我一直以为，肖意回家后，尚文柳的态度真如她在电话里给我描述的那样，而且，第一眼看到肖意，她一脸叽叽歪歪的笑模样确实把她衬得像一个幸福的孕妇，可过了两天，肖意就推翻了她的言论，把事实真相摆到了我面前。事实当然要比想象的残酷。

尚文柳其实并不认可她肚里的孩子，而且一度逼着肖意去打胎。肖意举着水果刀对尚文柳冷冷地说，尚文柳，我不离婚已是高看你了，你要是再逼着我去堕胎，我用这刀子当着你的面，把孩子剖出来给你看。

这话实在又狠又寒，我都听出一身冷汗。

肖意在尚文柳面前平时霸道惯了，她说话确实也是言出必行。尚文柳不敢再逼肖意去打胎，这时候他是想离婚，只是肖意不肯，她说他已经错过了离婚的最佳时期，她现在有了身孕，他就是要离婚，也必须对她肚里的孩子负起做父亲的责任后，才可以考虑。尚文柳懊悔不迭，总以为肖意的浪漫仅仅是出于一个时期的感性发挥，并不会傻到拿自己来做试验，所以他才一心一意地想要和肖意过下去。再说，那时候他还只是一个乡的副乡长，而他在县里的位置早已被别人顶掉，他再回不到原来那个养尊处优的位置了。偏这个时候，肖意的一个远房叔叔从邻县调到我们那个县里当副书记，他抱着一线希望，期望肖意能在她远房叔叔跟前替他说上几句。肖意摸着肚里的孩子，想了想还是帮尚文柳跑了一趟。不久，尚文柳如愿以偿地当上了乡长。婚姻失意，官场却得意了，尚文柳不平衡的心里多少得到了一些慰藉。乡长和副乡长虽然只差半级，可手中的权力却是大不一样，在乡一级政权里，也算是万人之上，听着还是蛮气派的。乡长当上了，可是他一个值得人仰望的堂堂乡长，怎么能随随便便戴一顶绿帽子，做别人孩子的父亲？若说尚文柳以前心里还有肖意一席之地的话，那么等他坐

到了乡长的位置，看到肖意那日渐隆起的肚子，心里不但没了肖意，反而窝火得很。

这个时候的肖意还是放不下往日对尚文柳吆三喝四的架子，她挺着意外收获来的肚子，对尚文柳指手画脚的样子让他怎么看怎么不顺眼，你说你都给我的头上戴顶绿得发光的帽子了，不但不收敛一些，反而趾高气扬，真以为自己是个让人放不下的宝呀。他心里甭提有多别扭和愤恨了。成了有名有权的乡长后，尚文柳就不怎么爱回家了，一周或两周才回来一趟，那也是为了到县里来开会或跑跑关系，专程回家看肖意，那是从来没有过的。反正一个乡，说大不大，说小却也不小，遇到一两个能谈得拢，可以搁到心里的女人并不难，何况，尚文柳还一表人才。

肖意不是善茬，趁着尚文柳有次回家，她慢悠悠地说，你要还想在乡长这个位置上干下去的话，是不是就不想要别人知道这个孩子不是你的？还有一个半月，就是我的临产期了，你就长年累月不回家也没关系。反正到临产我会早早住进医院，到乡下找个保姆也不是什么难事。不过我叔叔要问起来我也没必要帮你掩饰什么。你自己掂量着看吧。

已经戴上了绿帽子，现在的时机又不适合摘这顶帽子，尚文柳不能不忍，他觉得自己真是窝囊透顶。

终于，让尚文柳找着了机会。

起因由我而起。那天我在街上闲逛，不期然遇着一个从高中毕业后就再没见过的同学。本来我们都一副很陌生的样子错开了，偏是我难得地穿了一双刚买的高跟鞋，皮质有些硬，鞋后跟夹脚，我的一只脚几乎磨起了泡，走起路来尽量不显山不露水地瘸着。就在和这个同学错开的时候，我的鞋跟卡在街道破裂的水泥缝里，身子不受控制地往一旁倒了下去。我的那个同学感觉到了，很及时地伸手托了我一下，叫我没有在众目睽睽下出丑。我当然很有礼貌地说了声谢谢，而且还很习惯地脱口用了普通话。扶我一把的同学于是就很注意地看了看我，这一看，那陌生感就飘散了，毕竟我的脸上还残存着数年前的模样。他看着我，试着问了一句，是陈伟悦吗？他说的是本地话。我点点头，在他脸上寻找让我熟悉的东西。这是一张平庸的脸，肤色黝黑而稍嫌肥胖，一双毫无神采的眼睛此刻闪出惊喜，最有特点的是他那成龙式的鼻子，像被人揉搓了一般，整个鼻头泛着比脸色更尖锐的光芒。我在这张脸上寻找了半天，记忆里却没一点跟面前这张脸相似的蛛丝马迹，只好遗憾地望着这张脸发愣。

不记得我了？我是石明朋啊！这张脸毫不气馁地写满期待。

石明朋？这个名字被我埋得太久，好半天才想起来。

噢……你是石明朋！我作出很讶异的样子说道。这个名字曾在我的心里搅起过一池春水，但也无端地让我受了不少屈辱，以至于一段时间我的心里强行排斥着这个名字。年少的往事从遥远的记忆里隐约地闪动着。

见我想起了他，石明朋很高兴，咧开嘴呵呵地笑。

听说你去了北方，很艰苦吧？多偏远的地方，又落后，生活一定很不顺心吧？你怎么会找那么远的丈夫……石明朋像个饶舌的女人般唠唠叨叨地问个不停，说是问，却没有一点要我回答的意思。看着他上下翻动的两瓣嘴唇，我的记忆越来越清晰，我实在想不透，当年的我怎么会对这样一个男人感兴趣，而且居然还会因为自己对他的这份喜欢，而被他在另一个他喜欢的女同学面前狠狠地羞辱了一番。

　　我微微笑着，心里为当年的自己抱不平，只是一种朦胧的情感而已，却被肖意启发成了爱恋。如果这也算是我初恋的话，我那心酸的、屈辱的初恋，竟然会交给这个平庸、饶舌而无知的男人，真不知他当年的才华是从哪儿来的，怎么数年过去，他会愚钝到如此地步？

　　我没法忍受在大街上听一个男人的喋喋不休，我不得不打断悲天悯人的石明朋说，不好意思，石明朋，我约了人，赶时间，以后有机会再聊好了。不等他应答，我拔腿就走。

　　陈伟悦，你等等！石明朋的喊声让我又回过头来。他朝我递过来一张名片说，这是我的名片，你以后有什么事，给我打电话，我一定会尽力帮你的！

　　在石明朋眼里，我一定像个难民。我接过他的名片，瞟了一眼，这一瞟，把我吓了一跳，他居然是我们县一家小有名气的民营粮食加工企业的老板。真是人不可貌相啊！

　　在我们县这个小地方，原来也是一片树叶能砸着四五个总经理呢。看着石明朋的名片，我又笑眯眯地望着他嘲弄道。

　　石明朋似乎没听出我话里嘲弄的意思，一本正经地说，我们曾经是好朋友，我现在好歹也有些能力，如果你真的需要帮助，千万不要客气，我一定会尽我所能的。

　　你能帮我什么？一听他说"我们曾经是好朋友"这句话，我心里就来气，去你妈的好朋友，当年他为抬高自己，到处说我给他写了很多情书，玩着命追他，弄得我一时间成为男生里的笑话，而我却一点也不知晓，还傻不愣登一如既往地往他的抽屉里塞我写的诗，那些诗当然有些是我朦朦胧胧的情感，大部分还是我的习作，可是这些全被他说成是我专门写给他的。后来我才听说，高中毕业后的一次同学聚会上，石明朋又在贬低我而来抬高他自己，叶小叶当场跟他理论，两人还差点动起手来，不过，叶小叶从来没跟我说，是我从别的同学那里听到的。我也没问过叶小叶，因为那是我的耻辱。而现在，石明朋却假惺惺地说什么"我们曾经是好朋友"这类鬼话。

毕竟不再是当年易冲动的少女了，我耐着性子听完石明朋这几句话，装着不经意地看了看表说，哎呀，十一点多了？石明朋，我还真想和你多聊聊，老同学多年未见，要说的话不少呢。可惜，我答应和肖意一起吃午饭，她正等着我呢。

石明朋双手一合，我也正要去吃饭，干脆，你把肖意叫过来，今天我做东，请两个老同学一顿。

我要的就是他这句话，却做出很为难的样子道，这……不太好吧！你要有事，你先忙去吧……

忙什么呀，该忙的都忙过了，谁也不能不吃饭啊，你说是不是？

我一副盛情难却的样子，打通肖意的电话，让她坐车上"泰山"饭店来。"泰山"饭店是我们这个小县城最大的饭店，是我定的地方。

石明朋的脸上波澜不兴，我暗笑，现在镇定自若，一会儿就该哭丧着脸了。

肖意果然很明了我的心事，来后见石明朋在，便知道今儿陈伟悦找着了吃饭埋单的人了。她冲着我咋咋呼呼道，你还真守信用，上次说要请我到"泰山"吃鱼翅，这就要兑现了！她伸出大拇指，佩服，你是个守信用的人，是个高尚而无私的人！

我一把撇开她的手，行了吧，今天可不能请你吃鱼翅，这是石明朋请你，人家不欠你山珍海味。

噢……我还以为今天你埋单呢！肖意看了看石明朋，双手合拢一

抱说，原来是石总经理请客，那请客的档次可比你陈伟悦要高得多。

石明朋赶紧说，哪里哪里，不过，肖意想吃鱼翅，我今天还真的可以替陈伟悦兑现。

我急忙拦住，石明朋，别听肖意瞎说，我欠她的改天再还。咱们今天就算了……

不不不，石明朋急了，站起来一边唤服务小姐，一边说，没问题的，没问题的。

趁着他点菜时，我和肖意相视一笑，我是铁定了要狠宰石明朋一顿的，虽说九牛一毛，可拔上一毛也让他少一毛。他少一毛，我心里才舒坦。

肖意果然够狠，一边咋呼着鱼翅，一边拿眼瞟着菜单，瞄着哪个菜价位高，一副没见过世面的样子说想吃什么什么。我是导演，当然得会把戏导得不让石明朋看出其中的端倪来，所以每次肖意馋某种菜，我都忙不迭地制止，用得最多的台词就是"下次我请你吃好了"。

石明朋表现得还是很男人，没让我"下次"请肖意吃，他不好意思翻肖意点菜的价格，只管对一旁的服务小姐说上菜。最后肖意又提出要喝酒，我一看她这下太过分，自己挺个大肚子还叫上酒，酒真上来了，她不喝可就要穿帮了，喝了又对肚里的孩子不好，而我是逢酒过敏的人，自然是喝不得一丁点的。

我拼命朝肖意使眼色，意思是她别做过了。但肖意并不理会，她认真地看着我说，你眼睛有毛病啊？

我只好翻白眼，对这种故作姿态的人，语言实在是多余的，只能用白眼来对付。

这一顿饭下来，我们三个人共吃了两千四百五十五块钱，去掉零头，共两千四百块。我估计这顿饭创出我们这个小县城平头老百姓吃饭最昂贵的纪录。这点钱也许对石明朋不算什么，可凭空失去这么多钱对生意人来说，我想也不会舒服到哪里去。

结账时，石明朋的脸色如我想象的，是掩饰中的不快，最后跟我们说再见都显而易见勉强得很。我相信他说再见的时候心里一定是恶狠狠地说，不要再与陈伟悦见。

看着他悻悻离去的背影，我和肖意得意忘形地大笑起来，一点也没顾忌自己的形象。不过，笑声未了，就看到尚文柳站在离我们不远的地方，一脸恼怒地看着我们。

我收了笑，可肖意不在意，仍在傻呵呵地笑着。尚文柳过来往肖意旁边一站，眉头立马皱了起来，你喝了酒？他问肖意。

肖意笑模笑样地回答，就喝了一杯。跟这种人还配真喝？也就几个臭钱烧的。我的酒都被它替掉了。说罢，从口袋里拽出一团满是酒味的东西来。我一看，忍不住又笑，这不是刚才饭桌上肖意一直拿来擦嘴的毛巾嘛。我心里放松了，刚才只顾心里痛快，可着劲儿和石明朋聊他的加工厂，把喝酒的事倒忘了。

尚文柳的表情很嫌恶，我回来后这是第二次见到他。以前的尚文柳可从来没对肖意有过这样的表情，他不敢也不会。尽管我和他见面的次数不多，但每次见到我，他比肖意还要热情，且一副十分知己的模样，肖意有时还连名带姓地叫我"陈伟悦"，而尚文柳从来不带姓，他只叫我"伟悦"，连肖意自己都说，尚文柳对我的感觉比她对我的感觉还要亲切。这当然是尚文柳爱屋及乌了。一直以来，我都以为尚文柳对肖意的那好，是这个世界上无人可比的，也正因为如此，才为肖意感情上对尚文柳的不断背叛而歉疚，好像是我背叛了他似的。

回到家后我第一次见到尚文柳，他只微微地冲我点点头，那分冷漠弄得我有些手足无措。肖意让我甭理他，说这才是尚文柳的本来面目，他以前的那种温和谦恭只不过是他的表象而已，他用这种表象把骨子里的真实掩藏起来。虽说尚文柳的态度让我对肖意的话有点认同，但她说话的刻薄劲儿让我又替尚文柳打抱不平，我说，你对人家不管不顾，不仁不义，还不能让人家心里的不舒服发泄一下？锅盖老焐着热粥，那粥不沸腾还叫粥？男人就该有自己的脾性，这可是你说的。再说了，尚文柳对我可一向态度可亲，这次是受你的祸及。

肖意白了我一眼，说你可真是个不折不扣的白眼狼，我对你那么好，没听你一个好字，倒帮着别人说起话来。

我嘻嘻笑着说，尚文柳可不是外人，那是你丈夫，你将要出世的孩子父亲。

肖意拍了一下我的脸，你现在的样子可一点怨妇的情绪都没有了。她这招比我狠，我一下子被噎得再也笑不出来。

尚文柳很乡长的样子目光淡漠地看看我，又转过头去训肖意，你真是胡闹，挺着个大肚子，居然还跑出来喝酒，你不知道喝酒对孩子不好吗？

他这话虽然说得严肃，可是我还是听出来这话里有关切的意味。不管肖意的任性和妄为，我还是觉得尚文柳是个不错的男人，换了心胸狭窄的男人，你爱喝不喝，反正不是我的孩子，喝死都活该。

肖意一点也不领情，她头一仰，冷冷地一笑回应道，什么时候轮到你来教训我？甭说我喝了一杯酒，就是喝一瓶，又怎样？这孩子跟你有什么关系？

这些话几乎是拥挤着从肖意的嘴里奔出来的，我连阻止的机会都没有。

尚文柳的脸色变了，他竭力控制着内心的愤怒。肖意或者也为最后这句话而懊恼，她的目光看着尚文柳时没有了刚才的不屑和坚硬，变得有些稀软。她转过头来看我。

我不得不站出来说，尚文柳，肖意没别的意思，你也知道她说话一般是不经过大脑的，她绝没有意要伤害你的企图。你……

这种场合，我的大脑反应实在不够机灵，竟然涩得跟一把多年没用锈得没了形的刀，数刀下去，竟剁不出一个白印儿出来。

尚文柳没说话。

这事儿怪我！我强撑着说。既然想不出替肖意辩护的词，我只好把责任往自己身上揽，尚文柳总不至于责备我吧！肖意是替我喝的酒，我这也是忘了形，竟把她是个孕妇给丢到了脑后。好在她喝得不多，六七个月的孩子发育已经成形，这点酒还不会影响到你们的孩子……

话没说完，尚文柳已经转过身去，离开的时候，扔下一句话，肖意，你可以不为自己的行为负责，但要为你的话负责！

我羞愧地看着肖意，我实在不是个能把话说圆的人。

肖意用手指狠狠地点着我的脑袋，道，我都不知道你这个编辑是怎么当的！看了别人那么多词，抄袭几句行不行？

我诚恳地点着头，实在对不起，我这人就是笨嘴拙舌，脑瓜子又不好使，想抄袭都转不过弯来。

肖意长叹了一声，我怎么会有你这样的朋友。我都怀疑当年的你是不是真的有过才气。

江郎才尽哪！我也慨叹道。

唉，真是亏了叶小叶当年的一腔痴情。肖意一脸的怅惘。

这跟叶小叶怎么有关系？我心里嘀咕，疑惑地看了看肖意。

13

因为肖意的那句"这孩子跟你有什么关系"，尚文柳这次死活要跟肖意离婚，他说豁出去这乡长不干，他也不戴这顶绿帽子了。这下，一向强悍的肖意不强悍了，她居然哭得一塌糊涂。在我的印象中，我第一次看到肖意为尚文柳而哭，她的泪几乎都是为自己和别的男人而流的，能为尚文柳流泪，这也算是开天辟地第一遭。

肖意的泪水却丝毫打动不了气恼的尚文柳，他把这次离婚说成是为了捍卫自己男人尊严之战，如果连这场战争他都输了，那么，他从此将不会再有男人的尊严。一个没有了尊严的男人，还算什么男人？所以，在他而言，这离婚的决心是前所未有的！

我很后悔自己这趟回老家，婚姻破碎了，我如一条丧家之犬，夹着尾巴灰溜溜地寻找心灵的慰藉地，可没想到，如此状态下，却还会见证到自己的好朋友遭遇同样的境遇。就好像自己是个传染源，把离婚的病毒携带到老家，并首当其冲地传染给了好朋友。

假期快结束时，我父母终于知道了我离婚的事。我一直害怕他们看出我的异样，所以除了刚到的第一天，我老老实实在家里陪了他们一天外（实际上是借口坐火车累，从下车就一直在床上度过的），就没安安静静在家里待过一天，每天都是早出晚归，跟上班似的，不是去找肖意就是去找其他的朋友。实在没人可以找，就一个人在街上胡乱闲逛，逮着什么好玩的，就打电话说给肖意听。父母其实是很想我能和他们多待点时间，但我总是敷衍，不顾他们期待的眼神，仍逃命似的逃开他们身边。我的心是烦乱的,其实我很想和他们坐在一起,跟他们聊聊天,就像以前我每次回家时一样。可我无法面对的是他们对吴天的询问,对我们婚姻的关切。我不敢说吴天这个名字,他是我心中纷繁细琐的疼痛,一说出来,那些痛便会尾随而来,布满我全身的每一个细胞,每一个毛孔,让我痛不欲生。

我那可怜的父母原本以我和吴天的婚姻为荣的,那般隔山隔水的距离,又是那样地相爱着,他们心里不仅为自己的开明大度而骄傲,更是为自己女儿拥有一段幸福的婚姻而满足。

然而,我的逃避终于没能逃得过去。他们似乎从女儿的早出晚归上看出了端倪,两个老人心中的疑虑越来越大,最后竟给吴天打通电话,问我们之间是不是发生了什么事,是争吵了还是怎么的。这是我的疏忽,我没有想到他们在跟我没法作过多交流的时候,会打电话给吴天。我更没想到吴天会在沉默片刻之后,告诉我父母我们已经离婚的事实,我妈在听到这个消息,笑容还没从脸上褪尽,便急火攻心,晕了过去。

那天也怪,在街上漫无目闲逛的我逛到腿脚发软,心里便萌生跟父母说明实情的念头,这个念头一起,心里便慌,好像什么心爱的东西丢掉了担心被父母责骂似的。这慌蓄积在心里越来越浓厚,到最后我竟然打起哆嗦来。这种感觉不好!我返身坐上一辆摩的,往家里跑,正好看到我妈手握电话倒下去的情形。

我妈有高血压,受我离婚事件的刺激晕倒之后,很长时间没能从病榻上下来。妈妈在病床上不说话,老是拿一双泪眼盯着我。爸安慰她,你放心,会好的,她都这么大的人了,懂得照顾自己。这只是女儿的一个坎,其实谁的一生中没有过坎呢?过了这个坎,就又有一个

新的开始了，那时，生活不是又好端端的吗？也就是你，老想不开，总以为她还是个孩子。

我握着妈的手，强撑着笑说，就是，您看爸多善解人意，简直把我看透了。您这个当妈的可就逊色了，一点也不了解自己女儿，把女儿看得那么弱小。您说我是那种经不起事的人嘛？都说女儿是妈妈的贴心小棉袄，我看哪，该说成是爸爸的小棉袄才对。

妈妈的嘴角动了动。

我又说，您不知道我现在有多好，这一离婚，才发现身边有好多比吴天更好的男人呢。我俯在妈妈的耳边轻轻地说，妈，我告诉您个秘密，有好几个男人都在追我哪！您快点好起来，明年一定带个让您满意的女婿回来！还要让您抱外孙呢！

泪水一行一行顺着妈的眼角流下来。

经过这道坎，我总算彻头彻尾地跟父母待了几天，再不用回避什么，就是我不同避他们也绝口不提吴天的名字，就好像只在瞬间，他们就已经把吴天这个名字这个人从他们的大脑里彻底删除了似的。我的心酸涩涩的，我善良的父母，他们只能用他们的方式谨慎地来呵护自己的女儿。

在妈妈的病榻前陪了几天，我的假期到了。爸爸已经准备好我的行李，叮咛我不要担心，妈妈他会照顾好，要我把自己照顾好。

我的心跟在醋缸里泡过似的，酸得无法提起。

临走这一天，我打肖意的电话，她家的电话始终没人接。我又打她手机，手机关机。妈妈以这样不忍的方式使我卸下了心里的负担，我把身心都放在了伺候妈妈这件事上，对正在离婚风浪上的肖意实在也无心过问了。

肖意是知道我这几天要回北京的，这种时候，她是不会关机的。我心里有了一种不祥的预感。我跟爸爸说了一声，便骑上自行车去肖意家找她。没想到，肖意家里没人。

手机里储存了肖意一次给尚文柳拨过的手机号，我打通尚文柳的手机。还没等我说话，尚文柳的声音就呼啦一下迫不及待地先我拥了过来，是伟悦吗？

我说是。肖意呢？

伟悦，你快来！尚文柳声音急促地喊道。

我的心一下子提到嗓子眼，肖意怎么了？你们在哪里？

肖意自杀了，正在医院抢救呢。

我的头嗡的一声大了，我以为前面肖意是用自杀来吓唬尚文柳的，没想到这家伙把这招真玩上了。我这个从来没想过离婚的人，悄没声息地离了婚，没动没静的，只是灰溜溜地跑回老家来舔舐自己受伤的创口，而她这个把离婚的主动权一直掌控在自己手中的人，居然会选择自杀这种严酷的方式来制造这么大的动静。

我来不及跟爸爸打电话说上一声，就往医院跑。

尚文柳早已候在医院的门口，一见从摩的上下来狂奔的我，赶紧迎上来。我问他肖意呢？

尚文柳看看时间说，肖意现在还在急救室，已经进去两个多小时了。

我盯着尚文柳那张有些发白的脸，恶狠狠地说，尚文柳，这都是因为你，如果肖意真有什么不测的话，你脱不了干系！

尚文柳埋了头不说话，领着我往急救室跑。

尾随尚文柳来到急救室门前，我看到肖意的父母和尚文柳的父母都静静地坐在走廊的椅子上，肖意的妈妈两眼茫然地盯着一个地方，脸上的悲戚水一样无遮无拦。看到我，只有肖意的父亲，我曾经的老师招呼了一声。

过了半个多小时，肖意终于从急救室被推了出来。大家迎上去察看情况。推车上的肖意没有了往日的意气飞扬，苍白的脸上除了虚弱，便是一片意兴阑珊。她扫了围在周围的我们一眼，又疲惫地合上了。肖意的妈妈见女儿被抢救过来，嗫嗫地说了一声，这孩子！泪水一下子涌了出来。

尚文柳的父母在一旁讪讪地，依肖意的性格，平时和他们的关系也不会亲密到哪里去，但看到难得如此虚弱的媳妇，两个老人觉得有些歉疚，便狠狠地瞪了尚文柳一眼。

肖意的孩子没了，医生说那本来就是个死胎，已经停止发育了。是肖意的自杀让这个就算生出来也体验不到世界的孩子，提前从母亲的子宫滑落掉了。

我从肖意的脸上看不到悲痛，病床上的她只是抚摸着自己已经平坦的肚子，自言自语地说了一句，命里有时终须有，命里无时莫强求！

尚文柳怔怔地看着肖意。

我和你一样，终归是跟孩子无缘。说完，肖意睁开眼冲着我轻轻地一笑。那是多么失落多么惨淡的一笑啊！

我别过脸，不让她看见我眼中的泪水滴落。肖意长长地叹了一口气，又去看尚文柳。

尚文柳赶紧趋步上前，蹲在她跟前。

尚文柳，对不起，是我没有珍惜你。离婚吧，我同意！肖意的声音尽管很轻，可是大家都听得清清楚楚。

我猛然转过头来，没顾上擦脸上的泪，诧异地看着她，她的手腕上还缠着绷带，胳膊上还插着针管，她是为捍卫自己的婚姻才弄成这样的。自杀，一个多么惨烈的行为，她却会在经历这场惨烈之后轻易地抛弃自己的坚守，同意和尚文柳离婚，我怎么也想不透她的脑袋瓜里此刻被什么意识搅动着。

尚文柳"哇"的一声哭出声来，他拼命地摇着头，却一个字也说不出来。

我回到北京的第一件事，就是打电话把吴天狠狠地骂了一顿，也顾不得形象风度，想到什么骂什么，骂到没词，实在想不起还应该怎样骂，才扔下电话号啕大哭起来。我哭得惊天动地，却也酣畅淋漓。

从此以后，再想到吴天，我的心倒不怎么疼了，可是茫然得很，脑子里仍是一片纷乱，拥拥挤挤的往事还是会蹿出来，在空荡的心里摇来晃去。

肖意和尚文柳最终还是离婚了，在肖意出院的第二天，两个人就去办了手续。听到这个消息，我无言。一对好朋友，两个破碎的婚姻，我和肖意，竟然像是两个形状完全不同的陶罐，命运有着某种莫名的巧合。不知道在未来的人生里，我们这两个不同类型的陶罐，还会遭遇什么样的巧合？

第三章

1

眨眼工夫，已近仲秋。秋风裹着丝丝寒凉，一点一点地夺走随处可见的盎然绿色，把绿悄然地变成了层次不一的黄，沧桑的黄。再过些日子，秋风的手笔更大，所过之处，尽是落英缤纷的悲壮。当树梢变得像个秃子时，冬天不声不响地来了。

刚瞄出一点秋天留不住的意思，我就把羽绒服穿上了身。其实街上很多人都只穿了一件薄毛衣，我的羽绒服穿插在一堆婀娜妖娆的秋衣里，显得笨重而又扎眼。不少人看我的眼神就跟看一个走到了人生末路的老人一样，充满了悲悯，甚至还有同情。

肖意在我的蛊惑之下，也犹犹豫豫地穿上了羽绒服，我们俩一起走出去，力量就雄厚多了。我的眼神由此也不再羞羞涩涩地躲避别人的目光，而是坦然地对着看我们的目光迎上去。这就是力量的支撑！

肖意和尚文柳离婚后，在娘家休养了两个月，再次来到北京，出了火车站拖着行李箱的她对我说的第一句话就是，伟悦，从此我要和你一起在北京扎根！

北京西客站人潮涌动，喧闹非凡。而北京城，一如既往地张开她宽大的怀抱拥抱着投奔她的人！

肖意来北京的那几天，我们杂志社正好做了一次人员调整，发行部和广告部需要人手，我便向老周推荐了肖意。肖意来面试后，老周第二天就告诉我，可以让她来上班了。

我和肖意的关系在同学和朋友的基础上，在这个秋天又多了一层同事关系。

从我调到《驿站》编辑部开始，我和老周的关系慢慢地向着良性发展着。虽然我和老周之间还是上下级关系，但仅仅因为我挂个编辑部主任的职务，这上下级的距离缩小了一步，距离一缩小，我就发现，其实老周这个人还是比较善良的，他的私心重了些，可说到底，这个世界上没有私心的人还真找不出来，金无足赤，人无完人嘛！我自己还不一样满身都是缺点，要不，吴天会与我离婚？就拿肖意这件事来说，我去跟老周推荐肖意，本来老周那里已经有了两个人选，听说肖意是我的同学，当即就拍板让肖意过来。还是我不好意思，建议让肖意过来先面试一下，觉得可以胜任这份工作再定不迟。老周摇着手说，咱先考虑内部的人，你陈伟悦推荐的人应当不会有问题的。最后还是在我的坚持下，他才要肖意过来面试。

现在老周不再是副总编，他改成了副社长，专门分管两个杂志的发行和广告。想想我在《生活》编辑部时和他莫名而来的矛盾，都觉得好笑，那时他竟然会因为我的懵懂而耿耿于怀，死活看我不顺眼，怎么现在又把我看得花一般香？思来想去，想必大概是应了那句话：

距离产生美！

我开始往《生活》编辑部跑得勤了，因为肖意在那里，有事没事就往她办公室跑，有时碰上她不在，便到老周办公室坐一坐，和他聊聊天。说实在的，和老周聊天实在不是一件令人痛快的事，他的声调又高又缓，做报告似的，而且通常是一句话至少得用两到三句才能说完。比如，我问他肖意工作怎么样，是不是让他还比较满意？他的回答是，肖意啊，不太好说，总的来说还不错，只是业务能力，因为现在还没有实质性的进展，不好肯定。

你瞧瞧，说这么几句，前后矛盾不说，你也不知道他对肖意的评价到底怎么样。这还是一件小事，要和他论国家大事，那可真就麻烦了，他从国际说到国内，从国内领导评到国外的首领，那个东缠西绕，简直能说得你头昏脑胀，叫苦不迭。这还不算，最关键的还是他不让人打断他，这让人非常痛苦。

去老周那里坐了几回，被他慢条斯理的言辞洗了几回脑后，我以后再也不敢去他那里了。每次去《生活》编辑部，提前给肖意打电话，她要在，我才过去。她要不在，我绝不过去的。

隔了一段时间，没去老周办公室听他滔滔不绝，老周倒给我打来电话，问我怎么不到他办公室跟他聊天了，我没好意思说跟他聊天的痛苦，只说这段时间忙得很，要编要写，没空瞎转了，再说天气冷了，暖气的开放还遥遥无期，我这副身子骨，天一凉就不想多动弹。

我的解释当然很合理，老周一听，忙说工作要紧，但身体更要紧，身体才是革命的本钱，千万别为了工作累垮身子。这天气是凉了些，可多活动活动才能增强身体素质嘛。

我忙称是。

肖意慢慢地也熟悉了工作，这份外交性强的工作还是相当适合她的性格和能力的。不久，老周打电话给我说，我的眼光很独到，像肖意这样的人才应该早点推荐到杂志社来。老周的话很让我受用，但受用之余，内心里还是有点儿——也仅仅是有一点点，酸溜溜的感觉。敢情人家肖意原先就是个被埋没掉的人才，如今钻石终于洗尽泥沙，开始灼灼发光了。我这块砾石，以后在她的光芒之下可是更有被掩埋的可能了。

不管怎么说，我还是为肖意高兴，总算不枉我的推荐，她就是钻石也得我这颗砾石把她拱出来才是。

我把老周的话转述给肖意听，她那一脸的得意就甭提了。她挥着手里的合同神气活现地说，你别说，广告这种事还没我搞不定的呢。

我撇了撇嘴，你就吹吧，这才有了多少成绩就得意忘形成这样，瞧着吧，会有你搞不定的时候。

肖意一个巴掌砍下来，落在我缺了智慧的小脑袋上，欠揍啊你，我搞不定你好乐啊？

我揉着被她砍痛的脑袋，愤愤地看着她，衡量了一下我与她在身高上的差距，确认如果我动用武力的话，绝不会是她的对手，便只好发挥沉默的威力。

想不想知道我有这份战果的原因？见我沉着脸不说话，肖意赶紧讨好我。

说！我还是沉着脸。

因为有人帮我！

有人帮你？谁有那么大能耐能帮你搞定那些企业家？我不揉脑袋了。

能有谁，孩儿他爸呗！

谁？你说尚文柳？不可能，他一个小乡长……我忽然闭嘴，想起另外一个人来，他是肖意在北京除了我之外，唯一一个与她有牵扯的人。

尹可凡！

我大大地吃了一惊，想不到肖意又跟尹可凡联系上了，她从来没跟我说过这件事，这家伙，在我面前越来越有深度了，这气沉得还真足啊。

你们……这不是死灰复燃吗？

谁跟他死灰复燃？其实想想就是替自己不值，我为他付出了那么多，可是最后呢？哪怕他曾给我一些感情，这样我也心甘情愿。可事实是他没有，他只是把我当成一个可以吆来喝去的女人。我为他怀了孩子，为这孩子我失去了婚姻，而他却旁若无人地置身事外，这不公平。我必须让他为自己的所作所为承担责任……

可是，尹可凡并不知道你有孩子的事……也许他应该为他的行为负一定的责任，可我还是认为，你离婚跟他并没有直接关系。就算没有，你和尚文柳之间的裂痕也早已清晰地存在，不是他要离婚，就是你要离婚，虽然主动权互移了，但最后的结局却是一样的……

你的意思让他这样逍遥自在冠冕堂皇地过好日子，不承担一点责任，没有一点负疚感？

你知道我不是这个意思，我是说这件事已经过去，你们那一页被你翻掉了，没有必要再把它翻出来。你是为他做了牺牲，可当初完全是你自愿，如果说你要他承担责任，你当初就应该要他去承担，而不是把这责任转到尚文柳身上。可是你当初满心满肺对他尹可凡充满感情，你不要他为自己的行为负责任。现在事情过去，你不如意了，就觉得这不如意是人家造成的，而他轻松自在地过自己的日子，彻底地把你忘掉是一件不公平的事情，所以才想到让他为你承担。肖意，你不是这样的人，你一向很自立很……

行了伟悦！肖意打断我说，你以为我一向很自立很洒脱，是吧？可你别忘了，我现在是在北京，不是在咱们那个小县城，我没有了正式工作，也没有了婚姻保障，我没有可以依靠的所有东西。但我要生存，要在北京立足，我要是再抱着以前那样率直的想法，未免太天真了。我不想闯出多大的天地来，只希望靠我自己的力量在这个地方安顿下来，而不是像现在这样住在你租来的房子里。尹可凡有这样的能力，就算我不要他为曾经的我负责，就我的工作性质，也必须寻找出能帮助我扩大业务量的人。你是记者，是编辑，难道不知道还有很多人为了寻找这样的关系，不惜陪着人上床吗？至少我现在还没到那种陪人上床的地步吧？

我没办法不承认肖意所说的话有道理，在这种纯粹以广告业务量来衡量能力的工作性质下，她确实需要非正常的关系和手段才行，正如肖意所说，她一个在北京无根无据无依无靠的女人，能单枪匹马在短时间内有这样好的业绩，没有跟人上床已经是大幸了。可我明知道她说得有道理，心里却觉得不舒服，好像眼前的肖意已经陌生，那个曾经性情率直、个性鲜明的肖意，已经逐渐离我远去了。

我说不出反驳肖意的话，她的战果累累带来的不仅仅是杂志社的认可，更带给她可观的经济收入，这才是最为重要的。除此之外，在立足北京的初级阶段，所有的一切都只能往后靠。

这以后，我往《生活》编辑部跑得少了，肖意的适应和生存能力

比我强出许多，她不再需要我这个柔弱的依靠了。果然，几个月后，肖意一言不发就在外面另有了住房，她从我们的租房里搬了出去。后来她说，她的离开只是为了让我们彼此有更好的生活，使自己更全面地适应这个社会环境。我闹不明白，她说的这个"全面地适应"是什么意思，我只是清楚地想通了一个道理：这个世界谁都可以不缺谁！

2

寒冷的冬天来临了，当我和肖意提前面世的羽绒装终于可以理直气壮的时候，叶小叶来到了北京，他的来临，用他自己的话说，是迎着北京的冬天来的。

叶小叶来的第一天就打我的手机，我还埋怨，说哥们你这是故意跟我作对啊，明知道我办公室电话，就不能挑我上班的时候打？干吗动不动打手机？不是告诉过你我要缩紧银根嘛。我前两天被肖意逼着买了件套装，花了一千多块钱，正心疼呢，发了一条短信给叶小叶，说现在处境不堪，正是开源节流之际，有好事可千万别忘了我，还有就是别打手机，帮我省点电话费。我发短信时肖意正在我旁边，她眼珠子瞪得都快从眼眶里跳出来了，撇着嘴说你怎么这么没出息？没出息自己掩着盖着也就成了，怎么还到处宣扬，也真不怕别人瞧不起你。

我不理会她的轻视，理直气壮地说，困难就是困难，不把一切扩大困难的因素排除掉，却要把困难藏起来，那困难就永远不会消失。

真是个小市民！

小市民就小市民好了，反正我是坚决杜绝每一分银子被浪费掉。

我都跟着你丢人，你没见今天那个售货员的脸，拉得快要掉地上了。要不是最后你把衣服买下来，我看她今天非要咒死你不可。

　　有那么严重吗？我也没说要买呀，不停试衣服的人是你，买衣服的人却是我，她咒我干什么？想起肖意去年来北京时让我陪着逛商场，不停试衣服，最后却什么也没买的情景来，我心里堵了一下。去年我们都是幸福的人儿，各有各的活法，今年却都成了孤家寡人，一样各有各的活法，只是那种"活"却与去年大不一样了，我是带了一点憔悴，带一点心酸。本来那件套装我是不买的，嫌贵，但肖意说我穿着就像换了个人似的，要多精神就有多精神，我这瘦瘦小小的个子让这高贵的套装一衬，显得极度的华贵。我可没那么容易被她一个"华贵"就说服下来，我拽紧钱袋死不松口。最后肖意竟劝得来了气，吼一声，你不买我买，我买给你穿行了吧？说完就在钱夹里掏卡。这话多伤人啊，我的处境再不济，至少比肖意强一些吧，哪能叫她掏钱呢，我赶紧拦住她，乖乖地把卡掏出来刷了，苦着脸买了一件"华贵"的衣服。

　　我其实也还没紧到买不起一件衣服的分上。刚离婚时，吴天把我们结婚这些年攒的几万块钱要全部给我，说我一个孤身女人，在外面不容易，钱好歹能帮我安身立命。但我只拿了该拿的那一份，我不想在被他狠狠地打了一闷棍之后还要念着他的好。除了这些钱，我几乎是净身出户。钱不多，我存进银行，想再积攒一些，就够买套一居室的首付房款——刚进北京时，房价还没这么贵，那时也想不到房价会在几年之间跟化肥催长的植物似的，蹿长的速度简直惊心动魄。那时我跟吴天说咱也买套房子吧，等以后有了孩子也可以给他留一份遗产。吴天笑话我，说我还没跑到前面，就把前面的路给铺上了。只是那时

候才从一个偏远的地方闪身出来，观念还没有及时更新，我们商量了几天，最终还是他说服我，老老实实等着单位分房吧，咱也没多余的钱买房，按揭吧，压了一身的债，一辈子心里都不踏实。结果呢，这几年里看着北京的房价一路飙升，简直要追上火箭的速度了，说实话，我心疼得要死，这就好比一块好端端的肉，都送到跟前了，我们硬是不张口，结果呢看着别人一口口咬上去，咬到嘴里就变成了金子，我们硬生生把这块金子给放过去了，不心疼才怪！

人哪，也是命，命中注定我就不是富贵之人！

我非常想拥有一套房子，尤其是和吴天离了婚以后。本来就是没根的人，浮萍一样在这个城市漂着，以前有吴天，还觉得自己有个依附，现在唯一的依附没了，就真的有飘零感了。而有属于自己的房子，就有了依靠，踏踏实实的依靠，即使孤身一人，也不至让人看着凄惶。现在让我花一千多块钱买一件衣服，不心疼才怪！心疼完了，就想着怎么把这一千多块钱挣回来，薪水是死的，除了多熬夜写稿子挣稿费外，我只有厉行节约这一条路可走。

叶小叶听了我的埋怨，也不知有何感想，只听得他那边若有若无地一声叹息，半天没听到他说话。最后说了一句，差点没把我气死。他说，陈伟悦，要知道这么多年的朋友还敌不住这几个话费，我就决不拿你当朋友。

浪费了我几分钟的话费，居然最后出言不逊，我气恼地吼道，谁让你拿我当朋友了？我稀罕哪？

吼完，我扣了电话。

肖意不愿意了，对我说，干吗呢你？不就几个话费嘛，一会儿我给你买卡去，冲人家叶小叶较什么劲啊。

我白了她一眼道，少重色轻友，我难得发个火，人家叶小叶都没意见，你不愿意干吗？

肖意不理我。

你这样子要让叶小叶他老婆瞧见，醋坛子都不知道打翻了几个。多少年的事了，你就不知道收敛一点？我也恨肖意护着叶小叶，漠视我。

肖意白了我一眼，把嘴一撇，瞧你，还叶小叶的朋友呢，人家都离婚好几年了。

一听离婚这个词，我的心猛然一跳，怎么也离婚了？看来我们三个人还真是铁定了要做朋友，在婚姻这条道上，居然殊途同归，全落了一个下场。

你说的是真的吗？我不敢相信，上次叶小叶来也没说他离婚的事，不过现在想想，我们聊的都是结婚以前的事，我倒是问过他家庭方面的一些事，可人家岔开了话题，什么也没说啊！

我咂咂嘴，呵呵一笑，怪模怪样地看着肖意。肖意正打理她的眉毛呢，两道浓黑的眉毛生生叫她拔成了一条细长的柳叶，与她的瓜子脸很相配，不过，我还是喜欢她眉毛长全了的模样，黑黑的，愣愣的，跟她少年时的性格一样。见我一脸的暧昧，肖意放下手中的眉拔子，你就不动心？她问我。

我动什么心？十几年心里藏着掖着人家的又不是我。

如果他要对你有好感呢？

好感？他当然对我有好感喽，好朋友间没有好感早没了朋友的情分。何况，有你在我前面，光芒四射，谁眼里还能瞧得住我？我说道。

这话一点也不假，肖意健谈，又漂亮，眉眼灵活，我和她在一起，

就像同时拉亮一百瓦和十五瓦的灯泡，如果说我还能有一点微弱的光
芒的话，那么在肖意跟前，则完全被她的光芒给覆盖，或者说包含了。
想再找我的光芒，万倍的天文望远镜估计都寻不到。

3

肖意刻意地打扮了一番，她平时偶尔也化点淡妆，但今天，妆浓
了些，她那本姣好的面庞被粉红的脂胭掩饰得更加俏丽，眉眼之间，
打了眼影，还上了睫毛膏，那一双细长的眼睛多了一股子媚劲，最显
眼的是她那嘴唇，唇线柔婉清晰，殷红的唇闪烁着迷人的光泽。一张
很青春很时尚的脸。我眨眨眼睛，有点不敢相信面前这个年轻漂亮的
人儿，就是我的朋友肖意，都出三张的人了，咋还这么艳丽？

见我发愣，肖意眉头一皱，一副要发作的样子，大概想到脸上的
妆与河东狮吼不相称，瞬时就展平额上的竖纹，改用手轻拍了一下我
的脸说，傻看什么，还不赶快走？你要叶小叶等到什么时候？

我期期艾艾地从椅子上站起来，指着她的脸道，只知道你漂亮，
却从来不知道你的脸有这么动人。

是吗？肖意轻轻拍拍她的脸，漾出更加动人的笑意来说，我化妆
的效果还不错吧？

我点点头，摸摸自己的素脸，犹豫起来，心想着我要不要也化个
淡妆呢？女人都好美，尽管厌烦化妆，可是面对肖意那张美丽的脸，
我还是忍不住心生虚荣。我不想我们这两张脸的差距拉得那么大。

但没容我再迟疑，肖意一把抓过我的羽绒服，另一只手拉住我的
胳膊就往外走，快走快走，还有好长一段路呢，别让叶小叶等急了。

好几年没见他，还不知道这家伙现在变成什么样了呢。

还能变成什么样，跟土匪一样呗！我嘟囔了一句，身不由己地跟着她往外走，在走出门的瞬间，我回头看了一眼，匆忙之间，正好从桌子上方的那面镜子里看到自己清汤寡水的脸。

急匆匆赶到和叶小叶约定的紫金大厦，没承想压根儿就没见到叶小叶的鬼影子。打他电话，竟然是无法接通。大冷天的，又坐了恁长时间的车，我冻得全身哆嗦。紫金大厦旁边是一个公共汽车站，站牌下挤满了跺脚等车的人。肖意在紫金大厦门口直往车站那块儿张望，期望能从那一群人中找出那张我们熟悉的脸来。我抗不住寒冷，拽住肖意往旁边的肯德基店里钻，肖意，咱们到里面去等吧。这冷天寒地的在外面等，会出人命的。

肖意一把甩开我说，你这人怎么这样？说好在紫金大厦门口等！拜托你有点诚意好不好。

我猛吸了一口气，寒冷的气流紧随着这口气一直穿透到心里，我打了个冷战，控制不住瑟瑟发抖的身子，牙齿也上下打起群架来，我狠狠咬住唇，可是不行，上牙和下牙还是隔着嘴皮打斗。

肖意漠不关心地看看我，并没有因为我的抖索样子而心生同情，她依然翘首四面张望。她的专注让我失落得很，我可是她最好的朋友啊，她居然对我没一点怜惜之情。我忍不住恨起叶小叶来，是他让肖意如此失态的，是他让我在这个北风凛冽、寒气逼人的冬天里备受寒冷折磨的！我抖抖索索掏出手机，一遍一遍地拨打叶小叶的电话，手机里一遍一遍地传来被冻得冰一样寒冷的女声：对不起，您拨打的电话暂时无法接通！

感觉要被冻僵，神经快要崩溃，再待下去非得一命呜呼，我顾不上肖意所说的诚意，扯住她，口齿不清地说，肖意，不行，我撑不住了！我们还是到里面去等吧。

到底人心是肉长的，瘦弱的、快要被冻得窒息的我终于引起肖意的同情，她这次没有拿诚意这破玩意儿来压我，任我一边拖着她一边还犹豫地向后看着，生怕我们这转身奔进室内的空隙，叶小叶会不期而至。

肯德基店里人满为患，转了半天，我们想找个座位的愿望落空。不得已，只好站在靠窗的位置，这样看外面比较方便，若是叶小叶来了也可以落入我们的视线。没站一会儿，在我们旁边坐着的一对小情人起身离开，我和肖意终于可以踏踏实实地坐下来，好好缓缓刚才在外面所挨的冻了。

好舒服啊！等全身都暖和，我忍不住感叹道。

肖意望着窗外，一言不发。

这个叶小叶，真不知想玩什么！我发着牢骚。

肖意还是不说话。

与肖意背靠背坐定的人转过身偏头来看了我一眼，我转过头回看他，这一眼，差点把我气死。是叶小叶的笑脸！

我捅了肖意一下。肖意看我，我示意她向后看。肖意疑惑地转过头，辨认后有些发愣，紧接着绽开春天般的脸，而且是"那花儿朵朵绽放"。

我心里好一阵悲哀，迎着我的脸色是个寒冷的冬天，而送给叶小叶的却是一个春花烂漫的季节。我怎么就会有这样一个重色轻友的好朋友啊！

这里果真很舒服噢！我伸双臂，很惬意地睨着叶小叶。

肖意紧张地看我。她一定是怕我说出责备叶小叶的话来。

不经过冬天哪里知道春天温暖的珍贵。肖意拿眼瞪着我说。

这个见着叶小叶就软了筋骨的肖意，我被她气得笑起来，她居然连说话都突然艺术起来。我索性不说话，懒得跟肖意较劲，也不跟叶小叶寒暄，埋下头，只管喝叶小叶要来的热饮料。

好几年不见，你的变化不大……我的耳边肖意的声音在响。感慨，感叹，还带点……某种说不清道不明的味道。

这还叫变化不大呀？拜托你用点眼神仔细瞧瞧，那身段那脸可是成倍地发起来了。怎么看都像过去的地主，不堪得很哪。我到底没能忍住，揶揄着，带着报复性的狠毒。

叶小叶不说话，只管笑眯眯地看着我和肖意，大概觉得他躲在这个温暖的地方，却叫我们在寒冷的外面等着，心里有歉意吧。

你和叶小叶见面是跳跃性的，我们是连贯性的，当然就感觉不出太多的变化喽。肖意反驳我。

我一口饮料差点喷出来，几年没见还叫连贯性的，谁刚才半天都没认出人来？我强忍着没有跳起来。

叶小叶笑说，陈伟悦还有损话尽可以说，我顶得住。

大人不记小人过。我去洗手间！我借故走开，多少年了，肖意的心里从来就没有把叶小叶遗忘过，如今在异地相见，她心里的波动从她精心的打扮上就能看出来，虽然他们之间从没断过联系，可毕竟去年我和叶小叶见过面，该有的激动情绪去年已经激动过了，现在该把这激动的空间让给肖意，让他们俩慢慢抒发几年未见的感觉。

洗手间在一个拐角上，从里面出来，是一小块没有桌椅的空间，我不想过去打扰两个老情人叙旧，便依靠在拐角的墙上。我一探头，

能看到他们两个人的侧面，肖意脸上的笑容即使是给我一个侧面，也看得十分清楚，而叶小叶的表情就模糊了许多。

我也不知站了多长时间，最后一次探出头时，正好看清叶小叶转过来的脸，当然，他也把我看了个正着。我不好意思再像间谍似的躲着，赶紧从拐角里闪了出来。

肖意不满地看了我一眼，说道，我们还以为你地遁了呢。

我嘻嘻一笑，哪能啊，地遁也得寻个松软点儿的地方啊，这水泥地，我能遁得下去嘛！

叶小叶眯眯笑着看我俩贫嘴，那神态像极了一个慈祥的老人，让人看得心里忍不住暖烘烘的。

在这个店里坐也坐了，喝也喝了，这大冬天的，不知道我们这三个除到外面重新寻找个吃饭聊天的地方外，还能干什么？

4

冬天黑得早，等我们仁从那家颇有规模的湘菜馆出来时，天已黑透，昏黄的街灯把黑暗稀释了不少，所以我们没有一头扎进黑暗里的感觉，只是有些惊奇，就我们那东拉西扯的话题，竟然把一个下午的时间扯过去了。

夜寒如水，冬天的夜就简直如冰。我那件过早上身的羽绒服没能敌住寒冷的侵袭，出门在路边候车的一小会儿，我浑身一阵冰凉。

正是出租车忙碌的时间，等了十来分钟，居然没一辆空车。我的全身冻得直发抖。叶小叶让我和肖意到屋里去等，可肖意执意不肯，硬是跟前跟后跟在叶小叶的身边跑到马路的另一头拦车。我抱着身子靠在树上，看着他们俩的身影，竟然有些瞌睡起来。

终于等来一辆空车，上车后，暖暖的空调下，我的头越发沉重起来。肖意还在夸我有本事，在这样冷的天气里竟然能在外面睡着觉。我想冲她笑笑，可是我笑不出轻松来，只好很牵强地扯扯嘴角，作出了一副笑模样，我想肖意一定会懂我的。

出租车在北京冬天的黑夜里穿梭着。迷蒙而又宁静的灯光不断从车窗前闪过，像盛开在黑夜里的花朵，让夜变得温柔而又多情。

肖意不再说话，把头软软地靠在我身上，融入夜色的出租车内，她似乎也变得温柔和宁静起来。

我的神智却逐渐清醒，凝望着车窗外雾一样的夜色，心中涌起的亦是雾一样的迷惘。是前途迷惘啊！和吴天在一起的时候，他的冷漠会让我张皇，让我不知所措，但我知道，我的背后有他，我就是个有家庭支撑的女人。离婚以后，被隐埋了性格上的独立，让我没有像有些女人一样失去方向感，我憔悴过，在憔悴中学会了面对，我从不在别人面前展露自己的软弱，而是把自己撑得直直的。可是只有我自己的心知道，这样的日子撑着有多累，我不知道，除了工作，还有什么。

车速慢了下来，前方的车灯断断续续地串成了一条长线。

快看，下雪了！叶小叶忽然兴奋地转过身子冲着我们喊起来。

我赶紧坐直身子认真地往外看，果然，车窗外闪过的街灯映照下，雪花晶莹地闪烁着，像群精灵似的，在静谧的夜色中飞舞。

一会儿，雪变得越来越大，在寒风中狂舞。很快，透过车窗就看到地上积攒了一层薄薄的雪。雪中的北京城更是一片迷离。

真美！我喃喃地说了一句。

车到了我们的住处，肖意却歪在我身上睡着了，我想把她摇醒，

她身子却沉沉的。我感觉不好，一摸她的额头，滚烫滚烫。我一下子慌了神叫道，叶小叶，快，肖意好像病了！叶小叶已经和出租车司机结完账，打开车门正要下车，一听我的喊叫，赶紧下车拉开后车门，刚伸出手要试肖意的额头，肖意却睁开眼睛说，喊什么喊，我就是睡着了。她边坐起来边埋怨我。

你发烧了知不知道？

瞎说，我就是睡了一小会儿，怎么就会发烧呢。她摸摸自己的额头，瞪了我一眼，从叶小叶打开的车门下车了。

我愣在车里。

还不快下车？想冻死我们啊！肖意往车里探头催我。

我赶紧下车。

一阵晕眩。我闭了闭眼睛，等晕眩感过去。

叶小叶跟在我和肖意后面，那架势，是要跟进我们的家了。我和肖意都是离异的女人，这么晚带个男人回家感觉总不是那么回事。于是我转过身对叶小叶说道，呃、叶小叶，我们也到家了，你、要不，就回宾馆？我话音刚落，肖意猛然拉了我一把说，陈伟悦，你也太不好客了。咱们三个老朋友，多少年才能聚这么一次，到家门口了，你怎么就拒人千里？

我不好意思，当着叶小叶的面，肖意决然的态度让我下不了台。想想也是，再晚也没晚到深更半夜，我们都是离异的女人没错，可叶小叶不是别人，那是我们的同学，多年的好朋友啊！又不是什么乱七八糟的男人，我这连门都不让人家进，要么就是我这个人思想复杂，动机不纯，要么就是我无情无义。我只好闭嘴，讪讪地低下头。

好在叶小叶也不在意我的态度，笑笑，接过肖意的话说，也是，我都到你们家门口了，就请我进去坐坐，好歹让我喝口水不行吗？

在强悍的肖意面前，我只能充当弱者；在温和的叶小叶面前，肖意只能是被俘虏者。我不敢擅自主张，灰溜溜地跟着他们进了家门。

我们租住的是套一居室，卧室兼着客厅，因为平时不会有人来，今天当然也没想到叶小叶会进来，卧室没有整理，显得很杂乱，两张单人床上乱七八糟地扔满东西。

一进门，我就赶紧往两张床跟前跑，把床上的东西简单收拾了一下。

肖意陪着叶小叶坐在沙发上，皱着眉头看着我收拾，好像她也是客人似的。

太乱！她说，这家伙不爱收拾。以前她的屋都是我给她收拾干净的。

肖意说的是实话。以前上学时，肖意是个很勤快的女孩，而我习惯随手乱放东西，通常把看过的书拿过的东西随手一放，结果是自己想找的东西老找不着，不找的时候，又不知道从哪里翻出来了。肖意那时来我的屋里最看不惯屋子里的乱，捋起袖子帮我整理房间，一般是一个礼拜整理一次，跟我的周末钟点工似的。

但现在她和我在一块儿住，反倒是我收拾的时候多，她是架着胳膊在一旁指手画脚的主。

我收拾完床铺，又赶紧去烧水，人家叶小叶不是说了嘛，好歹要让他喝口我们的水。我总不能让人家喝凉水吧。

在厨房忙乎时，困意又袭上来，而且我头痛欲裂，脚步沉重得像被什么东西胶着一般，迈一步都费力气。我强撑着洗了几个苹果拿到卧室。

肖意靠在沙发上，一副蔫不拉叽的神态。

我刚把苹果端到叶小叶跟前，还没来得及说话，眼前竟然一黑，一阵头晕目眩，手里的托盘歪了一下，里面的苹果全掉出来，落到地上欢快地乱滚。

我听到叶小叶的声音，陈伟悦……伟悦……肖意……肖意……

对我来说，那是很遥远很恍惚的声音。

5

睁开眼，我躺在自己的床上，屋里的灯亮着，一片宁静。叶小叶已经离开了吧？

头痛，像有什么东西在我脑子里横冲直撞似的。我缓缓地转过头，肖意也躺在床上，睡得很熟。我摇摇头，企图让脑子里的东西踏实一点，但效果一点也不明显。我看了看时间，还不到九点钟，知道自己只晕过去一小会儿。

正要爬起来，却听得一阵门响，偏过头去看，是叶小叶，他怎么又回来了呢？

见我抬着身子看他，叶小叶赶紧过来，站在我的床跟前。我冲他咧开嘴笑了笑说，你看，这人年龄一大，连身子骨都不受大脑的控制，平时装模作样的挺好，偏是今天咱们三个老同学在一起要聊聊天，却有如此激烈反应。

叶小叶俯视着我，他那稍显粗壮少显伟岸的身躯此刻倒像一座山似的挺拔着，我不得不仰起头跟他说话。

伟悦，你太瘦了！叶小叶的眼神里流露着怜惜。

女人嘛，骨感点好！我顿了顿，往后面一靠，笑嘻嘻地说。没有人疼的日子似乎很久了，叶小叶怜惜的眼神让我慢慢变得坚硬的心瞬间软化了。但面前的这个男人不是我的依靠，他的那份怜惜只是不自觉中流露出来的同学、朋友之情而已，我不能让自己轻易感动。

你看那家伙，睡得可真是实沉！我向肖意的方向抬了抬下巴。

叶小叶转过头看了看，又回过头用奇怪的目光盯着我看了好大一会儿，才摇了摇头说：你们这两个女人啊……真是麻烦！就算要好也不能要好到同生共死的地步吧？

我想起在倒下去的时候恍惚间听到叶小叶在喊我名字的同时也在叫着肖意。

开始还以为这是你们设计好的欢迎仪式呢，把我弄得手足无措。还好，刚才来的时候我看到离你们这不远有个小诊所还亮着灯，就赶紧去那个小诊所，好说歹说才算把人家老医生说动了过来瞧瞧。

刚才医生来过了？

医生说你们是受寒气太重，得了重感冒，因为身子弱，又发烧，所以才会出现暂时性的昏迷。还好你们没什么事，否则我的罪过可就大了。

说着话，叶小叶把药拿过来让我吃，开水很烫，他又找个杯子轮换着倒来倒去，把滚烫的开水很快倒成温开水。一种温暖又在心里升了起来，小时候妈妈就常常一边吹着气一边两个杯子把水倒来倒去将热水弄温给我喝，怕我性急不管不顾喝热水烫着。而此时的叶小叶就像妈妈一样。我痴痴地看着，直到叶小叶把水递到跟前，我还没反应过来。

傻看什么，这都能让你感动！还不赶快吃药，吃了药赶紧睡去。

叶小叶绷着脸说。

我忍不住笑起来,还真没看过他绷着脸的样子。

吃完药,我说把肖意弄醒,让她起来吃了药再睡。叶小叶说不用了,肖意比我烧得厉害,刚才医生来时直接给她打过针,他把药弄碎早给她灌进去了。

这感情的深浅直接导致行动的亲疏。我开玩笑地说,同样是晕过去的人,肖意是你亲自给喂的药,我就得自己爬起来吃。都是同学和朋友,这区别咋就那么大呢?

在行动上我对你们可从来没有厚此薄彼过。

那可说不准,我促狭地说,那大学里的感情可是很值得回忆的。

瞎扯!都哪个年月的事了⋯⋯

我可没瞎扯。我严肃地说,叶小叶,难道你不知道肖意对你的感情一直是很真的吗?她从来就没有忘记过你。她是何等聪明的一个女人,怎么会蠢到等人都不知道寻个温暖的地方?还不是因为等的是你叶小叶啊!

陈伟悦你什么意思啊?叶小叶瞪着眼睛问道。

什么意思你能不知道?这一把年龄的人了,装什么纯情。

陈年旧事咱们可是说了一下午,还不够啊?叶小叶一边不咸不淡地说着,一边将一把药片灌进嘴里。

你不会被暖气熏得也感冒了吧?我嘲笑道。

还真有点,再暖的暖气也敌不住你们给我带来的寒流。

我笑起来,三个人为赴这个约会的代价也忒大了点。

吃完药,叶小叶又开始忙着给我和肖意分药。

这是你的,那是肖意的,肖意的药量大一些,你别乱吃⋯⋯他的神情俨然一个兄长对两个调皮的妹妹。

叶小叶。我喊道。

叶小叶转过身来，干吗？

我……没什么，就想喊一喊你的名字，你的名字很上口。

叶小叶无奈地笑笑，看来发烧也没烧掉你的毛病。

我知道他的意思，以前我和肖意、叶小叶在一起时，我就时不时把他们俩的名字轮着喊一番，他们问我有什么事，我说，没事，就想喊一喊你们的名字。叶小叶就说，那你多喊几声。肖意则骂，我看你就一个疯子。

其实我本来是想问叶小叶为什么要离婚的？下午的时候，我倒几次想问来着，可每次都叫肖意给把话题扯开，还不停给我扔卫生球。叶小叶则装作什么也听不明白。

叶小叶，我想听你说说你自己的事。十几年的时间，我发现对他真的一点也不了解，同样的朋友，肖意知道他离了婚，我却一无所知。

你真想知道？

你看我和肖意的情况，你都一清二楚，而你的状况我却丝毫不明了，这有些不公平不是吗？

叶小叶放下手中的药，坐到我的床边说，伟悦你告诉我，在你心里有没有一点点我的位置？

我扑哧一声笑出来，哪跟哪嘛，跟我的问题差了十万八千里。

我笑道，叶小叶你这算什么问题？你在谁的心里有位置能不清楚？我冲着肖意努了努嘴，喏，为赴你的约，冻得现在还没醒来。

叶小叶看着肖意。肖意仍在沉睡中，她脸上的妆淡得几乎没有了，可在灯光下，她安静的脸上仍显得那样美丽。

叶小叶转回头望着我，因为背着光，他脸上的表情我看得不是太清楚，但我脸上的一举一动都在他的注视之下。我不习惯一个男人这样看我，显得有些不自在，掩饰地搓了搓脸。我的脸确实瘦，几乎就是一层皮裹着一副脸颊，没有一点肉感，很硌手。莫名其妙地，我第一次为自己的消瘦和素淡而羞涩起来。我埋下头，垂下眼睑，躲避着叶小叶的注视。

叶小叶在我的床跟前蹲下，胳膊架在床边上，头叠在上面。

伟悦，让我来照顾你……好吗？他轻轻地说。

我吓了一跳，怀疑自己听错了，迅疾地抬起头。

叶小叶的脸就在我眼前，如此近的距离，这下我看清楚了他目光里的内容。可他的话让我不可置信，我疑惑地望着他，肖意的美丽他是伸手可及，却对我说这样的话，不会是脑子糊涂了吧？

我眨巴眨巴眼睛，看了看熟睡中的肖意。此刻的肖意多么安静啊。

我笑起来，冲着叶小叶说，想要做我们的保姆？说好了，可是不付费的！

不是你们，是你！

你刚才不是说肖意烧得比我厉害嘛，你还是照顾肖意吧，最需要你的是她，不是我！

叶小叶猛地立起身来，压着嗓子吼道，你这个笨蛋，你是真不懂还是装不懂？就是保姆也得是我愿意服务的对象才行。

我再愚笨，又岂能不明了叶小叶的意思。可是我不相信，以他这样还算得上成功的男人，想要找个漂亮年轻的女人，不会是件难事。比如面前的肖意，就是个漂亮又生动的女人。可我呢？是个平庸，且姿色也不甚丰满的女人，在肖意眼里，简直就缺乏女人的味道，又如何会引起他的兴趣？

晕乎乎的我半天也想不明白。

不知什么时候叶小叶已经把我的手握在他的手心里，那是一种早已远离亲近的感觉，很温暖，很踏实。虽然理智上我在抗拒着，可在心里，却十分依恋这种感觉，正是这分依恋，使我没能及时把自己的手抽出来。

为什么是我？我还是排除万难地抽出自己的手，冷静地问道。

什么叫为什么是你？叶小叶逼视着我说，你以为我是在选择？在你和肖意之间，或者别的女人之间选择？

他自己说出来总比我问出来的好。我沉默着。

难道肖意真的没告诉过你，从高一那年开始，我就喜欢你！为能和你在一个班里，我跟你选择了文科班，但你从来没注意过我，我好不容易才鼓足勇气接近你，你却以为我喜欢的是肖意。有时候你的感觉麻木得会让任何一个人伤心。

我的眼睛瞪得几乎要破，从来都不知道自己那时会有这般魅力，居然让一个男生喜欢了这么多年。那时我确实以为叶小叶喜欢的是肖意，就连我和肖意上他家，他父母对我们俩的态度也是决然不一样的，对肖意热情而欢喜，对我则是礼貌性地应付。到肖意家呢，只要叶小叶在，我就甭想成为我曾经的老师眼里的主角。甭说他们家，就是上我家，我爸妈也把他们当成理所当然的一对。我就是他们俩阴影下的灰姑娘，永远灰扑扑地衬着他们的光彩照人。而在我眼里，他们俩的关系也是那样融洽和亲密，嬉笑打骂间，自然亲近，而对我，叶小叶连个暧昧点的眼神和动作都没有过，哪怕是给个深情一点的眼神暗示也行啊，让我的青春也涂抹上一丝别样的色彩。

肖意也从来都没跟我说过，叶小叶喜欢我。而本质大咧又愚钝的我，哪能读出他的一片深情？

后来上了大学，你对我和肖意的撮合让我非常为难，我想也许接受你的建议或者能让你快乐一些，我可以跟肖意来往，但我不爱她，因为我的心是满的。我想等大学毕业以后再跟你说我的感觉，谁知我大学还没毕业你就有了吴天。

我的心变得酸涩，他大学三年，我当他只是远方一道美丽彩虹，也许可以美丽我的梦，却无法温暖我的心，因为他是属于别人的，而不是我，对于无法触摸的东西，依我那时黯淡而悲凉的心境，根本连梦都不会去做。

我知道是我的错，我以为心里藏着你就属于我了，会在原来的地方一直等着，等着我走到你跟前拉你的手……叶小叶笑了笑，也许是对往事的回忆勾起了他内心深处某种柔情的东西，他的眼神温柔得如同一汪湖水。我都不敢相信，这种年龄的男人还会有这样干净的眼神。

可他不知道我其实把我们之间的距离丈量得很远，远得我不敢奢想，更不敢伸手触摸。那时我最大的愿望就是离开，离开我生活了近二十年的地方，最好连根端走。他和肖意上大学的三年对我来说，是煎熬的，没有工作，偏又心高气傲，结果弄得整天灰头土脸。父母养着这么一个大姑娘，还动不动耍点小个性，发点小脾气，在我们那个小县城，除非有家庭背景，否则要找个正儿八经的单位还真是件难事。我爸妈都退了休，哥哥姐姐也帮不上什么忙，唯一能做的，就是开始给我介绍男朋友。

认识吴天之前，我已经被看牲口似的，让不同的媒人领着好几个男人来见过面，每次我都闹不明白家里来的是什么人，事先没有一次有人跟我说过什么，只有到了被人家相中了，爸妈才小心翼翼地说，上次来的那个男孩在哪里哪里工作，人家对你印象不错呢，想要你到他家去一趟，你看呢？我哭笑不得，我连那个男孩的模样都模糊着呢，去他家让人相看，除非撞了鬼。我理都不理爸妈的这份小心，一句话都不说，自顾进屋，关了房门，一个人悄然流泪。想来我是家里最多余的人了，连父母都嫌，急着要推出去。

吴天就是在我最不堪的状态下出现的。他本是休假，却跟着一个战友来我们这个小县城接兵。战友忙他的，吴天一个人在小城里闲逛，那时我常去的地方就是小城边上的一条小河边，河边有一块林地，有好多年了，存留着很多我根本叫不出名的树木。我喜欢躺在林地中的草地上，有时候看书，有时候会写些东西，更多的时候，是什么都不做，就静静地躺在那里，享受着喧嚣以外难得的一份安宁。

那次我在林地睡着了，吴天什么时候进来的我不知道，我是被他推醒的，他俯身看我的样子很怪，像蘑菇。我连眼睛都来不及揉，一骨碌从地上爬起来，有些紧张。吴天穿件浅蓝色套头衫秋衣，他的眼角被密密的笑挤出几道深深的纹线，打眼看去，辨不清他的年龄，只能说三十岁左右比较贴切。笑得差不多了，吴天才说了第一句话，这地儿睡觉倒是个好地方，不过女娃娃睡这里就有点危险！说的是普通话，带点儿北方口音，有点拧，我听得很费劲。我说的话是，请您把普通话说得标准点。话一出口，自己也笑，我很久不说普通话，乍一出口，整个就是我们当地的普通话，我这是五十步笑百步。

就这样和吴天相识。也许人的命运真的是个定数，就像是安排好了似的，我渴望连根拔离老家，上苍就真的给了我这样的机会，让吴

天唐突地出现在我的生活中，从而，成就了我逃离故土的借口。

叶小叶，终于可以堂而皇之地变成我的梦，梦里，我坦然地微笑着，向他挥手。

6

此刻，面对叶小叶，我好久说不出话来。从来没想过自己会被他埋在心里，而且会埋得这样深，这么久。

我捣了捣胀痛、纷乱的脑袋，不知道该怎样来应付这突如其来的感情。

其实，我微微舔了舔有些干涩的嘴唇说，其实、有些东西还是埋在心里的好。说出来，反而会成为大家的、一种负担。

有什么负担？

已不是年少的时候了，那时或者可以为自己的率性而为不负责任，但现在不一样了，每一件事，我们都不能不去考虑后果。

伟悦你说清楚点，你指的后果究竟是什么？

叶小叶！我鼓起勇气与他对视着说，你应该清楚，我不是个随便的女人，对感情我很慎重。

你是说我对感情不慎重？那你告诉我什么叫慎重？十几年前的感情，十几年后才坦白，如果这还叫不慎重的话。

我的意思是、我刚从婚姻的阴影里走出来，对于以后，我茫然得很，我不想把年轻时的感情债现在又背负起来，这个、这个会叫我不堪承受。何况……

我往肖意的方向看了一眼，肖意依然在沉睡中，宁静安详。

叶小叶不看肖意，他只盯着我，我没让你负担，你有什么不堪承受的？说出来，我帮你一起承受。

我不语，我不信他就不明白我的想法。

叶小叶皱了皱眉，真不知道你这脑瓜里想的什么，总是跟我的想法岔开。

他把我的手握进他的手心里，伟悦，让我们好好地谈一场恋爱好不好？

恋爱？这个词遥远而陌生。三十多岁的女人，让生活改造得麻木不仁，历经过十几年的婚姻，曾以为婚姻是泡在感情里的，却让感情狠狠地撞了一下，最终被婚姻视如敝帚。一颗被婚姻摔碎的心还没能完全复原，对感情一词都有些胆战心惊了，哪里还敢奢谈爱情？

我把手从叶小叶手中挣脱出来，说了声，太晚了，你快回宾馆吧！身子往下一蹭，钻进了被窝，用被子把头捂得严严实实。

叶小叶是什么时候走的，我不知道。醒来的时候，小小的阳台上盛满了阳光，是极其纯净的阳光，白花花的，衬得一屋子都是一种清清爽爽的暖意。北京能有这样干净的阳光很难得啊。

肖意已经走了，床收拾得整整齐齐，像阳台上被雪净化过的阳光一样清爽。

7

叶小叶打电话过来时，我刚睡了个回笼觉，正迷迷糊糊。叶小叶听出我的迷糊来。

还在睡呢？有没有感觉舒服一点儿？他问道。

如果你不是这个时候打电话我会更舒服一点儿的。我嘟囔了一句。

叶小叶轻笑道，我一会儿过去看你们。

你不是和肖意在一起吗？我打了个长长的呵欠说。可能是因为前面起床后吃过药的缘故，即使又睡了一觉，还是困得要命。

没有啊，肖意没和我在一起。怎么，她出去了？

是啊，早上醒来就没见她人。我以为你们在一起。

她不是还病着嘛，怎么一大早就到处乱跑？叶小叶埋怨道。

这话别跟我说啊，你当面问肖意去……或者她去医院了吧。

你可别再乱跑，我这就过去。

算了吧，肖意也不在。我要睡觉！你自己也不舒服，就别东奔西跑了，好好休息一下，该忙什么你忙去吧，别让我们俩把你的正事给耽搁了。

嗬，这么快就知道关心我了？

少乱说，我是不想被你影响。不待叶小叶说话，我挂了电话。怕叶小叶再打过来，我索性把电话线拔了，手机也关掉，一头扎进被子里。

不知道又睡了多长时间，一阵强有力的敲门声终于把我惊醒，我下床去开门。

你要再不开门我就要报警了！叶小叶一脸的气急败坏，我嗓子都快喊哑了。

我歉意地冲他笑笑。他放下手里拎着的东西，使劲地搓手，然后手不管不顾地伸到我的额头上来，那突如其来的凉意把我吓了一大跳。

嗯，还好，已经不烧了！他笑眯眯地说。

那凉意还停在额头，一点一点地散着，可是心却像是春风跑过的原野，倏忽间春暖花开，好一片绚烂！我愣愣地看着叶小叶，被这久违的关爱和呵护之情感动了。

叶小叶被我看得莫名其妙，他上下左右打量着我，哎哎哎，怎么了，又犯病了？大半天了还没愣过神来？别看了，就算我值得你欣赏，你也该含蓄点是不是？

我回过神来，不好意思地笑了笑说，从来没觉着你有这么亲切。

他拎起一个塑料袋说，岂止亲切，还善解人意，极富人情呢。他说着打开塑料袋，是几个快餐盒，我知道你现在肯定不想出去吃东西，所以就把饭买回来了。他把快餐盒一一摆在桌上。

你怎么样？

我没怎么样啊。男人嘛，体质比你们女人强。

那这些不吃了，咱们出去吃吧。我阻止叶小叶从塑料袋中取快餐盒，我很想吃水煮肉片，把辣椒放得多多的，火辣辣的红油，肯定会给我一个好胃口。我吸溜了一下口水，说着还真勾出自己对水煮肉片的向往来。

叶小叶没有丝毫犹豫地说，行，只要你想吃，怎么吃都可以！他把我的羽绒服拿过来给我披上，好像我真是个不折不扣的病人一般，其实经过他来之前的那一觉，我感觉好多了。但我还是很依赖这种被关心的感觉，甚至跟孩子似的张开胳膊让他给我套进袖子。叶小叶果真给我穿上，又问了一句，要不要给你把拉链拉上？

我乐呵呵点头，他真要给我拉拉链，我看出这家伙不经逗弄，赶紧手忙脚乱地把拉链扯了上来。

给肖意打电话，想等她回来一起出去，但肖意说她在外面办事，已经吃过饭了，我们只管去好了，甭等她。

餐馆是我选的，人不多又较干净，平时我和肖意不想做饭时就来这儿，吃的次数多了，就知道哪道菜做得好，哪道菜经吃。一上来我就点了一个水煮肉，又要了两个离不开辣椒的菜，呼噜呼噜吃开了，直吃得满头大汗。

我实在没一点病中的架势，狼吞虎咽、风卷残云地把桌上的菜吃了个精光，一边卷着舌头往里吸凉气，一边喊着过瘾！

叶小叶边吸气边损我，你的样子太像狼了。

我笑眯眯的，要有狼能像我这么吃辣，就成精了。

幸好我也能吃，不然以后可就成了一桩麻烦。

我一下子停住吸气，盯着叶小叶脸上诡秘的笑容装糊涂，成什么麻烦？

我要不能吃，咱一个锅里可不得又要放辣的，还要出来不辣的不是？

我猛地被呛了一下，辣味从喉咙里冲到气管，我剧烈地咳起来。叶小叶赶紧给我递水。

其实用不着这么激动的。

我狠狠地瞪了他一眼，等气腔里缓和了一些，才低吼了一句，有病啊，你！

他只管笑眯眯地看着我，一声不吭。

一顿饭吃得漫长无比，幸好小餐馆里人不多，又不是吃饭的点，因为来得多，老板也认识，所以除了时不时给我们杯子添点水外，老板任由我们在那里坐着，守着几个已没有一丝热气的油汪汪的菜盘交谈。后来，见剩菜不多，我们又不怎么动筷子，就索性给我们把桌子收拾干净，重新泡了一壶茉莉花茶。氤氲茶香之中，时间不知不觉地流逝了。

我们从以前的生活聊到许多同学，从许多同学又说到现在彼此的生活和生存状态。说到我和肖意，我忍不住神色黯然，我们沿着不同的轨迹生活着，不期然中，却拥有了一个相同的结果。我奇怪我们的命运怎会如此吻合。

叶小叶说你们这算什么，比起我来，你们还算是幸福的了，就知足吧。

8

叶小叶的妻子，应该叫前妻了，是山东人，长得很漂亮，声音也甜美，身材更是"横看成岭侧成峰"，用叶小叶的话来说，很惹火。那时叶小叶在南方已经历练了好几年，在一家颇具规模的广告公司也做到了部门经理的位置。在那时的南方，这样的位置就不得了，再加上叶小叶清秀的外表，对他表示好感的女孩在公司就有一帮。路紫心跟叶小叶一样，也是个部门经理，不过是电信分公司下的部门经理。她们公司的广告业务一开始就是叶小叶拿下的，从此也一直由叶小叶负责，是个大客户。路紫心最早不过是个营业员，后来怎么做到经理的位置，叶小叶说没法追究，听人说过，是很不堪的。但起初并不知晓，只觉得路紫心优雅别致，气质非凡，工作能力不弱，一点也不显生硬，有时候，要修改叶小叶提供的广告创意，她会说这个地方如果这样是不是更好些？或你觉不觉得那个地方棱角多了点？从来不会给叶小叶和他的同事难堪，不像有些客户，对公司提供的创意不满意时，便大发雷霆，说我出了那么多钱做出来的东西却这么低劣，丝毫也不考虑

对方的感受。路紫心的温婉淑静很得叶小叶的心，他拿她来和公司里一些喜欢咋咋呼呼的女孩子相比，比来比去，路紫心的形象就像退潮后突兀在海中的岛屿，鲜明地落入他的心里。他的心是有过创伤的人，南下前那个跟乡长滚到一起却理直气壮地冲到他面前大叫大嚷的女友，如一把刀子横亘在他的心上，他不敢想，会遇上路紫心这样如意的女人。

路紫心对叶小叶一直是回避态度，致使叶小叶很痛苦，几个月后，突然有一天，路紫心主动找叶小叶，要和他发展关系，只是，得立即结婚。叶小叶也没什么可犹豫的，答应与她马上步入婚姻殿堂。

怎么看，这都会是个美满婚姻，可叫叶小叶绝没想到的是，结婚的那个晚上，路紫心突然失踪了，独留叶小叶一人在新房里对着一屋子的喜字发愣。他打路紫心的电话，关机！一直关机！

叶小叶有种不祥的预感，他是男人，对真心喜爱的女人天生会有一种要保护和戒备的心理，他首先想的是不是路紫心出事了，被人绑架或别的事？在这个充满了欲望的南方都市，这类事发生的并不少见。叶小叶坐立不安，来来回回在新房里不知走了多少回，他决定天一亮就去报警。

终于熬到第二天的凌晨，还没有亮透的天幕被城市耀眼的灯火掩盖住清冷的蓝色，那些残留的星光越发显得依稀。叶小叶一夜未合眼，他心里充满了对路紫心的担心。就在他准备洗把脸去警局报案时，却接到路紫心的短信：三天后回家，不用担心，我很好！

她也知道叶小叶一夜的煎熬，不然也不会在这样一个时间里发来这个短信。叶小叶赶紧拨打路紫心的电话，她却挂断不接，再打，又挂断。一会儿又是一条短信：跟你说了，三天后回，别打电话了！冷漠得像块冰。叶小叶彻底傻眼了，这个女人在新婚之夜彻夜不归，又没有任何理由，也不接电话，发来的短信寥寥数语，又拒人于千里，连为什么要三天后回家的理由都没有。叶小叶发短信过去问她到底去哪儿了，他很担心她，有什么事非要在新婚之夜去办呢？路紫心却一直未回短信。叶小叶却不能不多想了，新婚之夜没有任何理由的逃离，可见一定是见不得人的事了。他的脑子闪过辞职前那个女友的疯狂，对他又踢又抓，哭得眼泪鼻涕满脸皆是，跟那些粗俗的乡村女人没有一点区别，他一任她的踢打咒骂，一任乡政府那些同事的围观嘲笑。他的心那叫一个痛！

三天后，路紫心回来了，一脸的憔悴，什么解释也没有，倒头便睡，直睡了一天一夜。第二天一起来，洗洗涮涮完毕，到外面买了早点，路紫心才开始对叶小叶说话，我知道你有疑问，我为什么出去。你也不用多想，我可以告诉你，这场婚姻，本来就是我演的一场戏，你不过是戏中的一个演员而已。

叶小叶暴跳如雷，要发作，却被路紫心按坐下来。她哭道，对不起，我不是成心玩你，只是我的心里疼，才想出这出戏的，你能原谅我吗？

路紫心有个男友，他是个画家，她深爱着他，可他总是不拿她当回事，还用话刺她，一怒之下，她想把自己嫁掉算了。可就在她与叶小叶举行婚礼时，男友给她发来短信，诉说对她的想念，这正是她新婚之夜出逃的支撑，她毫不犹豫地奔向了男友。

知道真相后，叶小叶的心慢慢平静下来，曾经沧海桑田，他还有什么不能接受的？他的心彻底伤透了，又一次辞掉工作，离开了那个伤心之地。

9

很久很久，我都说不出话，婚姻不是儿戏，却被演变成了儿戏，叶小叶也是这场戏里最悲凉最悲哀的。我发现叶小叶的眼圈都是红的，他的眼里居然盈满了泪水。

我不问，是因为已隐隐猜到了路紫心做了什么事，这是一个异常的女人，她的思维方式肯定跟平常人不一样。

后来，她是不是和那个男友也没成？我说。

叶小叶没觉得惊异，他点点头说，她后来自杀了。她是一个有异常行为的人。一个人心中若没有爱，他的世界就是灰的。没有色彩的世界，谁留恋呢？

冬天的太阳藏匿起来的速度很快，什么时候天变阴了，黑压压的云挤在半空中，寻不出一点阳光普照过大地的痕迹。我望着窗外，从这个并不宽大的窗户里能看到外面树杈间的残雪，稀稀落落，有一搭没一搭。地上的雪早化了，化得快的地方是清清爽爽的水泥地，化得慢的地方，就是黝黑的泥泞，喜欢挂住从上面踏过的鞋底，于是就看到无数双沾满泥泞的鞋印。

没有人喜欢这样的泥泞，但只要你从上面走过，你就避不开这样的泥泞。

冷清的小餐馆终于开始有人进出，快黄昏了，再坐下去，就该继续我们的晚餐了。

10

　　回到住处，天已经黑了。屋里像我们出去时一样冷清，叶小叶来时买的快餐原封不动地装在塑料袋里。但快餐旁边的一张纸条表明肖意回来过，纸条上没有称谓，只有几个字：我有事，晚上不回来。拿着纸条我有点发愣，担心她有想法，毕竟她还在病中，身边没个照顾的人，万一像昨晚一样，在外面晕倒怎么办？这大冬天冰天寒地的。我打她电话，却是关机状态。见我坐卧不宁的样子，叶小叶安慰我，说没事的，肖意会照顾好自己的，她又不是第一次出门，况且她在北京的时间也不短了。我说再怎么也不能让她在外面过夜啊，现在的社会多复杂你知不知道？一个女人怎么能随随便便在外面过夜？何况她还生着病呢，她是不是不要命了！

　　叶小叶看着我，伟悦，你知不知道你的样子很像一个啰唆的老太婆？

　　我没理他，继续在屋里犯愁地走来走去，这家伙太让人担心了。

　　好了，伟悦，不要说太多这个不行那个不能的，至少对肖意不要，她不是孩子，不用担心。你还是好好操心你自己吧，看你这个瘦……叶小叶扳着我的肩膀说道。

　　又是这样近距离地看着他，他温和的眼睛，微微上翘的唇角……我心里一阵慌乱，忙挣开他的手，跑向阳台。阳台外面白天并没有显得多繁华，而一到夜晚，却有着大城市的味道，那是一片声色犬马、纸醉金迷的世界。我很迷惑这样的夜景，它们本来是热闹喧嚣的，可在我心里，却更像一个浓妆艳抹的妇人，那灯红酒绿的后面，是深深的寂寞，是浓浓的不知身在何处的悲凉。

叶小叶也到阳台上，和我一起望着窗外的夜景，被玻璃滤过的闪烁霓虹，梦一样的美丽，亦梦一样的凄清。

阳台很凉，只待了一会儿，身上就一阵寒凉，可是又不想到里屋去拿羽绒服，便抱紧了胳膊。叶小叶伸过他的胳膊，想把我揽过去。我使劲将他推开说，你走吧，我累了，想早点休息。

叶小叶愣怔了好久，才默默地走了。

肖意第二天也没回来，直到快中午时，她终于打来一个电话，说她已经在外面找好房子，以后就不再和我挤在一起住了。我有些惊讶，问她为什么要多花这个钱呢，其实我们俩一块住有什么不好？可以省房租，一块儿做饭也不用花费太多。本来在北京就没亲人，她这一离开，留下我一个人岂不更加孤独？

肖意说，跟你在一起住都没有感觉了，还是留点距离，这样再见面时你在我心里就有分量了。

我嗤了一声，咱们距离了那么多年，你还没距离够？我在你的心里有没有分量没关系，重要的是我们俩在一起。

电话里的肖意好半天没说话，我喂了好几声，她才说，就算……我给你一个空间。

我笑道，给我什么空间？

她说，谈恋爱的空间。

我一愣，谈什么恋爱？是不是还没退烧啊，烧糊涂了吧你？

行了，别啰里啰唆，过两天我去搬我的家当。

这么急啊？肖……我的话还没说完，那边肖意已经把电话挂了。

黄昏的时候，叶小叶过来，我把肖意要搬出去住的事说了，他一点也不感到惊奇，这种淡漠的反应，让我感到困惑，难道他也觉得我和肖意之间真的需要一些"距离"吗？可为什么要这样的"距离"，这种"距离"是在他之前还是在他来之后产生的？究竟是怎么产生出来的？我望着叶小叶，他这会儿正忙着给我整理书桌。他的背影并不显得多伟岸，可却给我一种踏实感，我仿佛又看到了以前，吴天坐在从外面涌进来的阳光里，书摊在腿上，眼睛却跟着我，脸上的表情是平静和满足的。我挽着袖子，胸前围着围裙，很家庭主妇，我的头发凌乱着，在同样有些零乱的房间，快乐地忙碌。只是这样平淡而又幸福的时光并不很多，通常都只是他兀自捧着书在一边看，我则像个会动的机器人，在他的视线中，却不在他的眼里。

收拾完我的书桌，叶小叶转过身来站在我面前，目光静静地看着我，微微地笑着，那笑容如碧绿池水里一朵缓缓绽开的荷花，在昏黄中芳香四溢。我忽然呼吸急促进来，我多么喜欢这样的笑啊！宁静，温馨，再动荡的心也会在这样的微笑里变得平和，变得满足。我不敢迎视这样的目光，也不愿意在这样的微笑里陶醉，可我躲不过叶小叶的注视。黄昏很快变得深沉起来，我刚想去开灯，却被一双有力的手抓住。寂寂的黑暗里，我跌进叶小叶的怀抱。我一下子没了自己，大脑像被人掏空，身子也晕乎乎地发飘。一阵迷乱过后，我的大脑逐渐回归清醒，听到叶小叶的心跳，紧促得鼓点似的。我深深地吸了口气，尽管内心十分留恋这种被实实在在拥住的感觉，可我还是不自觉地想要从这个温暖的怀抱里挣脱出来。不知为什么，我有点恐惧，意识里好像正在夺取一个不属于自己的东西。叶小叶的双臂箍得很紧，我无

法从他的双臂里逃脱出来。叶小叶低下头，我闻到了属于他的气息，柔柔的，暖暖的。

他说，伟悦，爱我吧。

经过长途跋涉的旅人总会有一个终点的。在失去吴天的这些日子里，我觉得自己失去了终点，再苦再累都会让自己忘掉，只要自己明白，在这个旅途中，我再也没有依靠。但现在，我看到远途中温暖的灯火，这温暖让所有的坚强在此刻坍塌沦陷。我终于没能忍住，把头狠狠扎进叶小叶的怀里，让泪水尽情地流淌。

11

好几天没见肖意了，我与叶小叶都找不着她，打她手机，她老不接。我去办公室找她，她办公室的人一见我问起，都有些惊讶，说她请假都好几天了，怎么我不知道？我摸不准肖意什么意思，只好装着恍然的样子，噢，知道知道，只是一时忘了，赶紧退了出来。

一出肖意他们的办公室，迎面碰上老周，手里拿着几本杂志，看到我，"咦"了一声，说今天怎么过来了，肖意不是请假了吗？

我说周总这话我听着怎么这么寒心啊？好像我是被《生活》挤出去的人，只有借了肖意当借口，才能回来一趟。

老周笑，说多心了多心了，我也就随口一说。你平时来不都是找肖意的嘛。

我找你可比找肖意的时候多。只不过周总总是忙，找你经常不在。

是啊，是有点忙，社里杂事太多，又在发行的关口上，这市场还真是马虎不得，得抓紧跟各个渠道的发行商沟通好，稍一松懈，这发行量就跌下来了。这不马上年底了嘛，各种会也多，得参加，谁叫咱是领导呢，得掌握最前沿的动态不是？

我把脸上的笑撑到最大，尽量让老周看出这是谄媚的笑，是啊，咱这个社，离了谁都行，可要离了周总你，那可就没辙了。我心说这时候千万别出来人听到我这句话，不然我会被口水淹死的。

老周真是个好同志，很谦虚，一听我这话，他立马严肃起来，说，话可不能这样说，咱这个社要没有大家齐心协力共同努力，我就是有心也没用。主要还是大家的功劳……不过，你还真别说，要不是我协调各方面的关系，把握咱们文章言论的方向，我看哪……哎，刚好我现在还有些时间，要不，到我那儿聊聊？咱们有一段时间没聊了吧？

我暗暗叫苦，心里有事，哪有心情跟他东拉西扯。

我把脸上的笑又撑了撑，说，领导还是先忙吧，等哪天你没什么事了咱们再轻轻松松地聊，聊他个天昏地暗，晨昏颠倒。

我收了脸上的笑，做了个恶狠狠的快刀斩乱麻的手势。

老周被我逗得又笑起来，好好，咱就说定了，等忙完这阵子，我给你打电话。

一出门，我就玩命地拨打肖意的手机，或许是被吵得实在不耐烦了，我终于听到了肖意的声音。

你干吗呢？几天见不着人影。玩什么失踪呀，不知道我有多着急？我气急地喊道。

肖意打了个长长的哈欠，你烦不烦啊，我就想好好睡几天，你玩命打什么电话？一个叶小叶还不够你幸福的？

胡乱说什么呢？烧糊涂了？人家叶小叶的怀抱现在可是空的，你要不赶紧去，那里面可就抱上别的女人了。我开玩笑地说。

那晚从迷糊中醒来，第一个念头是我在夺肖意所爱，便拼命从叶小叶的怀里挣脱出来，非要他把肖意找回来。叶小叶气急得没法，索性一屁股往床上一坐，说陈伟悦你有病啊，人家肖意有她自己的生活，你死打烂缠非要让人家跟你搅乎在一起干什么？你们好了十几年，也不是这个好法。我说叶小叶你别没良心，人家肖意对你可是真心实意。叶小叶瞪了我一眼说，难道我对你就不是真心实意？我说这不一样，她喜欢你在前。叶小叶忽然吼道，陈伟悦，你能不能在意一下我的感受？让我有感觉的人是陈伟悦，不是肖意，如果你不喜欢我，你可以不接受我，但请你不要擅作主张把我当成一个物件送给别人，我已经受够了，我的感情不是你随意拨拉的东西，我也不会再为了别人的感受而委屈我的感情。也请你尊重一下我！

叶小叶沉闷的吼声在黑暗中响过之后，是一片彻底的安静。我被这样的吼声吓了一跳，直愣愣地瞪着黑暗中的叶小叶半天不敢说话。

你知道我们现在有多大吗？沉默了一会儿，叶小叶问道。

我不知道他什么意思，这跟年龄有什么关系？但我不能不回答，我说，我知道，你的年龄是节节开放的花，听到的是花喧然绽放的声音；我的年龄是盛开的芦苇，路过的一阵风能摇落我所有的张扬，把我变成秃尾巴，听到的是叶片卷曲枯萎的声音。

听到叶小叶忍不住笑的声音。所有人都喜欢对自己的赞扬。

喂，想什么呢？电话里肖意问。

我回过神，苦笑道，想你呗，你这一手搅得我昏天黑地。你都不知道这两天我是怎么过的，要不是快发稿了，我也真想和你一样请上几天假，好好休息休息。

那就赶快请假吧，这地球离了你照样转，别把自己看得比天大，什么都放不下。

我还真是什么都放不下呢——告诉我，你住哪儿？是不是早就背着我找好房子了？

我还用背着你找房子？房子早就有了，就等着我进来住罢了。

真的假的？天下还有这样的便宜事？早不说，我跟你一块儿占便宜去。

你真没眼色，这样的事哪能分享？

别贫了，快说房子到底怎么回事？别让我着急好不好？我真的有些急了，这家伙越说越没谱，好像给人家做了二奶似的。

跟你说了甭管我。我这人命贱，想死都死不了，还怕活不成？肖意话里没有一点要跟我细谈的意思。她这话一出，我的心忍不住往下一坠，莫名的伤感随之而来，一下子不知道该说什么，只觉得肖意有些陌生，是不管不顾，攒了劲要把自己豁出去的陌生。我越来越看不透她，以前的肖意正在离我而去，我们无话不谈的亲密无间，已逐渐消失在北京这个过于真实的城市里。

行了伟悦，现在要没什么事，就到家里等我啊，我一会儿就过去。见我许久不说话，肖意急于挂电话。

听到她说的"家"，我的心忽地又热了，又有了春天的感觉，原来我还是个有家的人，肖意是这个家的一分子。有家的人自然是不会孤单的。

有家的感觉真好！

回到《驿站》编辑部，我把待发的稿件整理出来，放进一个信封袋，交给了小摆。上次我从家里回来后，小摆就调了过来。小摆是我在这个杂志社唯一谈得来的，虽说她经历复杂，可为人单纯善良，没有太多花花肠子，说话做事一是一，二是二，我喜欢跟这样的人相处，随性，不用花费太多的脑细胞。见我把要发的稿子整理好了，小摆央求道，悦姐，明天发稿行吗？我问怎么了？她说她手头上还有一篇稿子，想在这期发。我说不用等，给你预留版面好了。她说不行，集中发稿老总签发的时候就不会看得太仔细，要是单独送签，他还不得一个字一个标点跟你抠？我说那就明天发吧，你速度可得快点，过了明天我可就不等了。小摆高兴起来，没问题，我晚上加班！

跟小摆打了声招呼，我就往住处赶。还没到家，就接到叶小叶的电话，说他现在王府井附近等肖意，大概再过半个多小时，他和肖意就到。

回到家，我赶紧把屋子收拾了一下，免得肖意来了，看到屋子乱糟糟的又要说没有她，我就像盘散沙。收拾完屋子，我又烧好开水，往纸杯里放上茶叶，只等他们俩一到，就能捧上热腾腾的茶水。

等做完这一切坐下来时，我才发现自己有点热情过度，肖意只不过是回到她原来的住处，又不是客人，我用得着这么心情急迫吗？

可我还是耐不住急切的心情，不住地到阳台上向外张望。

天色有些阴沉，灰蒙蒙的云团拥拥挤挤在北京城上空，像用过多少年的棉絮似的，一坨一坨沉甸甸，我担心它们会不经意间在某个地方堕落，砸到人的身上，然后像弹簧一样又蹦回到天上。

街道上的车开始拥堵，有性急的人，也不管前面车挨车的，只管拼了命地摁喇叭，就像病毒传染，一个人摁了，另外的人不甘寂寞，结果喇叭声连成一片，随着城市上空的云团拥拥挤挤着。

视线里终于有了肖意和叶小叶的身影，他们从街道的那头穿过来，叶小叶挽着肖意的肩。着黑红两色中长羽绒服，脖子上挽着一条红色长围巾的肖意，在叶小叶的臂膀里不但没有显出一点臃肿，反而很生动，像跳跃的袋鼠。我看不清叶小叶脸上的表情，只是觉得，他和肖意走在一起很协调，很般配，若是他们从王府井大街一路走来，我相信一定会吸引很多艳羡的目光。很早以前我认为他们俩是金童玉女，现在，我还觉得他们是郎才女貌。

阳台很冷，冻得我鼻子酸了又酸。想到他们俩马上就要到了，我赶紧从阳台进来，还是屋里暖和，关了阳台的门，刚才还在阳台上喧嚣肆意的声音顿时消失，静寂得有如荒野。我不适应这瞬时的安静，原地跳了几下，然后把刚才摆好的水果重新再摆，再掸掸叠好的被子、枕头，把整洁的桌子又抹上一遍，直到听到开门声，我才停下，等着门开，等着两个熟悉的人进来。

肖意钥匙掂在手上，奇怪地看着站在屋中间的我。我知道我的脸上正盛开着笑容，我还听到我的心在无限下陷的声音。

你这种表情有些虚假，换一种真诚自然点的行不行？肖意说着，径直从我身边走过。叶小叶站在门口望着我，脸上笑意融融。

还以为我的笑风华绝代呢。我埋下头，转过身不看叶小叶。

肖意一进屋就整理她的东西，一点过渡都没有，很迫不及待的样子。我愣愣地看着她收拾，心里空落落的，一起住了这么长时间，她怎么会说厌倦就厌倦到迫不及待的地步？难道和我多住一天她就会腐朽不成？

没人说话。肖意不说，我不说，叶小叶更不说。唯一的动静就是肖意翻找东西时的碰撞声。

其实我是想和肖意说些话的，比如关于她住的房子，但有叶小叶在，我想肖意是忌讳说这些的。这不是当着第三者能说的话题。我也想挽留她，可她的行动太快，像一把出其不意亮出的刀子，在我说话之前已经将我的口封了。我只能傻傻地盯着那个身影在屋里移动，也没想到自己是不是该动手帮她一起收拾。

忽然间，响起啪啪几声，肖意拍拍手说，好了，我的东西整理完了。伟悦，这下你宽松了，可以置一些小家电了。

过几天再走行不行？马上就元旦了，和我再住几天，把这个阳历年住完。我心里有说不出来的酸楚，一对患难相随的朋友，居然就这样轻而易举地分手。

肖意抬起头来，或者是看到我的模样有些可怜，她笑起来，咱一把年纪的人了，别搞得像小姑娘一样多愁善感，分手是为各自生活得更好，难道你不愿意生活得更好？

我不能说不愿意生活得更好，每个人都愿意生活得一天比一天好。如果肖意认为她离开我就会生活得更好，我又有什么理由非要让她和我一起在这个小屋里守着清静？就像叶小叶说的，肖意有她自己的生活，我干吗死缠烂打非要和她搅在一块？

我只能这样安慰自己。我本想借机跟肖意一起去看她的新居，她执意不肯。我说你放心，哪怕你的新居空房子多得养老鼠，我也不打歪主意。

我酸溜溜的话对肖意不起一点作用，她把我堵在门口，说你慢慢吃醋去吧，我那里还真是房子多得养老鼠呢，改天提一笼来给你煎炸蒸炒。

叶小叶两手没闲，一手一个老大的红花格蛇皮袋，站在楼梯口等肖意。天晓得肖意从哪儿买来这样的蛇皮袋，甭看折起来就巴掌大，抖搂开能装不少东西呢，鼓鼓囊囊。我指着那两个大蛇皮袋，说肖意，我们俩的感情可不是这两个袋子能提得动的。

肖意说当然喽，我这里不是还有一个箱子嘛！

叶小叶见我俩僵持不下，便劝我，算了伟悦，肖意不让你去就甭去了，反正房子她都收拾好了，也不用你去做什么。

我去认认路行不行？

以后再去吧，也不是从此就不见面。叶小叶说。

没办法，不让去就不去了罢。我送他们下楼，看着叶小叶把肖意的东西放进出租车的后备厢，看着肖意和叶小叶上了出租车，没一会儿，又见叶小叶从车里下来，站到我身边，出租车响了一声喇叭，在寒风中绝尘而去。

旋起一阵风，把地上的尘土卷起来，硝烟似的。我猛埋了头，躲过这场风扬起的尘土。

再抬头，出租车没了踪影。

肖意，真的离我越来越远了。

我抱紧胳膊，出来时没穿羽绒服，很冷。

叶小叶从后面环住我，他的身上也是凉的，凉与寒相遇，会互相变得温热吗？

只有隔阂，才能让人与人之间沟壑纵横，可以让彼此的熟识变成生疏，让深情变得淡漠，让河变成江，让海变成洋。但是，我和肖意，我们之间能有多深多宽的沟？

第四章

1

元旦过后，我应邀去参加一个企业的新产品发布会，这种好事本来是很难轮得到我们杂志的，对不少企业而言，杂志是用途最弱的平面宣传平台，何况《驿站》跟这个企业的关系更是隔山隔水。但因为这个企业的办公室主任和我有过一面之缘，我曾假公济私地替他发了一些小文章和摄影照片，所以，他也就假公济私向我发出了这个邀请。

发布会上人很多，除新闻单位，还有不少政府部门的官员和商家。主席台上厂家正在介绍新产品的性能和优势，装模作样地拍了几张照片之后，我退到一个角落里坐下，我是怕别人知道我是来混红包的，所以才像跟着别的记者拿着相机随意咔嚓了几下，用是没什么太大用处的。

会议室的暖风开得很足，在一片嗡嗡声中，我头晕脑胀。看看会议安排，还有两个项目。掂量了一下自己手里拿的材料，足够我应付了，再坐下去就是为耗到点吃饭。

人不能太贪，红包已经白拿了，再混饭就不好意思。我也不习惯和一群陌生人坐在一张桌子上，满桌的人彼此都不认识，为了表示自己的交往和沟通能力，有些人又喜欢嘴里一边嚼着菜，筷子伸到桌子的每个角，不停地说话，任菜渣子跟唾沫在餐桌上乱飞，看着就让人倒胃口。而且一群不相识的人在一起说话更无顾忌，不定我叫人左套右套就现出原形了呢。于是，溜出会场，边走边假装整理材料，心里却想这堆材料拿到哪里扔掉合适？到宾馆大厅，门口旋转门被刚才出去的人转得滴溜溜飞快。门童不知去了哪里，我没等门的空档过来，懵头懵脑地就往里面闯。极快的旋转门，迟钝的我。等我发现自己面临被门卡住的危险时，半个身子已经冲了进去。

我的大脑里一片空白。猛然间，我被人迅速地一把拽了出来，同时门也停了。

我抬头看那个把我救出来的男人，他正龇牙咧嘴地看着自己的手，表情极为痛苦。我的目光落在他手上，一下子惊呆了，他的手背渗出一片鲜血。原来他一手拽我的时候，另一只手去挡门，由于门的惯性过大，他的手被裹了毛边的门框蹭下一块皮。

我看着他的手有些手足无措，只傻傻地指着他的手道，你、你、的手，受伤了！

没事！那人笑笑，你怎么看上去心不在焉？这多危险。

我不好意思低下头，没太注意，许是被暖气风熏蒙了。

这种状态可不好——你是参加新闻发布会的记者吧？一会儿该午餐，怎么不等等？

我说，噢，我还有事。

刚出大厅，一辆黑色本田悄无声息地开过来停在门口的通道。救我的男人拉开车门对我说，你去哪里？若顺路就一起走？

原来是接他的车。

我看着他的手，犹豫了一下，要不，我陪你去医院上点药吧？

男人笑起来，你还惦记着这手？一点擦伤，我说了没事。我去国贸，你往哪里走？

我的住处离国贸两站路，这个时间也不用上班。想了想，我跟着男人上车，能蹭几站路就蹭几站路吧，坐小车可比坐公交车舒适得多。一路无话，半个多小时，到了国贸桥，叫司机在桥下面停车。男人问我要去哪里，如果不远，就把我送过去算了，反正他也没什么事。我有些不好意思，连说不用不用，从国贸坐公共汽车很方便，两站路就到。男人一副好事做到底的样子，非要我说出去的地方，叫司机送我过去。

到住处的楼下，下车关上车门时才想起应该问一问男人的姓名，人家做了好事，我居然连谢谢都没说一声，他是谁都不知道。于是赶紧踅回身。男人以为我有什么事，从车里探出头来，问怎么了，是不是东西落在了车上？还回头到后座上去搜寻。我不好意思地说，刚才忘了跟您说声谢谢！

男人哑然失笑，他一定觉得我很傻！

男人笑着冲我挥了挥手，说声再见！黑色本田瞬间驶出很远。

直到看不见本田的影子，我准备进楼道，一推门，门后立着一个人，猛地把我吓了一跳。

肖意！

肖意的半张脸缩在围脖里，要不是我对那双灵动的眼睛熟悉的话，还真会以为撞了鬼。

喂，人吓人会吓死人的。我扯下她的围脖，让她的整张脸都呈现出来。

肖意定定地看着我。

送你回来的那个男人是谁？她问。

我以为她又要八卦了，懒得理她，扯住她的胳膊往楼梯上，你什么时候来的？怎么要来事先不通知一声。先上楼，看你手多凉，难道还没冻够啊？

肖意一把摔开我的手，我只想知道送你回来的男人是谁？

我哪里知道。刚才在宾馆我差点被门卡住，是他救了我，然后又送我回来的……

拜托你撒谎也撒得有点水平行不行？这蹩脚的谎言你让谁信？真是士别三日当刮目相看啊，我想不到你陈伟悦居然也会来这一手。肖意盯着我的目光一点温度也没有。

我蒙了，肖意的样子一点也不像是八卦，她的愤怒是真实的，好像我从她手里夺了她一件什么宝贝，又猛地给她掼到地上，摔了。可不过是一个陌生的男人，不过做了回好事送我一趟，值得她这样待我？

他是谁啊，我哪知道？我下意识地嘀咕了一句。

我没问那人是谁，虽然他救了我，可这只是一个偶然，我有什么必要问人家姓甚名谁？能有小车坐的人，想必身份不会太低，就更不愿借机跟人套近乎，免得叫人担心我想黏住他以后办什么事呢。人家一路过来也没问我一句什么话，他的意思很明了，就是不想跟我有什么关系，不愿让我知道他的身份，我要是连这点趣都不知，非死乞白赖地缠着人家说东问西，他不把我烦死才怪。我当肖意是恨我没跟这

种有些身份的男人套套瓷，以为她日后的广告任务拓展奠下基础吧。就算这样，也没必要大动肝火啊。

行了，别生气了，以后再有机会，一定先黏住对方，帮你捋顺关系。我嬉皮笑脸地扯住她的胳膊，快上楼吧，楼道里冻死人了。

肖意死活不肯和我一起上去，她说还有事就匆匆走了，留下我莫名其妙地傻站在寒风里。

第二天一上班就给肖意打电话，她办公室的人说肖意出差了，两三天后才回来呢。我给老周打电话，还没问肖意去哪儿了，老周一听我的声音很惊讶，说，咦，你怎么还在北京？你不是和肖意去河北了吗？都跟那边的人联系好了，去的是两个人，你怎么没去啊？

我支吾道，昨天去参加一个企业新闻发布会，受了点寒，有点发烧，所以就跟肖意商量她一个人去了。

你没什么事吧？老周倒是挺关心我。

我说没事，又不是没烧过，几片药就搞定！

放下电话，我真的有些头痛了，肖意到底搞的什么鬼啊？她昨天想必是过来跟我说今天出差的事。但她最后又为什么一个人去了呢？昨天我的手机一整天可都是开着的。

我拨肖意的手机，她不接，打了几个，最后从电话里传来的声音始终是"您拨打的电话暂时无人接"。我对里面那个永远都彬彬有礼却极其生硬的女声非常痛恨。

打不通肖意的电话，也看不进稿子，我就上网。网络真是个好东西，它永远都接纳你，无论你的情绪好坏，无论你的性格是忠是奸，只要你上来，想怎么着就怎么着，它包容你，宽慰你，也给你阵地任你拳打脚踢。我没有本事在网上制造世界大战，只能去玩一般人不爱玩的拖拉机，三把牌，够你脑子用的，如果是纸牌，也要握得你手抽筋。在网上跟别人打拖拉机是小摆教我的，早些时我对网络很生疏，是公元前的出土文物与现代流行音乐的差距。我对电脑唯一熟悉的就是打字，最快一分钟能打近一百个字。打字也是很早以前学的，是吴天怕我在家寂寞，学点什么可以打发时间，而我，则把打字当成一门技术，能给我带来工作的技术，我看到街边很多中介求职的信息栏里，几乎有一半是要找打字员。不过我学完后的打字速度根本不及那些专业打字员十分之一快，所以，直到我离开那个城市，也没能靠打字挣来一口饭吃。更令我没想到的是，我学完打字也就一年不到的工夫，这满世界的人都会打字了，不难，再没人到专门的培训公司去学，都打拼音，只要上过小学一年级会拼音，就可以对付键盘上那几十个按键。

对牌，我好像天生就有一分亲切，几乎是一学就会，小摆教得轻松，对我还大大赞赏。也许是一个人心里空得久了，需要某种填补吧，网上打牌刚好做了这样的填补。玩牌的时候我不想事，这是个单纯的世界，它让我变得安静，无忧。

可这会儿的网络像要跟我作对，慢得一塌糊涂，每出一张牌，都把人憋得气喘，同屋一桌的人都在催，联合起来骂我，在网上我一直也算得上是伶牙俐齿，无奈这次实在是有心无力。好不容易一把牌打了一半多，就剩十张牌不到了，网络开始正常，鼠标又犯了毛病，任我摇晃半天，它把光标的身影不是东躲就是西藏，偶尔露露脸，促狭地闪一闪它的笑容，却不听指挥，气得我拿鼠标直拍桌子。等到网络自动出了牌，它却蹿出来东边跑一下西边跑一下，把我不该出的牌乱

打一通。我输得一塌糊涂，被对家骂了个狗血淋头，只好灰溜溜地从房间逃出来。

玩是没法玩了，刚发完稿，好不容易逮着两天清闲，不想再去看那些密密麻麻的文字，索性关了电脑。小摆不在办公室，说是以前在韩国认识的一个朋友回国了，专程到北京来看她，她跟人家叙旧去了。

办公室是很编辑部的样子，屋里搁的三张桌子都堆得乱七八糟，除了杂志，就是纸片，再就是东一支西一支的各色笔。外人一进来，不用看都知道这里是干什么的了。零乱拥挤的办公室在我眼里却空旷得有如原野，风冷飕飕地吹。很希望此刻能有个电话进来，哪怕是打错的。可是电话很固执地沉默着。我抓起手机，拨办公室的电话，一个内心寂寞而孤单的人的行为。玩了一会儿，又觉得无聊，便趴到朝东的阳台上去看外面。天气好时，我就常把椅子搬到阳台，阳光在阳台上泛滥，我半躺在阳光中，看到太阳的光线密密匝匝地缠绕在一起，因为密，便可以看到光线烟雾似的袅袅娜娜，腾空又散；尘土更如银粉，缓慢而优雅地在光亮中飘起来，又悄无声息地落下去。当然，更多的时候我就趴在阳台的窗台上，望着外面。春天时，楼下零散的几个花坛边沿开满了艳丽的月季花，什么颜色都有，红的、粉的、黄的、绿的、大红、浅紫……月季花旁边的小径，还会有一个年轻的母亲拉着个两三岁的小孩，孩子手里捏着几朵花，时不时地往自己的头上比画着，一副极为天真可爱的模样。年轻的母亲望着自己的孩子，脸上的表情柔和、幸福。离他们不远处的座椅上，是一对上了年纪的老人，老先生双手拄着拐杖，老太太两只手环在老生的胳膊里，两个人不说话，只是那么静静地坐着，目光不知望着哪个地方，他们的心里，此刻或许正被遥远的往事温馨着吧。在他们的身后，是不知谁家晾在外面的被单，像一面辽阔的旗帜，在和煦的风中飘扬。我痴痴地望着那一对老人发呆，"……和你一起慢慢老"，一首歌里我只会唱这么一句。可是我和谁一起慢慢老？吴天放开拉着我的手，掌心早已没有了温度。

阳台也是寂寞的，阳光软塌塌地在阳台巡逻似的溜了一圈之后没有了踪影，窗台上薄薄一层积尘，尘垢让窗玻璃失去了透亮感，屋外就更显得阴暗晦涩。仅仅隔了一扇门，阳台便有了冰窖的感觉，很快，就凉到了骨髓。

我的思绪开始飘远了，想如果我和吴天也有个孩子的话，我们的生活是不是不那么单调？他的心会不会一直落在家里，即使偶尔外出一下，也很快会回来，而绝不会飘离？

楼下的孩子扔开母亲牵扯的手，一个人乐陶陶地冲进了另一片草坪，不小心，大概是被什么绊住了，一下子扑倒在草坪上，也不试着爬起来，却支着双手向妈妈的方向哇哇大哭起来。年轻的母亲一旁笑着，蹲在孩子的不远处，用手示意着孩子起身

电话响的时候吓了我一跳，在失去期盼之后，这唐突的响声带给我的不是惊喜，而是烦躁。我调整了一下情绪，冲着电话用自我感觉良好的柔和声音说，你好，《驿站》编辑部吗？

电话是吴天打来的。我一下气紧，大脑木得没有了思维，很久没有听到吴天的声音，乍一听到他那一声"伟悦"，心立马疼了起来，好像体内的一根刺，被人无意中碰到了，隐隐地，尖细地疼。我其实是想挂掉电话，偏是手把电话握得紧紧的。

吴天的一个远房亲戚要来北京，说好要在他那里住上一段时间，他抽空整理家里的东西，收拾出我的好多物件来，他把东西都用纸箱装好了，问我什么时候过去取一下。我想了又想，和他在一起生活的

时候，像现在一样地节约，从没有买过过于贵重的物品，连衣服都是百八十块钱的往身上一套，看着不影响市容就成，也实在没有可以值得珍惜的。就对吴天说你都当垃圾扔掉好了，那些原本也就是些垃圾，我没必要为一堆垃圾跑上一趟。

吴天顿了好半天才又说，我……你还是来一趟吧，要扔，你自己扔好了！免得以后又怪我扔了你的东西。

我有些生气，离婚都这么长时间了，他还用这样的口气跟我说话。我冲着电话吼了一声，那你就给我留着吧，让我的影子一直留在你那里，叫你一辈子都难受。

摔了电话，又气又伤心，本来平平静静的心，他偏要来搅一下，搅出波澜来，让你不得不再次面对那段拼命要隐埋的生活。他难道不知道人心里的伤是搅一回痛一回吗？

电话再次响起，我努力地平心静气。

居然还是吴天，他期期艾艾地说，我、我其实是、是想问问你过得好不好？

我把心里一股脑儿涌出来的东西用力往下压了压，才说，很好！从来没有过的好！要早知道婚姻是个累赘，肯定早解放你了。

说这话时我把嗓门提高，底气很足，身子还不知不觉往上挺了挺，挺得很直，脸上的笑竟不自觉地就开了，开得像把伞。那一刻，真就以为自己过得很好。

那就好。听得出吴天的心情一下子放松下来，声音也像充了气似的饱满起来，那你的东西，我就自行处理了！我准备春节前刷一下房子，日子嘛，总要有个新的开始。

我不明白吴天新的开始指的是什么，但那一定跟我无关，我是他的旧物，灰暗的，蒙垢的，再也不可能闪烁出光泽来，他当然会将我的一切粉刷掉。

你说房子粉刷用什么涂料会更环保些？客厅我想把旧沙发换掉，扶手那块都快烂了，可是想不好换什么样的……

我脸上撑着的笑容，收不起来，可心里分明是一点一点地痛，涟漪一样，一圈一圈扩展，消散；再一圈一圈扩展，再消散。听吴天在电话的那头说话，一句也应不上来，恍惚得很，好像很久以前，我俩的日子还不是那般冰冷的时候，他很少翻报纸，坐在我对面，跟我聊一些很生活的事情，比如买什么牌子的洗衣机最好，投诉少，售后服务也好；哪个地方产的肉肠大肠杆菌严重超标，千万别去买之类。

我就是那么快乐而满足地望着他说这些话，男人和女人有这些话说才叫生活，生活本来就是鸡毛蒜皮、鸡零狗碎，一块整布不经裁剪，永远也成不了衣服，没有琐琐碎碎，夫妻就不像是夫妻。

我已经不是吴天的老婆快一年了，他的琐碎不再属于我，我管你的房子刷什么涂料，我管你的沙发换成什么样……泪水淌了一脸，脸上仍撑着笑。

不知道自己的心是不是还在痛，只知道天很快黑下来，我一头扎进黑暗里，所有的思绪像风吹过的天空，除了空还是空。

2

一阵狂忙之后，开始想念肖意。从上次她离开，再和她电话联系不上，她办公室里的人每次都说她不在，她的手机号码也变了，却不曾告诉我。剩一个多月就要过春节了，我想知道她回不回老家。以前

和吴天从来都没在春节期间回过老家，今年就剩自己一个人了，独自在外过春节，想想真够孤单和凄凉的，如果肖意准备回家，我和她一起回。于是，不打电话，直接去《生活》编辑部找肖意。肖意果然不在办公室。问办公室的同事，同事笑得很暧昧，说肖意是个忙人呢，连你都不知道，我们就更别提了。那样子摆明是知道却不想告诉我。我不在意，想是肖意的战绩不错，这些人心里有些不甘和怨艾也是可以理解的。从肖意的办公室出来，我去了老周那里，有好长一段时间没去听老周的世事论坛了。老周的门闭着，我敲了数下，门才开。

嘿，周社长忙着呢，半天才开门。因为随便惯了，门一开我就一边说着话一边往里走，刚进门，我就愣住了。肖意在这里。

哈，正找你呢，原来你在这儿。

肖意冲老周不自然地点点头，站起来就要出去。

我一把拉住她，嘿，你干吗不理我？肖意！你没事吧？

肖意轻轻地拨开我的手，浅淡的笑中透着一股凉意，你是不是希望我有事？

她的脸上像冬天一样冷。从没看过肖意这样的脸色，我被她这副拒人千里之外的样子惊得说不出话来，锐痛的感觉在我身体里猛然蹿出。

跟老周打声招呼，我跟着肖意出了门，她的冷让我心里直发蒙。

喂，到底出什么事啊？不要一搬出去就跟我陌路人一样，咱可不是离婚……你不要不跟我说话。

肖意站住说，那你到底希望我有什么事？

我被噎住了。我总是在适当的时候犯不适当的错误。

我不习惯这样的距离，我宁愿她又吼又叫地指着我骂，她的冷漠让我陌生，我一瞬间想起吴天，在我们作为夫妻的最后一段时间，他也是这样地冷，吴天的冷是推进式的，等我意识到我们之间的不正常时，我们的关系已经被冻起来了。我猝不及防肖意的冷，因而无所适从。

我找不到你，手机号换了也不告诉我，担心你知不知道？

我不能被这样的冷漠镇住，陈伟悦和肖意是从小一块长大，我们的感情是经过雨雪风霜考验的。我这样跟自己打气。

对，我换手机号了，我不想你不停地给我打电话，不停地打扰我，明白吗？

我愣住，肖意，这是肖意说的话吗？她说她不想我打扰她，只有傻子才会不明白这句话的意思。

我努力不让心里的委屈涌上来。

肖意，是不是我哪天说了或做了什么让你无法忍受的事？咱多少年的朋友了，你还不知道我这个人没心没肺……好了，大人不计小人过，你说出来，我改嘛！有个伟人不是说过吗，错误是用来犯的，犯了就改，改了再犯嘛！

我佯装没听懂她的话，竭力让脸上的神情和往常一样，心里却在回想从她搬家那天起我俩接触以后的言行，想从中搜寻出一点叫她性情大变的蛛丝马迹来，有点痕迹总比她这样莫名其妙地对我要好。

我知道是我让你无法忍受的时候居多，以后，你也不用再忍受了！她说话的口气依然和她的脸色一样冰凉。

哦，想起来了，你是不是在为上次的事生气？我哪天一定把那个人找出来，一个不认识的人居然跑来破坏我们的感情……

我竭力忍住泪，还想延用我们以前的玩法来融化这块冰。

你不用说了。肖意打断我，皱了眉头，脚步加快，明显是不想听我往下说。

是不是因为叶小叶？这是我大脑转了又转的结果，本来还想开玩笑地说出来，可这种气氛里，已经没有玩笑的缝隙了。其实、我问过他，他对你还是、很有意思的……

够了陈伟悦！别把自己装得跟救世主似的，你和叶小叶爱干吗干嘛，少拿我闲扯。我是喜欢叶小叶，这么多年从来没忘过，可我知道那不是我的，我用不着你来同情和施舍，是你的就是你的，少拿来做虚假人情，晃个空头支票糊弄谁。肖意低低地吼道，但我也要告诉你，我的就是我的，不管是什么，只要我想，就决不会让人拿走！

她顿了顿，又含了冰似的说了一句，哪怕我失去朋友！

她很干脆也很决绝地把我扔在原地。

我彻底蒙了。

我到底拿了她什么？叶小叶？

3

阴沉沉的天，阴沉沉的脸，阴沉沉的心情。

北京的冬天，北京的寒冷。

第五章

1

北京并不是一个令我满意的城市，它的大让我惊恐，让我无所适从。从到北京的第一天起，我的内心里就有一种怯懦，好像一个从来只吃青菜只吃窝头的孩子，一下子把他带到鱼翅和鲍鱼面前，尽管也明白是一顿极为豪华的食物，就是不敢轻易动筷子，不是不想吃，是害怕不会吃，吃出洋相来，让人作为笑柄。刚到北京的时候，吴天要带我去故宫、颐和园看看，被我拒绝了。我说从此以后在北京扎下根了，我有的是时间看北京，我不需要到这里旅游似的走马观花。当时吴天还笑我，说我的心不小，铁定了要拿一辈子来读北京。

在北京待了这么多年，可是我仍然没读出北京的一丝一毫，而对于北京的大，却一如既往地祛除不了隐埋在内心的恐惧，感觉在这个大城市里如履薄冰，一直战战兢兢的，生怕自己不小心会让这个表面温和的繁华城市给吞没了。几年过去，以为自己还一直固守着自己，

结果回头一看，我的小心翼翼只不过是给自己的一个安慰，除了那最不该有的天真以外，所有的一切早已经改变了颜色和质地，一种我无法辨别的颜色，无法辨认的质地。

肖意离开后，我也猜不透到底是什么原因让她对我不理不睬，她本是我在失去吴天的日子里最大的精神支撑，是我灰色世界里唯一红的花绿的叶，可现在她把她的色彩收了回去，我的日子重新过得灰暗而颓废，好像一个被擦亮的镜子又重新落满了灰尘。我的脸是晦涩的，暗淡的，且模糊的。

叶小叶在北京待了二十多天后终于要离开了。自肖意搬家，我们再没有见过面，每次他打电话说要过来看我时，我都借口很忙，要加班，实在抽不出时间。离开北京前他给我打电话，说要回去了，这一回去还不知要多长时间才能到北京来呢。我心里泛着说不出来的滋味，强笑说，无论什么时候来我都代表肖意——还有北京欢迎你（我代表得了吗？），为了表示一下我的热情，我这就把肖意找来一起去送你，再见这最后一面好了。好久才听到那边他说，不过说说而已，怎么就当了真呢，说不定很快就要见面的，回去后我给你打电话。我说能不打就不打吧，发个短信报个平安就成。就真的没有去送他，我怕自己最后的一点坚强会在他温暖的眼神里坍塌。叶小叶回去后并没有如他所说打电话过来，甚至连个已平安抵达的短信都没有，我在难熬的日子里一次又一次地期待着，在这个时候，他成了我最后一根稻草。甚至，我把他的手机号码一遍又一遍摁出来，摁到最后一个数字又清除，然后再摁，但始终也没有把电话打出去。在和肖意这样一场持久的友谊里，我都无法把握这个我最熟悉的人，对叶小叶，这个十几年未曾有过音讯的男人，我又怎么敢奢望太多？我不敢相信自己，就像能够想象和吴天最后的结局一样，我也能猜得到和叶小叶之间不会有任何结果。也许是从前的记忆在彼此的心里留下一点值得回味的东西，可这点回味又哪里值得动用"爱情"呢？我念叨着叶小叶这个名字，心里却又被这个名字针似的扎出密密麻麻的伤来。肖意是刀，刀是大痛，叶小叶是针，针是细痛，我在这两种痛里苦苦挣扎。

直到半个月以后，我终于收到叶小叶发来的短信，是那种不痛不痒、不温不火的祝福短信，像所有存在我手机的电话联系人一样，逢年过节，就会发一些吉庆的、热闹的，或逗你一乐的短信，都是转发来转发去的，不用动脑子，不用费心思，简洁而俗套。

这时我已经平静下来，朋友就是朋友，无论深与浅，它的外衣是固定的模式，也许有时会因为某种不确定的情愫而变得无比绚烂从而也充满了魅惑，但这仅仅是昙花一现的梦幻，即使我和叶小叶这样的年龄，也一样有着被梦幻诱惑的那一瞬间。其实大家都是烟熏火燎的俗世男女，又怎能看清人间所有色泽的不一样？

肖意还在拒绝我的状态之中，我找她的时候，她基本不在她们的办公室，每次见到她总是在老周的办公室或编辑部里，和老周或其他人聊得热火朝天，一见我，热火朝天就烟消云散，好像我是块冰，功能只有一个：冷场。弄得别人看我的眼神都满含嘲弄。好在大家都在一起共过事，自嘲几句，就算是给自己找台阶下。为避免这种尴尬，我只好又减少去《生活》编辑部的次数，从别的同事那里要来了她的新手机号，用短信来诉衷肠：下雨了是因为云哭了，花开了是因为风笑了，飘雪了是因为太阳睡了，月亮圆了是因为星星醉了，给你发信息，是因为我想你了……发出去几个，她一点动静都没有。我继续给她发：如果有来世，就让我们做一对小小的老鼠，笨笨地相爱，呆呆

地过日子，拙拙地依偎，傻傻地在一起，冰雪封山时我们窝在温暖的草堆，我搂着你，喂你吃耗子药。这条短信曾是我们俩都很喜欢的，有情有义，还有一种不离不弃的另类幽默，我一直储存在手机里。可是肖意还是对我不理不睬。我到网上找那种深情款款的短信，略做篡改，就当自己要说的话发给她，让短信来填补我们之间的裂痕。我想如果是一个陌生人，看到我发给她的那些信，一定会误以为我们俩同志，而且标准的她 T，我 G。

终于有一天，收到了肖意的短信，我几乎是欣喜若狂地打开，一看，整个人全傻了：请你，让我安静一些！！！！！！！！数个感叹号，如同数个棒槌在我脑袋里狂挥乱舞，我眼前金光乱闪，忍不住那痛，眼泪稀里哗啦往外涌。

连短信也不能发了，肖意铁定了要从我的生活里将自己剔除出去！

2

这天，老周打来电话，要我到他办公室去一趟。我一去，老周热情依旧，只是不知为什么，他看我的眼神有些怪怪的，好像在窥视什么似的，又好像在躲避着什么。弄得我倒跟做了贼似的，有些坐立不安。

把尴尬的气氛造足，老周才狠喝了一口茶，说，杂志社最近收到几封检举信，信里说《驿站》编辑部的记者利用采访之机向被采访者索要宣传费，问我有没有这事。我问他信里有没有说是哪个记者？《驿站》编辑部连我和小摆在内一共才三个采编人员，我们出去采访连车票钱都是自己掏的，还没听说有我们当中有向被采访人要过钱的呢，又不是什么大杂志，一个月的发行量统共不过一万来份，影响力哪里就到了可以随意问被采访人索要钱的地步。

老周眯着眼睛看着我说，你真不知道是谁？他的话有点阴损的味道。

我从他的目光和语言里嗅出一些端倪，我开玩笑地问，不会是检举我的吧？

老周笑了，就是嘛，承认了就是个好同志嘛。我们也知道你生活状况跟以前不太一样了，但有什么困难，可以向社里提出来嘛，我们会本着人道主义精神，给你们这些骨干一点帮助的。

等等，等等。

我从椅子上跳起来，你是说检举的真是我？说我向被采访人索要费用？

老周将桌上的几封信交给我。我打开第一封信，首先扎入我眼里的是一句用红笔画出一道刺眼线条上面的话"你们一个叫陈伟悦的记者利用采访的机会，向……"便呆了，至于这句话的前面和后面都说什么，我根本就没看清，只觉得大脑一下子充血，头嗡嗡直响，像有几架直升机在里面盘旋。我捏着信的手都开始发抖。

好了，情况社里还在调查之中，到底有没有这回事，只有等我们调查清楚了才能给予答复。至于你的工作，我们社领导已经研究过，认为在事实未弄清前，你暂时也不再适合担任《驿站》编辑部主任，准备把你调回《生活》做编辑，你看你有什么意见没有？

还没等我把第二封信打开来看，老周就把信收了回去。

莫名其妙地抡过来一棒子，把我的脑袋打得跟糨糊一样稀稠，哪里还能想起自己有什么意见，就算是有意见，你老周都已经把一切都

安排了，我又能怎样？我一句话都没说，连个气都没出，沮丧且带着愤怒委屈地走出老周的办公室。

经过总编办公室门口时，我迟疑了一下，差点就推门进去。有没有我索要费用的事实先且不说，怎么事先连问都不问，直接就把我给处理了？

一想这几天老听小摆说总编的日子不好过，大概老周要当道的话，我又缩回了推门的手。悄没声息地让我回《生活》编辑部有什么不好？难不成还要大张旗鼓地在整个杂志社宣扬一下，让所有人都知道我是因为跟别人伸手要钱才被调回了《生活》编辑部？不过是不让我当编辑部主任，有什么了不起的，在哪儿做编辑不是个做！

3

这天是个好天气，阳光明媚灿烂得像个被爱情拥抱着的女人，每一缕光线都尽情地散发着温暖的暧昧。我漫无目的地走在阳光里，却像个落魄的失恋者，被别人的爱情刺激得没了一点思想，目光空洞得能穿过七级大风。

我想哭，可哭不出来；想喊，可嗓子眼里像被什么东西堵住了，连一点声音都发不出来。

不知道空穴的风究竟是从哪儿来的，我从来没向任何人索要过钱，就我采访过的那几个人，除了一两个属于事业有成的外，大都和我一样，在生活边缘上挣扎的人，他们因某个机遇而暂时成为大众的焦点，我怎么可能向他们索要宣传费用？他们既不是企业，也不是明星，没有任何理由花钱到媒体上作秀，又怎么会向我提供宣传费用？可是我想破脑袋也想不透，我平时怎么说也是个与世无争的人，又有谁会在背后给我这么重重一击？

我心里一片纷乱。给老周打了个电话，向他请几天假。

也行，你在家好好休息两天吧，至于别的事，自有结果。老周说。

刚挂断老周的电话，手机就响了，我一看号码，叶小叶的。曾期待过他的电话，而他承诺的电话却在一个多月以后才打过来，我无比心酸地望着手机上闪烁的号码，一点也没有要和他说话的欲望。挂断电话，关了机，一任自己在这个属于别人的灿烂阳光中静悄悄地、漫无边际地走着。

出了地铁口，西单广场支离破碎的模样便出现在我眼前。我长长地哈了一口气，刚从嘴里奔涌出来的雾气迅速在阳光里消散了。一切都会过去的，像这个冬天，不管有多么寒冷，都一样会过去。我安慰自己。

几个在路边坐着的人，都是些年轻得让人艳羡的脸孔。这样冷峭的天气，他们居然毫不顾忌水泥地的寒冷。我从这些年轻的脸庞前走过，也穿过他们同样年轻的声音。一个不知和同伴说了些什么话，一边笑得花枝乱颤的女孩用她那友善的眼神看着我，我也冲着她笑笑。陌生的眼神和微笑在这个冬天里原来也可以成为一种温暖。

西单大街上，看上去人并不多，可随便进到哪个商场，哗啦一下，就拥挤不堪了。开得足足的暖气再加上人群的拥挤，不一会儿，我浑身闷热。其实什么也没看清，我茫然地随着人流从楼下到楼上，从一个场地换到另外一个场地。

我的心思不在闲逛上，也不在买东西上，只在一个"走"，在"走"

的过程中，面前凝固和流动的物与人，就像空气一样，不在眼里，也不在心上。

像走在空旷无际的沙漠地带，没有人影，没有声音。

直到稀里糊涂地撞到一个人身上。

连看都没看被我撞上的那个人，只是下意识地说了一声"对不起"。那人不说话，站在原地一动不动。本来已经走过他的身边，却鬼使神差，抬头看了一眼，怔住了，吴天！

离婚快一年，这是第一次见到吴天，他还像以前一样，没什么大变化，眉眼间的神情依旧是我非常熟悉的。吴天的旁边，站着一个看上去年轻、穿着打扮入时的女人，微微笑着望着我。我多看了她一眼，自觉比不过她的气质，心不由得往下一沉。

伟悦！吴天的声音不像电话里我熟悉的声音，多了点我陌生的东西，我清楚地知道这陌生的东西是什么，那是温情，一种我和他做夫妻时慢慢远离了我的感情。感情是远距离产生的。我猛然间有了一种悲哀的情绪，那被深埋在心里时不时会跳出来搅乱我的痛紧随着这分悲哀像春天的草根一样，迅速而尖锐地往外蹿出且蔓延开来。

你怎么了？脸色这样难看。

我无法回应吴天的话，怕自己会当着他，尤其是他身旁那个好看女人的面，控制不住泪水，我生活得很好！一个礼拜前我还在电话里这样告诉他，不能几天后又说我不好，很不好。我强笑着点点头，赶紧转身离开。

伟悦！到底发生什么事？吴天追上来一把拽住我的胳膊。

我说，我很好，很好！

我毫不犹豫地用力挣脱他，几乎是奔跑着撞出人流冲出商场的大门。

西单的长街上，一个三十多岁的女人在自己的冬天里，在属于别人的阳光下狂奔。

4

我睡得昏天黑地，一觉醒来，阳光已把阳台染成一片金色，在寂静中，灿烂而温情。我穿着睡衣来到阳台，冷冷的空气因为有了阳光而不再那么显得冷峭。

打开窗子，我深深地呼吸了一口被阳光穿透过的空气，很温暖也很神清气爽的感觉。

我打开关了几天的手机，里面有十几条短信，其中有两条是老周发的，说是事情调查清楚了，纯属子虚乌有，让我尽快去《生活》编辑部上班。看罢这两条短信，几天来的郁闷之气一扫而光，尽管还是让我到《生活》而不是《驿站》编辑部，但真相大白，这比那些个破职务重要得多。

洗了把脸，一看时间快十点了，赶紧出门打车往杂志社赶。沉冤得雪，我才给自己一个奢侈的机会，平时，除了公事，我是很少打出租的。

赶到杂志社，老周一见我，脸上又显出一片灿烂来。

哎呀，伟悦，你总算来上班了。事情都清楚了，根本就没什么事嘛，纯粹是一些工作上的来往……

工作上的来往？我等待着老周把事情给我解释得更清楚，可他却绕开这个话题，你呢，就先在《生活》编辑部上班，以后再做调整。

为什么？事情既然已经弄清楚了，为什么不让我回《驿站》编辑部？无缘无故把我再调整回《生活》编辑部，在其他同事的眼里，我这个人不是照样说不清道不明吗？

在哪个编辑部工作都一样嘛，这是工作需要，跟别的事无关……当然喽，在《驿站》编辑部，你是主任，但不要在乎这个嘛，其实编辑部主任还不一样要采访，要写稿？没什么特权，还担着责任，你就别在意了。至于别人的看法，那就更不要当一回事了，他们怎么看那是他们的事，我们心里清楚你是个好同志好编辑就行。啊，鲁迅先生不是早就说过了嘛，走自己的路，让别人说去吧。还别说，老周这番冠冕堂皇的话真有安慰作用，我心里的委屈立马不像刚才那样强烈，再说，回到《生活》编辑部，以后就可以经常和肖意在一起了。

那谁到《驿站》编辑部去？我纯粹下意识地问了一句。

老周的回答却吞吞吐吐起来，呃、暂时、可能，会是肖意。

肖意？我有点不太相信，怎么会是肖意？我回来了她却走了，难道真的是巧合？

是啊，这也是杂志社刚研究的。你想必也知道，《驿站》的广告并不多，大部分都是《生活》移过去的，杂志社的领导经考察、研究决定，肖意既有一定的文字写作和编辑功底，又有一定的外交能力，到《驿站》后，或许会使杂志的创收现状得到一些改观。

可是，《驿站》的广告一开始社里不是决定由《生活》广告部一起代理吗？什么时候开始有了创收任务，我怎么不知道呢？

这个、也是社里最近才决定的。

见我不吭声了，老周又说，肖意是你的好朋友，又是你介绍进来的，我们也知道她的成绩跟你是分不开的。对肖意到《驿站》编辑部，我想你也不会有什么意见的。《驿站》和《生活》都是我们的杂志，其实按我说啊，一开始就不应该分开办公，既节约人力又节约资源，一个编辑部两本杂志的任务不算重嘛，很多杂志都有这样的情况嘛。不管怎么说，你对《驿站》的情况比较熟悉，以后肖意那边有什么事你还是会帮助她的。我说得对不对啊，伟悦？

我盯着老周看他绕半天圈子，老周始终回避的目光让我心里涌起来的怀疑一点点地胀大。但我最终还是什么也没说，只冲着他点了点头说，对，我没什么意见！只要肖意愿意，我随叫随到！

老周松了口气，笑道，我说嘛，你陈伟悦就不是那种小肚鸡肠的人。

从老周办公室里出来，时间已不早了，我正犹豫着直接去《生活》编辑部，一会儿等着吃盒饭，还是到外面去吃饭时，肖意和一个人有说有笑地从广告部办公室出来。看到我，她愣了一下，随即礼貌地微笑着冲我点了点头，然后和那个人依旧有说有笑地走了过去。她连多看我一眼都没有，好像我和她以前从来就不曾相识相依过，不曾和她做过朋友，不曾有过不离不弃的誓言。我在她的眼里，只是一个陌生人，那距离，是多少年也无法拉近的。

望着肖意款款而去的背影，心里堵了块大石头似的，我喘不过气来。

很想喊住她，只想问她一句：到底是谁，拆散了我们？

第六章

1

　　我的额头左侧，很显眼地竖着一道两厘米左右的疤痕，浅白的一道，执拗地记录着一段不肯消退的记忆。那是肖意给我留下的，小学四年级她挥着一根木棒——我已经忘了那根木棒当时的作用。

　　也许是从我和肖意一开始的交往里，就已经注定了我们之间有着无数的是是非非。

　　击中我额头的木棒一端是龇牙咧嘴的不规则裂口，天知道她这根木棒是从哪里来的，她找来要干什么。鲜血从我的额头上迅速涌出来，淌过我的左眼皮时我才感觉到钻心的疼痛，摸了一手鲜血，我才开始号叫起来。周围的老师和同学都围上来，透过泪帘，我看到肖意先是一脸的惊异，而后用一种很冷漠的眼神看着我，她从老师和其他同学的身旁挤了出去。我知道她不是故意的，但自始至终，我都没等到肖意对我说一声歉疚的话。

我和肖意之间，从没就年少时的那一场木棒与鲜血做过一点交流，我不知道，是她在回避木棒后面的鲜血，还是我在回避鲜血下面的伤痛，抑或，是我们不敢面对融进我们这一段友谊之中那些与木棒和鲜血有关的隐性东西。

2

　　回到《生活》编辑部，日子似乎又回到了我刚进杂志社的那段时光，那是我非常珍惜的一段时光，我努力地工作着，力求从我手中经过的每一篇稿子能有个好的结局。于是，在每一期的杂志里，有近乎过半的稿子是我约来或者自己采写的。我也不知道自己这分勤恳的动力出自何处，似乎内心攒积了无数的悲愤情绪，而这种悲愤，我依然不清楚是来自哪里。我像只无头苍蝇，没有飞行的目标，前方只是一片渺茫，没有希望，所以只能拼着命茫无目的地飞。至于一不小心飞得太快，飞得太高，请相信，这绝不是我本意，而是源自发泄的副产品。自从失去婚姻，我的心也失去了依靠，工作与写作变成了纯粹的机械运动，只要没有人为我叫停，只要我身体里的零部件没有什么缺损，我便会这样一直机械地运动下去。现在，我又莫名地被友情抛弃，能够支撑我的支架已没有多少力量了，我不得不加速自身的转动以免倒塌。

　　肖意调到《驿站》编辑部后，从来没给我打过电话，我倒是给她打过几次，她每次都说很忙，然后匆匆挂断，好像多和我说一句话，便会浪费掉她很多时间。

　　我也给小摆打电话，想间接地从她那里探听一下肖意的情况。也

许是物是人非，我的遭遇太显见我的无能，连小摆都应付我了，每次一听我的声音，就支支吾吾说不出一句完整的话来，最后跟肖意一样也借口很忙，挂断电话。

我想象不出她们的忙是一种什么样的忙，我相信肖意的能干，她是一只手可以写字，同时另一只手可以画画的人。这样的人真能忙到没有一点时间空隙吗？

我在发过呆后只能用乱涂乱写来安慰自己失落的心。

再失落的日子也会过去，就像失去婚姻时愁苦的日子已经被我甩掉了一样，没有肖意陪伴的这段时间，我也慢慢地适应了，心终于平静下来。我不想吴天，也不想肖意和叶小叶，只要无人打扰，我便可以把所有的悲欢一点一点掩埋起来，埋到无人知晓，直至，在我心里慢慢淡忘。

上网、采访、写稿，成了我最基本的生活模式。不管人生如何起伏、变化，终点总会归于平静。

3

又到了春节，去年的春节过得无滋无味，可那时也算是有个家，两个人的年是圆，不论是否美满，但是份完满。而今年，则只有我一个人。一个人的年就是野外的一棵树，独自临寒风，受冰雪，没有温暖，没有色彩。

原打算回家过春节，却因为发生的这许多事，居然忘了时间，一个人的日子，白天和黑夜一样的颜色，一样的面目，今天和昨天，明天和今天，没有明确的界限，反正昼与夜的一个更替，一天就被翻过去了。待想起春节来，却晚了，连票都订不上。也不清楚肖意有没有回家过年，不再打电话，也不发短信，既然她要将我从她的生活里彻底删除，我就成全她好了。一个人的春节，其实一样可以有笙歌舞谢的繁华，一样有烟火呼啸的盛放，一样可以有着雪花白、披落日黄的浪漫，只要我愿意。

上网、游戏、写博客、看电视，日子过得并不像我想象的那般凄凉，或者，当我内心已撇开人事种种，那些坡坡坎坎便被削成一马平川。

年三十的晚上，在春节联欢晚会的欢天喜地中，我接到了吴天的拜年短信，真奇怪，他居然还会给我发短信。我毫不犹豫地删除掉，新年短信满世界乱飞，转过来飞过去，没有人有耐心专门给谁发一个特别的短信，群发最省事，我一定是他不小心放进了群发群里。我是一个被不小心问候的人！

过了十几分钟，吴天的短信又发过来，伟悦，新年好！

名字都有了，可见这次是有心的。

我没理，我新年好不好他能不知道？

按老家的习俗，大年初二不出门，出门不吉利。我已经好多年没回家过春节了，把许多枝枝丫丫的东西都忘得一干二净。北京的很多商场和超市初一都开门做生意。我库存了几天的食物比我预想的要消耗得快，再熬上一日两日，就弹尽粮绝，是该补充军需了。

用洗面奶精心地把脸洗干净，上了淡淡的胭脂，擦了点浅红的唇膏，出门前还照了照镜子，春节嘛，还是有点喜庆之色的好，不能让人觉得我一脸寡淡，好像是刚从难民营逃出来的。

超市人不算很多，大都成双结对，脸露喜色，像我这般形单影孤的人很少见，尽管我竭力让脸上绽出快乐的表情，但在这万家团圆的节日，一个人出门不管怎样掩饰都掩不住内心的凄凉。我把需要和不需要的东西装了满满一筐，推到收款台结账时，才发现出门前光顾着让脸神采飞扬，却忘了钱包是瘪的。收银员很有耐心地等我掏遍身上所有的口袋，后面排队的顾客却有人不耐烦，说了声"不带钱出来买什么东西啊"！我尴尬得真想寻个地缝钻进去。好不容易凑足了几盒牛奶和几块面包的钱，拎上东西逃命一般飞奔出超市，出门还没跑出去几步，后面就听到有人在喊，喂，快停下，你丢东西了。

我低头看手里的袋子，果然只有装牛奶的袋子，仓促之下，居然把面包弄丢了。我转回身，跑到那个追出超市的男人跟前，拿过装面包的袋子，窘促地说了声谢谢！

男人朗声一笑，不就是忘了带钱嘛，又不是偷了钱，瞧你那慌张劲。大过年的，可别再丢三落四了。

这话不光贴心，还暖心，我冲着男人笑笑，除了"谢谢"就不知道还能再说些什么。

男人很认真地看了我一眼，咱俩是不是见过面啊？挺脸熟的。

只知道肖意经常有男人这样跟她套近乎，而我这样从四面八方看没有一样有特点的女人，被男人赶着套近乎的机会是没有的。但人家好心把我费尽周折的粮草送出来了，我不能拿冷屁股去贴人家的热脸。我也装着很认真地看了男人一眼，这一眼，还真瞅出人家不是在跟我套近乎，他就是元旦的时候，在宾馆帮我挡旋转门的那个人。

咦，是你！我惊讶地看着他，怎么会在这里碰到你？

呵，怎么我每次遇到你你都不在状态？男人想必是已经想起我们在哪儿见过面，难道当记者的都这样恍惚？

我是个例外。我说。

他瞅着我手里的食物，这就是你过年的大餐？这也太苛刻自己了吧。

这还不是大鱼大肉吃多了闹的。我怕他看出我是孤身一人，便装出已经奢华过的样子，举了举手里的食物说，所以都想来点清淡的食物。

我把"都"咬得很重，不过是想让男人知道，我不是孤家寡人。

男人并不多问，只是洞悉一切似的淡然一笑，我一下子脸红起来，若果真是大鱼大肉吃多了，又岂是我这一脸索然的模样？一个"都"字反倒把我要掩盖的事实袒露无遗了。

我有些懊恼。

可凡！一个女人从超市出来，手里是大大小小的塑料袋。

男人冲我点点头，我要走了，春节愉快！再见！

我心说要能愉快得起来就怪了，也冲他点了点头，好，再见！你也春节快乐！

男人转身要走，我忽然想起什么来，喊住他，哎，我叫陈伟悦，你呢？

男人从口袋里搜出一张名片，递给我说，尹可凡！

尹可凡？好熟悉的名字！当意识到我对这个名字的熟悉是因为另外一个人时，我惊住了，北京城这么大，大得叫我不可思议，大得叫我惶恐不安，偏偏世界却这么小，小得让我三番两次碰到这个男人。尹可凡，曾经在肖意口中念叨过无数次的名字！

我呆愣地望着尹可凡体贴地接过他妻子手里的袋子，还空出一只手环着他妻子的臂膀，低着头轻声地跟她说着什么，女人仰了头微笑着看着他。实在是一幅夫妻恩爱图。

终于明了肖意为什么会跟我变脸，她以为我在跟她抢夺男人，先是叶小叶，然后是尹可凡。叶小叶的感情世界里，因为先她而有陈伟悦的存在，所以她躲得远远地继续把叶小叶藏在心里，像过去的这十几年一样；但尹可凡不同，尹可凡是现实生活中她最不可缺的支柱，或许她对他的爱，就像一杯冲了无数次的茶，已尝不出多少味道，但他能给予她的物质和精神享受，却如同一杯滚烫的雀巢咖啡，既香且甜。当然，尹可凡不可能在她妻子之外只有她一个女人，但只要她看不到，听不到，她就可以认为他与家庭划开的那个世界是属于她，她是他的独一无二。

所以才会有看到尹可凡送我回家时的那一份恼恨与冷漠，我是她最好的朋友，哪有好朋友从她这个饥饿者手里抢馒头的？

幽暗甬道两端的门打开了，风穿堂而过，贯穿始终，然后，一盏一盏的灯亮了，又一盏一盏地灭了，甬道依旧黑暗，但我已经看清了甬道两旁所有的物件。

这个时候的肖意，如果没有回老家的话，那么现在，她和我一样孤清。这样一想，好像和肖意背靠着背，虽然谁也不说话，彼此却依靠着，心里居然温暖了许多。

4

过完春节，日子便过得快了，呼呼啦啦，似乎是在眨眼之间，那些还没看到有一丝要绽出芽苞意思的树木仿佛被施了魔法似的，一下子就满树满眼的葱绿了，绿得让人神智一清，眼神一亮。紧接着是那些还枯黄着脸蛋的草类，满满的绿也绝不甘示弱地挤进人的视线，把人的眼睛晃得花花的，忍不住惊讶这些颜色是怎么一下子就蹦出来的，像捉迷藏的孩子一样，在意想不到的地方猛然蹿出来，把毫无心理准备地的人吓了一跳，心脏起伏得犹如潮涨潮落。

在别人那里，春天是个萌发生机的季节。于我而言，绿色只在我的眼里，葱茏的永远都是别人的梦境。

吴天的母亲从老家来北京，非要吴天带她来看我。还是吴天妻子的时候，我和婆婆的关系就很好，每次和吴天回家，都会跟婆婆说好多话，说我和吴天的相处，我们的吵架，婆婆不像一般的老人喜欢唠叨，她安安静静地，我说她听，从不插嘴，听我说完了，她才用怜爱的眼神看着我，说一声，你们这些孩子啊，真是叫人不省心。婆婆喜欢带我在村子里到处走，碰到村里的人，打声招呼，应答一声："是呀，孩子们来家了！"等人家过去，就告诉我发生在这个人身上的一些事，有趣的，或无趣的。同样的事有时会在不同的人身上发生，我知道婆婆记岔了一些事，也不去纠正，照样抱着她的胳膊听她乐呵呵地跟我说那些事，那些人。我和吴天平时隔段时间会给她打个电话，说两声我们生活挺好的，她就开心了。要隔得时间长了不打电话，她就盼，老念叨着这两孩子怎么就不知道打个电话呢。

跟吴天离婚后，婆婆很长时间是不知道的，吴天打电话没跟她说，怕她生气。见我很长时间没给她打电话，忍不住了，不高兴地跟吴天说你叫伟悦打电话嘛，别光你打，老听你的声音都听烦了。吴天忍了忍，还是告诉婆婆我们离婚了。婆婆当时就破口大骂，骂吴天放着个好媳妇不知道疼，瞎折腾些什么呀。那以后再不肯接吴天的电话。

吴天告诉我这些的时候，我很没出息地又哭了，一个人的生活，我会对很多事变得麻木，或者说变得坚强，但有时又变得很软弱，很

敏感。

我不清楚婆婆这次来北京是什么原因，接到吴天的电话，我还是很高兴。虽然离婚了，但对我的这位前婆婆，我心里没有一点隔阂。我们约好在西单广场见面。

吴天没有一起过来，陪着婆婆的是一个身材高挑的女孩，长得眉清目秀，并不是我上次在西单看到的那个。我心里悲哀，看人家吴天，离婚才一年，女朋友都不知换多少个了，还一个比一个年轻。男人四十一枝花，这话看来还真没错，吴天不到四十，还正是花骨朵呢。

婆婆一见我，就眼泪汪汪，泣不成声，你这孩子，喜欢跟我说话，正经话却不说，藏着掖着，让我失去这么好的一个媳妇，这个吴天，一想起来我就恨哪，你说他有哪点好，他凭啥说要离婚就离婚？

婆婆连哭带说，说得伤心，连身子都在颤抖。我本来还想表现得开开心心的，让婆婆知道我生活得很好，不要觉得我可怜而心疼。可老太太连个过渡都没有，还没看清我的模样呢，就已认了她儿子对不住我，让我受了苦。我怕旁边的女孩子难堪，忙着劝婆婆，妈，您看，我这不是挺好的嘛！虽然不再是您媳妇，当女儿也一样啊，甚至比媳妇还亲呢。

老太太哭哭啼啼的样子引来不少好奇之人的观看，还以为我是个不孝女儿，把自己的妈给气急了呢。

随同来的女孩站得挺远，一脸事不关己的冷漠。

你别看她了，她不是吴天的新媳妇。他可是再找不着你这样跟我投缘的媳妇。婆婆说道。

我装着特没心肺的样子说，可不是，您多能啊，媳妇没少，女儿却多了。

婆婆拉着我的手，左看右看，见我确实没那么憔悴和悲伤，这才抹了把泪，说她这次到北京，除了见见吴天的新媳妇，最大的愿望就是想来看我。一个月前，她病了一场，医生说她的脑子里有个瘤，瘤压迫脑神经和视神经，所以她动不动就会昏厥，如果瘤发展的速度再快一点，就没多长时间了，她的眼睛现在已开始模糊了,也许再要不了多久，就不仅仅是失明的事了。

到那时再想看你也看不到喽。婆婆说。

您怎么不去做手术啊？我一听就急了，和吴天离婚前就听说婆婆老是头疼，家里人要带她到医院检查她死活不肯去，还说医院能看什么病？动不动就让机器给你这儿照照那儿照照，本来没病，照也要给你照出病来。其实那都是骗人的，就是想把人家的钱骗进他们自己的口袋。她的固执简直让人哭笑不得，家里人只得随了她。她自己四处搜罗，倒搜罗到了不少偏方，她按偏方吃了一些药，也有起作用的，其实就是暂时缓解了她的疼痛，她却认为是治了病。

医生说了，我年岁大了，做手术危险太大，不定上了手术台就下不来了。不能做就不做呗，反正我也是黄土埋到脖子的人，还能活几天，不用糟践那个钱！婆婆说到她自己，脸上显得淡定，反倒没有刚才的悲切。

倒是你这个孩子，不长心眼，一个人让人不放心……婆婆的眼圈又红了。

我压下心里的酸涩，强笑道，瞧您这心操的，我一个人生活有什么不放心的？能挣俩钱，不用忙着跟谁吵架，想吃就吃，想睡就睡。多好的日子，您摸我的脸，是不是胖了不少？

我嬉笑着把脸凑到婆婆面前，像孩子跟自己的父母撒娇似的。温

温暖暖的阳光里，心里的柔情忽然又升腾了起来，把空荡荡的心塞得满满当当。这是被关爱的感觉。

婆婆果然笑起来，手轻轻地在我头发里穿过，就像我的妈妈一样。

婆婆只在北京待了不到半个月就回去了，她离开北京前，我把她接到我的住处住了一晚，那天晚上，我们俩说了很多话，她问我是不是恨吴天，吴天跟别人结婚了，我祝福他吗？又问我现在有没有看得上眼的男人？如果有，就好好跟人家过日子吧，别耽搁了，女人是经不住岁月的，一个人过活的女人更不容易。说来说去，说得最多的，都是她假想的问题，或自问自答的事，根本都不用我插嘴，我也就由了她说，或装着沉思地"嗯"几声，最后索性跟她说我们单位的事和人。听到有人写举报信诬陷我，婆婆气坏了，腾地从床上坐起来，说谁这么缺德，告诉我，我找她算账去，反正我现在啥也不怕，我不能叫你再受委屈。我笑起来，起身把她拉回到被子里，说都过去了，我现在不好好的嘛。

婆婆在被子躺了一会儿，又爬起来，说不行，她要给吴天打电话，虽说我们离婚了，可毕竟夫妻一场，叫他以后要多关心我，就当妹妹一样呢！

我叫婆婆气乐了，离了婚就不再是夫妻，而是单纯的男女关系了，吴天刚结了婚，要再关心我太多，他的妻子还不得拿醋当茶喝呀。

好不容易劝住她老人家，没一会儿她又坐起来，捋起棉毛衫内衣的袖子，从手上褪下一只手镯塞给我，说她的日子不多，怎么也得给我留一个念想。我知道这个手镯是她和公公结婚时的信物，我已经不再是她的媳妇了，又怎能收下她这礼物？

推让了好长时间，婆婆急了，说是不是嫌我老太婆的东西不吉利？

我不过是给你个念想，你这孩子咋就这么不懂人情世故？

说着话，愤愤地把镯子往我枕上一放，再也不理我。我只能先收下。

婆婆回去那天是阴天，北京城被一片阴灰暗沉笼罩着，这样的时节没有沙尘暴已经是很幸运的事了。婆婆离开前给我打电话，她只说，悦啊，我要走了，走了啊，回家了，以后恐怕再没机会见面了。

我知道婆婆想我去送她，她不直接说出来，是想等我开口。我却不敢说出这样的话，不敢，是怕自己无法承受分别时的揪心。我还怕看到吴天和他的新婚妻子，在他们的光鲜照人里，我就像陈旧的家具，浑身上下散发着往昔的味道，他们新的生活里，又怎容得下往昔？而吴天是我心里的痛，见他一次，就像有人拿着刻刀在我心里原有的痛上再深深地刻下去，一刀一刀，让痛更深更利。

到最后，我终是没去火车站送她，甚至在她上车前连个电话都省略了。

后来听吴天说，婆婆临上火车前不停地四下张望，她一定是在等我！

婆婆回到家后不久就去世了，去世的时候神色安静。收到吴天的短信，握着婆婆塞给我的手镯，我终于没有忍住，任泪水如决堤的河水一样，淌了整整一夜。

这圆圆的镯子，真的成了我对婆婆最后的念想，一夜的泪水之后，我收起了镯子，也收起了对吴天最后的不舍。

5

爸爸妈妈打来电话，问我能不能请假回趟家。我问有什么事？他

们说，也没什么，就是年纪大了，现在又剩下我一个人独自在外，他们惦念得很。

好吧，我试试能不能请上假。婆婆的去世使我再不能拒绝父母的要求。

跑到老周那里，跟他说要请一段时间的假。老周答应得很不爽快，好像我多拿了钱没干活似的，吭吭哧哧半天才说，这工作得有人干啊，老请假让别的人怎么想？

很奇怪，从我回到《生活》社后，老周的态度又来了个一百八十度的转弯，由随和到倨傲，由亲近到偏见，我和他的关系与他空间距离的长短恰好成了反比。好在我也算百炼成钢，再有鞭子抽到身上，哪怕抽到浑身血肉模糊，脸上也可以风平浪静。

我已经料到老周的态度，所以也不生气。回到《生活》编辑部几个月，我的工作状态大家都有目共睹的，我完成的工作量几乎是编辑部所有工作量的一半，而且我从来没提出过什么要求，老周心里其实一清二楚。

伟悦啊，大家都知道你和我关系一直很要好，我要照顾大家的情绪，不能给别人造成凭关系好就可以为所欲为的看法。在工作中，我可以尽量给你提供方便，但你也要为我考虑一下，我这个位置上是有一定难处的，希望你理解……

我笑眯眯地等老周把话说完，然后冲他点点头，说声我明白，也很理解。出了门，直奔社长办公室，跟社长把情况一说，社长连个犹豫都没有，就准了我的假。我把社长签过字的请假条往老周面前很恭敬地一放，特有涵养地说了一句，周社长，如果没有其他的事，我这就回去准备了。转身离开时，听到背后传来老周的咳嗽声，有一下没一下，像被什么卡住喉咙似的。

　　五月，故乡正是不热不冷的季节，春天的痕迹已淡得无法追寻，而夏天的颜色还在涂抹之中。

　　妈妈又瘦了许多，握着我的手已经不像去年那样有力了，头发黑白参半，而那所谓的黑色，也有一大半是枯涩的瓦灰色。我心里一酸，仅仅一年时间，妈妈的身体衰败得如此之快。但妈妈的神情当中，还是兴奋的，不时看我的眼神中，隐含着一丝神秘。爸爸也是，一脸的皱褶里是藏也藏不住的笑意，还有藏不住的秘密。

　　我嗅出一种有大事要发生的味道。

　　回到家的第三天，妈妈就不停地催我跟她一起上街，我说，上街干什么，我在北京每天都在大街上来来往往，好不容易回到家，能不能让我安安静静地休息一下？

　　你已经休息两天了，这么好的天气，这么亮的太阳，老窝在家里看电视有什么意思。妈妈像个小孩似的，一边说着一边就拽住我的胳膊硬把我从沙发上拉起来，甚至把外衣都披到我身上，就差帮我把两只胳膊穿进了。没办法，只好陪着她在这么亮的太阳里走一走了。

　　太阳果然无比明媚灿烂，在五月的风中涌动的阳光简直就像纯净水一样透亮。我在太阳下面狠狠地伸了个懒腰。妈妈笑眯眯地看着我，像欣赏一幅山水画，从头到脚把我打量着。

　　我挽住妈妈的胳膊说，看够了没有，快走吧。

　　妈妈的笑跟地上的阳光一样白花花地在脸上闪动。

　　小县城的街当然比不上北京的街道宽畅，可因为车少，有一种叫人喜欢的安静。街道两旁是总没见长的法国梧桐，逐渐成熟的叶片上

淡白的绒毛掩饰不住那份嫩绿，透着北京的春天永远也无法体会的干净和湿润。街道并不比当年我离开时宽多少，但繁华了许多，两边的店面装修透出气派，只是因为经过的人少，那气派便显得落寞一些，好像荒野里绚烂的野花，无人喝彩的美丽中总带着一种忧伤。不知道哪家店里隐约传来淡淡的歌声，细听，却是已故的梅艳芳那首《女人花》：

    ……

    女人花，摇曳在寒风中

    女人花，随风轻轻摆动

    ……

阳光在身边活泼地跳动，婉约哀愁的歌一样，一点一点地渗进阳光。

我不发一言地挽着妈妈的手，心却随着梅艳芳忧伤的声音飘摇不定。

穿过不长的东街，就到了十字街口。县城的街实际上就是一个十字街，以街心向东西南北四个方向辐射出四条长短不一的街道，最短的街是南街，这一条街的终端是县医院，由于经过这条街的人有很大一部分是去医院看病或者探视病人，医院门口便拥挤了一些卖水果的，后来，慢慢演变成一条水果街。最繁华的是西街，西街除了县委和政府之外，几乎聚集了县里全部的行政和事业单位，这些单位以一排排的门面房做围墙，既隔离了街道的喧闹，又依赖出租门面房而赢得经济效益，一举两得。最冷落的街则属北街，通往的是一个省里的大型企业，企业现在的效益不很好，再加厂区里也有了一些小打小闹的生意人，就很少有工人愿意出来到北街买东西了。早些年，企业效益好时，厂区的人是很愿意往北街来的，那时北街是四条街最热闹的，多是厂区的工人在这条街上溜达，工人来自全省各地，听得到带着不同口音的普通话，说惯了地方话的我们，那时尤其羡慕那些操普通话的人，即使不买东西也常去北街转转，就为逮个机会与那些人操一操普通话，却做梦也想不到，数年后我们也会有走出去的一天，并且长年累月说普通话，说得都要把老家话忘了。有时打个电话回家还要为某句话想上半天，想老家话是怎么说的。东街相对另外的三条街是处于不温不火的状态，街两边的房子大多是私人的老房，后来被县里统一规划，老房子都拆了，改建成门面房，房子倒漂亮，人气却总不如与之相对的西街。

街心有一个交通岗亭，既是交警指挥的地方，又起着环岛作用。妈妈在岗亭一侧站下，四处张望，明显有等人的迹象。我问她，她却死活不正面回答，只说从来没这样站在街中心看过四条街，原来这四条街的风景不一样啊！猜不透妈妈的意图，我往岗亭上一坐，反正此刻上面也没交警——放眼望去也没几辆车，交警也实在没理由站在上面。

面对如此神秘的妈妈，我不知说什么好。

等了近二十分钟，终于看到妈妈脸上绽出花来。我顺着妈妈的目光望过去，看到一个手捧鲜花的男人穿过街道向街心交通岗亭走来。我眯着眼，可惜长期使用电脑让我的眼神已不像从前那样灵光，再加上那人手里的花不时地挡着他的脸，除了能确认是个男人之外，我无法辨认那张脸是否熟悉。

捧花的男人很快到了跟前，他穿着很挺括，阳光落在花上，闪出一片光晕。

妈妈笑得很灿烂。我顿时明白了她老人家的意图。

有穿过街心的人好奇地向我们张望。

伟悦，欢迎回家！男人说着，挪开一直遮挡脸的鲜花，笑眯眯地看着我说。

一阵晕眩。

居然是叶小叶！几个月未曾有过联系，以为彼此间的关系就像一根剪断的绳子，我是这一截，他是那一截，我们不可能再有连接在一起的可能。却做梦也想不到，当我已心如止水、微波不兴时，他却又来搅乱我的平静，而且，还是在这样的地方这样的场景这样的见证人。

妈妈见我呆愣愣地不动，伸手替我把花接过来塞到我怀里说，这孩子，发什么呆啊。

十字街心送花，这场景总有些尴尬，放在北京，或者我还能接受这样的事实，可在这小小县城，而且还是这样一个特殊的地方，我有些不知所措。

真是滑稽得要命，我想幸亏肖意不在跟前，要是她看见这场景，一定捧腹大笑，晕倒在地。

一捧花像一团燃烧的火，烧得我抱也不是，扔也不能，只得讪讪地保持着脸上的皮笑肉不笑。

哎，你们是老同学老朋友，一定有好多话想说，到正街公园吧，地方大，人还少，最适合你们同学聊天了。

我的妈妈哟，果真能察言观色，也善解人意。只不过她这次给我的意外可太大了，要说她想我把我骗回家我还能接受，把一个大男人推到我跟前，我一下子哪能有这样的心理准备？看他们两个人的样子，好像已准备很久了。这叶小叶也真是的，就算是策划一场相亲，也不用这样大张旗鼓呀，又不是不认识我家，直接过去，也免了这样尴尬。

看着妈妈喜颠颠地跑开，边跑边向我挥手，我有点哭笑不得，心里对叶小叶的怨恨强烈起来，想起几个月前那段日子的惨淡，仿佛自己被这个世界孤立了，遗忘了，我就是风雨之中最飘零的那一片叶子。而现在，我从最黑暗的地方走了出来，看到了光明，也看到了春光的灿烂，叶小叶却在这个时候跑出来，当一个人的心里已经变成春天的时候，还会在意一捧花？

三十多岁的人了，干吗弄得跟纯情小青年似的？叶小叶这么张扬，不是叫我从北京跑回老家现眼来了嘛！我不满地看着叶小叶。

叶小叶依旧笑眯眯的，他的笑容实在温暖，一点不比老家的阳光逊色，只是，我已经不感动了。

叶小叶说，他其实就是想看我这种尴尬的表情，很女人，很可爱。

我说你犯什么毛病，小城里到处是熟人熟脸，就不怕人笑话？

笑话什么？咱也年轻嘛。叶小叶笑嘻嘻的模样一点也不庄重，他说，再说了，我就是要让那些熟人熟脸知道，叶小叶喜欢陈伟悦！

我轻淡一笑，喜欢是所有男人和女人都可以拥有的一种情愫，却不是我和你之间所应有的。

为什么不是我们之间应有的？难道我不是男人，你不是女人？

因为我们太熟悉，还因为我们之间有个肖意。我说。

叶小叶脸上的春天不见了，直接变成了夏天，什么肖意？她是她，你是你，你总把她扯进我们之间干什么？

本来一个不尴不尬捧着花的女人就够吸引人眼球的，加上叶小叶的声音一高吭起来，转过头看我们的人就更多了。我不习惯大庭广众之下被人阅览，把手里的花往叶小叶怀里一塞，说了声我确实是我，

但你不知道我其实还是习惯世俗的东西。花是浪漫之物，它属于肖意，却不是我的喜欢。

我转身便走，叶小叶一把拉住我，伟悦，你是怪我？

心开始有了毛毛细雨般的痛，痛逐渐扩大，我想到肖意，她像坚实的冰块一样又冷又锐地梗在我的心里，我倾尽所有的热量，却融不化这块冰。在肖意的心里，叶小叶会不会也是她心里的那块冰，她在等着他融化的那一天？

忽然之间，我看到了和叶小叶之间的距离，那是我无法跨越的，年少时的懵懂其实已预示了我们情感的命运。

我甩开叶小叶的手，叶小叶，回到肖意身边吧，最爱你的——是她。

我看到叶小叶眼神里的绝望。这是一种似曾相识的神情。我一愣，我为什么会似曾相识？

站在东街方向一个小商铺里的妈妈正远远地向这边看着，见我离开，赶紧边跑边喊我的名字，要我等她。我没敢停下来，几乎是跑着进了南街的商场。透过商场的橱窗，我看到妈妈穿过马路，到了岗亭，叶小叶抱着花像失了魂似的愣愣地冲着我的方向。妈妈和叶小叶说着什么，叶小叶的脸始终没有转开。

在县城每条街的每个商铺里头打着转转，看见我认为比较稀罕的东西就跟人家讲价，讲到最后，又借口没带钱，把不少店老板气得直翻白眼。就这样耗着时间，直到暮色渐浓，街道上摆的小摊早已撤得干干净净，远远近近的街道两边已是浅淡的灯光和稀疏的人影，才去一个电话吧往家里打了个电话，跟爸爸妈妈说晚饭不回家吃，在街上碰到同学，和同学一起解决晚餐。

电话是爸爸接的，爸爸的声音很大，震得我耳朵都嗡嗡直叫，他说，小叶还在家里等你呢，早点回吧，都是同学，一起聚一下不好？

　　这是我没想到的，以为尽可能晚到家，爸爸妈妈就不会有机会跟我说别的事了，谁知道叶小叶居然还在我家。走了整整一个下午，脑子里一片混沌，现在更是梳理不清。站在电话吧的门口，望着面前把自行车骑得飞快的行人，我忽然觉得内心一片空白，好像谁拿了一把剪刀，将我心里所有的东西都一股脑儿剪走，垃圾一样扔得远远的。自跟吴天离开老家以后，我还是第一次发现自己如此孤独，孤独得连街上的一阵轻风都能将我吹起在空中摇晃。

　　有进出门的人有意无意地撞了我一下，其实话吧的门很大，大得可以并排过三四个人，话吧门上方的灯也亮着，但那人还是狠狠地撞了我，却连个道歉的话也没有，径直走到电话旁拿起电话。我看着那个撞我的男人，他开始说话了，冲着电话说了一大串，每个字我都听到耳里，却根本不明白他在说什么，那人自顾自说着，没有给电话那头说话的空隙，跟湍急的水流似的。倏忽间，水流又一下子被截住，那人已经放下电话，从兜里掏出钱放到店主跟前，一句话也没有，转身又走。我还在恍惚中。

　　店主捏着钱奔出来，追到男人跟前，说找你的钱。男人拿过钱，说声谢谢，一脸恬淡的笑容，与刚才的莽撞判若两人。我分明看到，店主给的就是男人刚才的钱。见我疑惑，店主长长地叹了一声，等男人离开，才指了指自己的脑袋，轻声说了句，他，这儿有病。他拨的电话不会有人接的。

　　为什么？我忍不住好奇，没有人接他为什么还会说那么多话，还给电话费。

唉，受了刺激嘛，他很爱自己的老婆，刚结婚还不到一年，她老婆坐车回娘家，路上出了车祸，一车人十二个人就死了九个，她老婆死的时候手里还捏着手机给他打电话呢。那以后，他就不正常了，每天都出来打他老婆的手机，跟他老婆聊近两天发生的事，其实电话早都变成空号了，他却说那个提示音是他老婆在跟他开玩笑，故意说的，每次他都一个人对着电话自言自语。说完话，还很满足。

我望着那个在昏暗的街灯下行走，因为快乐而时不时会蹦跳一下的男人，这个男人是幸福的，他生活在爱里，他的神智虽然在旁人眼里是不正常的，可他却有着正常人没有的幸福，他心是满的，那里永远都有爱，有他爱的人。

而我呢，我会留在谁的心里？叶小叶？

找了个小饭馆把晚饭解决掉，不想太早回家，就在被稀疏的灯光漂染得黑一道白一道的夜色里蹚了许多回，一路上把这个问题问了自己许多遍，却问出满心的湿漉。一想到叶小叶，肖意就跟影子似的跟在叶小叶的后边，我甩不开那个影子，除非不去想叶小叶。

6

回到家叶小叶已经走了。在回家之前，我给他发了条短信：错过两次的风景就不会是最美的风景。

第二天早晨还没起床，就听到自动开机的手机传出的短消息提示音。打开来看，是叶小叶昨晚发来的：我不要最美的风景，只想要我最喜欢的人。

我呆住。

以为自己已练就金钟罩的功夫，任你叶小叶有万般手段，我都可以水泼不进。却不料那功夫不过外强中干，轻轻一句话，便叫我功力尽失，瞬间连挣扎的念头都没有。原来最空虚的地方是心，而最易填满的地方也是心，等来等去，不过就是为了一句自己喜欢的男人最深情的话而已。

呆愣了好一会儿，头脑终于慢慢清醒过来，因我不是最美的风景，所以只能成为人家的最喜欢？喜欢不过一种最普通的情愫，相逢陌生，彼此一见，对外表有好感，可以"喜欢"；相互交谈，对对方的口才可以"喜欢"；生意往来，作为一种交往手段，可以"喜欢"；如我们的同学之情，可以"喜欢"……不过是最常见的一个词，我何苦自作多情？若把"最喜欢"理解为"最爱"，又岂会在我这个"最爱"最需要依靠的时候失去联系？几个月可以没有音讯，这"最爱"的情太浅，意太淡。

顷刻间，我像被摧毁又重塑的钢铁，又如铜墙铁壁般坚硬。

翻飞手指，毫不犹豫地给叶小叶回复一个短信，我只知道，你是肖意的最爱。

我用的是"最爱"。

叶小叶没有回音。

叶小叶几天没来过我家，没有电话，也没有短信，就像前几个月他倏忽消失在我的生活中一样。我已习惯各种变化，对叶小叶的悄无声息也不觉得意外。在家里，有爸爸妈妈在身边，比在北京一个人生活不知要幸福多少。只是，当妈妈装着很不经意地念叨一声"咦，小叶这孩子怎么不来了呢？"时，我心痛如绞。

在家待的时间一长，感觉就钝了，再新鲜的东西老摆在面前不烦才怪。每天跟着爸爸妈妈上街买菜、逛街，回到家陪他们做饭、聊天，

总有厌烦和无聊的时候,可这种情绪又不能在两个老人面前表露出来,怕他们伤心,回家才几天啊,怎么就待不住呢?

我开始想念北京。

爸爸妈妈见我心不在焉,知道我是待不住了,我是他们放飞的一只鸟,回来不过是为了看看他们,了一了思念,然后再扑棱着翅膀飞走。他们看到我很快就要飞走了,尽管我什么话也没说,像之前一样陪他们说话,说一些从杂志上看到的笑话,读一些搞笑的短信给他们听,他们也会跟着我笑,可那笑很勉强,就跟有人在背后拿着刀子逼他们一样。我不忍看到这样不开心的父母,装着很生气地说,我笑话说得口都干了,你们居然一点都不开心,让我好没成就感。

爸妈互相看了一眼,爸爸嗯嗯啊啊了好几声,妈妈吞吞吐吐地说,小悦,你、和小叶真的、不行吗?其实,我和你爸都觉得这孩子不错。你……

没等妈说完,我站起身,一言不发地走开,怕转身得晚了,让他们看到我眼里涌出来的泪水。

身后是爸妈深深的叹息,像箭一样,迅速而锐利地刺进我的五脏六腑。

我终于知道为什么想要逃开家。

7

去车站之前,我又去了一趟话吧,话吧的老板不知道是认出我还是出于一种生意上的本能,冲我很友善地笑了笑。我问他,那个男人今天来打了电话吗?

你说的是哪个男人？到我这里来打电话的男人多了。

见我不是来打电话的，话吧老板脸上的笑收得很快，一下子就变得冷漠起来。人果真很世故，很善变。

就是每天都来给死去的老婆打电话的那个男人！

哦，你说的是他，他以后不会来了。

为什么？

他死了！

死了？怎么可能？几天前他还好好的。

甭说几天前了，就昨天上午都好好的呢，中午的时候，他居然说要给老婆送饭，家里人拗不过他，就给他准备好了饭菜，结果，路上他一脚踩进阴沟，一头撞到旁边的树上，当场就晕过去，别人还没把他送到医院，路上就死了，他怀里还死抱着饭盒哪。旁边的人说，要不是抱着饭盒，他两只手撑一下，也就撞不到树，唉！

话吧老板叹了口气，脸上的冷漠也淡没了，人都需要有个交流，一个整天躲在柜台后边的人想必也是寂寞的。

有时候想想，这人啊，就是丢不开一个牵绊，自己要把自己绊倒。其实丢开一些不必要的牵绊，不就山重水复了吗？

他哪有牵绊？

怎么不是牵绊？要是丢下饭盒，最多磕破个皮，总不至于丢了性命吧？

我本来想说人家心里面可都是爱呀，可一想话吧老板的话也没错，谁说爱就不能成为一种牵绊？

从话吧里出来，我默默往回走，一个心里充满了爱的男人却遭了爱的羁绊，在男人的心里，饭盒就是爱，丢了饭盒，也就丢掉了对老婆的爱？可饭盒是可以再准备的，而性命，却无法复制。

小县的火车站算不得大，平时中转的人不多，但从此处过往的人很多。车站广场的边角处有几个小商贩，推着板车卖水果，或各种自制的干菜，还有搭了一两张桌子卖馄饨、饺子的。也不见有什么生意，广场显得很冷清，加上天气开始热了，容易犯困，商贩们就窝在各自的摊位后面，有一搭没一搭地吆喝一两声，有的索性趴在板车上迷糊着了。

穿过广场，进到车站售票厅，里面根本没有人，连售票窗口都严严实实地关着。

没道理啊，都下午三点多了，正是上班的时候，怎么可能没人售票呢？我有些纳闷，正想到外面找个人来问一问。

他们是上午八点至十二点，下午是四点到晚上八点才开始卖票，其余的时间，都不上班。这个点，你来早了。背后有人很通懂我的心事，我还没转过身，就解答了我的疑惑。听到这个声音，我迅速转过身来，果然是叶小叶。

还是笑眯眯的模样。我愣怔地看着他，不知道他怎么会在这个地方出现。

叶小叶走近我说，不要用那种眼神看我，我一直在你后面，你是人在魂不在，在你跟前晃了几次都看不到我。

我相信他说的话，一个人心神恍惚的时候，是什么都看不到眼里的。我不明白的是，几天不露面的他怎么一下子又出现了？我还以为他回到了那个属于他的城市。

我以为你回你的地方去了。我说。

你的意思是这里不是我的地方？那你的地方在北京喽？

我是来买票离开这个地方，不想跟叶小叶调侃。看了看手机上的时间，还有二十分钟售票处就该有人了，我把头埋在售票窗口的台子上，不理叶小叶。

　　我去了北京。叶小叶的话叫我大吃一惊，猛然抬起头，望着他，他去北京干什么？

　　我去北京见肖意，我跟她说你果真是我们的好朋友，执意要我们俩在一起。你别说，以前心里只想着不能负了你，对她还真是一点感觉也没有，这次一去，跟她单独处了两天，觉得我和她是很投缘的，她长得也很有女人味对不对？是比你强。我觉得做男人还是找个有女人味的比较好。所以我们很快就达成了共识，成全你对我们的成全。婚期我们还没定，不过你放心，会很快的……

　　我已经忍不住了，就像有人把我扔进了绞肉机，在身体穿过那螺旋纹的沟槽时，我深切地感受到金属的冰冷和坚硬。眼泪再也无法控制，决了堤似的飞奔而出。我无法在意叶小叶是否看到我的泪水，我埋了头，轻声说了一句，祝你们幸福！便从他的身边擦过去，我要尽快离开他，越快越好，越远越好。

　　但我没跑开，叶小叶扯住了我的胳膊，纷飞的泪水毫无掩饰，我仓促地别过脸，不让他看到我的眼泪，这是唯一能维护我自尊的动作。

　　叶小叶从口袋里掏出纸巾，把我的头转过来，小心地替我擦拭脸上的泪水，何苦呢，又不是孩子，都不年轻了，感情哪还能再经得住折腾。由了你，再好的东西也被折腾坏了。

　　我一把扯过纸巾，擦了擦脸，强笑道，我没事，还真替你们高兴，终于要走到一块了，也了了这一段情。

　　叶小叶叹息道，伟悦，我的话你真的不明白么？我是去了北京，

也跟肖意谈过了，她觉得你很傻，感情不是一件可以赠送的物品，谁喜欢就可以送给谁的，如果真的可以，哪里还有我们的现在，十几年前我和她就走到一起了。

那、你们的婚期？

哪有什么婚期？我不过是想测试一下你对我到底有没有心……哈哈！

叶小叶笑起来，这时从侧门的候车厅出来一个穿车站工作服的人，似被叶小叶的笑声惊扰，很冷漠地冲我们这边看了一眼，又冷漠地走过去。

才没有心呢！我倔强地回了一句。

你知不知道上次我离开北京为什么一直没跟你联系？我回去的路上就想通了，我也是一棵树，我这棵树可以在任何一块土地上生根。所以我就忙着处理公司里的事，想把一切都处理好以后再给你一个惊喜。可我又犯了跟当年一样的错误，以为心里有你，你就是我的。

他耸耸鼻子，又笑了，低头在我耳边说，还好这次还有的补救，我从南边一回来就去你们家，你爸妈很中意我呢。

我白了他一眼，我不中意！

没关系，大不了我再花点时间慢慢让你中意！在南边我还有一些事务要处理，再等我三个月，我们在北京见。

8

又回到了北京。就像重见一个许久不见的熟人，我对北京有一种从未有过的亲切感，曾经，我对这个城市是惧怕的，怕它的繁花似锦，也怕它的深不可测。从没想过感觉上会对北京有如此贴近，我以为自己无论什么时候都不会适应和喜欢这个地方，却不知不觉中对这座城市早已有了归属感。

看来，人真的是会变，变得莫名其妙，却又顺理成章。

一上班，日子又恢复了以前的样子，编稿、写稿、上网，如同一本笔记本，每一页都是固定的格式和形式、线条和颜色，唯一不同的，是你尽可能填写不一样的内容。

一个人过的日子着实无聊，每天到下班，我就发愁晚上该干些什么，以前有个家，家里有吴天，我的时间很少用在外面，现在没有家，也没有了吴天，勤勉地加班似乎又是一件很不得人心的事。我不是个善与人交往的人，在外面认识的人，实在是不多，和杂志社的同事，除了小摆，再没有能说得来的人，大家彼此都防着，人心隔得远了，搭多少个梯子都够不着。这空白的时间，就真的成了空白。

想到小摆，忽然想起自己也有好长时间没与她联系了，离开《驿站》的时候，小摆还给我抱不平，说这老天都瞎了眼哪，净叫勤恳工作的好人不得好报，眼看着《驿站》在我手里办得越来越有读者缘，怎么一封不着名堂的信就把我的努力全盘否定了呢？我一边收拾自己的东西，还一边忙着安慰她，说没关系，反正去哪儿都是编稿子，只要能混口饭吃，不让我卷着铺盖滚到大街上，我就知足了。

小摆恨铁不成钢的样子说，悦姐啊，你怎么就这么认了呢？这肯定是咱们社里人干的，你得查查是谁才对。

我说查出来又怎样？人这一辈子，很多事是碰的，碰上就碰上了，我闪身躲过了就是幸运，要去硬碰硬，大家都碰个头破血流，有什么好处呢？

　　小摆听了半天都没有出声，愣愣地看着我把桌上和抽屉里的东西收进箱子，直到我离开，她也没有跟我再说一句话。

　　我打小摆的手机，却已停机。手机就是这样，隔段时间不联系，不定什么时候，一个人就从眼前失踪了。我只好打《驿站》编辑部的电话，从离开到现在，我没打过编辑部的电话，因为肖意不屑于听到我的声音。电话响了好几声才听到那边有人拿起电话"喂"了一声，我听清正是肖意的声音。

　　迟疑了一下，我还是说，你好肖意，我是陈伟悦，我找摆晃，她手机停了机，只好打编辑部的电话。怕肖意有误会，不能不把话说得相当明白。

　　那边停顿了一会儿，才说，你不知道摆晃离开有一个多月了？

　　我吃了一惊，离开一个多月？为什么？

　　为什么？你去问摆晃自己。我建议你交友谨慎一点，三十多岁的人，别跟个稚童似的，好歹不分，黑白不明。被人卖了还给人数钱呢。说罢，肖意"啪"的挂了电话。

　　我很生气，什么叫"好歹不分，黑白不明"？我把你肖意当成我生命里最可信赖的朋友，可结果呢，你莫名地把我踹出你的生活轨道，让我一个人在外面晾着晒着凄惶着，却把我在杂志社唯一可说得到一块的同事说得一钱不值，你有什么权力这样？我愤愤地看着电话，好像电话就是肖意，我内心的所有声音它都可以听得到或者说感触得到，并且能跳起来跟我辩驳。

　　办公室总是在适当的时候一片静寂，所有的人都在各自忙着自己的事，没有人会关注我的情绪，正如我很少去关注别人的情绪一样。

　　静下心来，我又忍不住想肖意的话，我和她之间的恩怨只在我们俩之间，一直未曾波及别人（尹可凡和叶小叶除外），她不是没有一点是非的人，如果不是事出有因，又怎会胡乱作为？也许，她的话是有所指？

想到肖意，我又十分没出息地想要见她。几个月未曾见，也没有她太多的消息，不知道她过得好不好？

我相信世上真的有心有灵犀这一说，想着肖意，晚上她却主动给我打电话过来，一声"伟悦，我是肖意"，我一下子鼻子酸涩起来，声音哽咽地喊了一声"肖意"，竟觉受了天大的委屈，眼泪落得稀里哗啦。怕肖意反感，又赶紧把眼泪擦了，问她怎么想起给我打电话，我说我想你知不知道？我几天前才从老家回来，有好多话要跟你说呢！我说我去看了小学时的班主任，班主任很老了，眼睛不好，都认不出我了，把我的名字喊成别人的；又说在街上碰见初一时跟你吵过架的陈琳，她现在变胖了，生了一对双胞胎，小姐妹长得很漂亮，像以前的陈琳……跟祥林嫂似的，絮絮叨叨地说。肖意也不插话，少有耐心地听我絮叨着。我忽然反应过来，肖意是不是有事要跟我说，忙停住话，问她是不是有事。

肖意沉默了一下，说没什么事，就是想给你打个电话。

我疑惑，就这么简单？

她说你还要有多复杂？

我笑了，这就是肖意，没有任何理由，生生地从我的生活里撤出去，又不着一点痕迹地闪现出来。

我本想说发生在我和叶小叶之间的事，话在嘴边又硬让我吞咽了回去，叶小叶到过北京，我们之间的事她还不是一清二楚？想来，她可能为此才想起给我电话吧。这一想，我心情又沉重下去，好像不是

专门为我而打的电话就是对我不敬似的。

回去和叶小叶谈得怎样？肖意问得极其随意。她果然是奔着叶小叶来的。

我们……

迟疑着，想要不要跟她说我和叶小叶之间的事，正如那个话吧老板所说，人要是放下心中的羁绊，其实很多事是可以跨越过去的。当我把肖意从我和叶小叶中间剔除出去，我果然浑身轻松，对叶小叶的感觉就像压抑了许久的春笋，一下子从心里蹿出来，而且成长的速度连我自己都有些吃惊。爸爸妈妈一看我又不打算走了，叶小叶也整天待在我家和我一起跟他们买菜做饭聊天，高兴得嘴都合不拢。像对待一件失而复得的宝物，都不知该怎样疼叶小叶了。

把这一切都告诉肖意，可以想见，她心里会有着怎样的酸痛，眼睁睁看着被自己珍爱的人属于了别人,而且这人偏是自己最好的朋友，换了我，还不是一样锥心刺骨地痛？

我决定不跟她说这些事，好不容易她主动给我打来电话，我怎么能叫这根细丝一样的线倏忽间因为叶小叶的介入又断掉呢。

肖意，你知道小摆去了哪里吗？我只能转移话题。

你还提她干什么？走了就走了呗，去了哪儿，我怎么知道，而且我也不想知道这种人的下场。

她没什么不好啊，只不过有点孩子气罢了。不同的人相处不可避免会有一些摩擦,可一点小摩擦也必要把人之间的关系弄得如此紧张，我和她从小不就一直在矛盾和摩擦中成长吗？我不愿意肖意用这样的态度对小摆，何况小摆还是我在社里唯一可以深谈的一个女孩。

肖意"嗤"了一声，她有孩子气？你眼神可真好，还是用脑子想想吧，我看她才最阴险才对。

我沉默了，话不投机，再说下去我们俩肯定又有得一吵，但今天是她这段时间第一次主动给我打来电话，我不想有什么事弄得我俩都不愉快。

再没有话可说了，好像到处都是雷区，碰触不得。我心情有些郁闷，曾经我们俩什么话不说呀，连彼此最最隐私的都毫无保留，如今却变得如此小心翼翼。

电话两端都不说话，这是一段漫长的距离。最后，还是肖意说她困了，我们都迫不及待地挂了电话。

9

这几天社里的气氛很不好，大家说话做事都比平时更小心，远远见着社领导都赶紧绕着道走，实在绕不过去，就折回身，待回到原地方，等社领导过去后再现身。老周见着我也面无表情，视若无睹。怪不得大家紧张，像所有的社科类杂志一样，我们两个杂志本来办得四平八稳，风平浪静，而且因为拥有一定的读者群，发行渠道也在不断地拓展，再加上广告客户的认可，杂志的发展状况还是不错的，虽不如一些新闻时事类杂志那样迅猛和有影响力，但要滋滋润润地养着我们这一帮人，还是绰绰有余。但是，天有不测风云，因为杂志的刊号是外省一家出版社的，在北京出版属不合法。就好像树上有一只虫子，这只虫子的存在并不危害树的生长，没有人注意的时候，这虫子便可以一直逍遥地在树上生存和生活。但某一天，忽然来了个有心人，虫子被发现了，而且很快把虫子揪出来，碾死，扔掉。树就干净了。

《生活》就是那只虫子，躲在树叶的缝隙里生存了很久，而且在逐渐地膘肥体壮。

有一段时间，杂志社的几部电话会相继接到一些调查电话，无非是追问一些杂志的细节问题，起初还没人在意，据实回答吧，大家都不知道有关刊号的一些政策，杂志办了这么久，都有根有叶的，谁吃饱了撑的去操心这些问题？何况这本不该我们操心的事。

看到国家相关部门在网上公布的非法办刊名单，《生活》和《驿站》赫然在目，杂志社才开始有了骚动，对未知的前途的担忧，不少人已经开始准备后路，偷偷地在网上发简历了。不知从哪儿传来的消息，据说我们的杂志本来并没有人注意到，林子那么大，林林总总的期刊那么多，谁会注意一个走得四平八稳的杂志呢。但不知什么人，对《生活》倒是了解得蛮全，一封举报信寄给了相关部门，相关部门再经过调查，情况属实，《生活》上黑榜自然在所难免，《驿站》是《生活》的子刊，母有事，子焉能幸免？

有人去猜测究竟是谁写的举报信，但猜测也没用，都说同行是冤家，就算是同行写的信，谁知道是哪家同行？写信人脸上也不贴标签。

惴惴了几天，社里并没什么动静，编好的稿子送上去照样有人签字，正是月中发薪水的时候，薪水拿得一分不少，连稿费都如数算出。编辑部有人说这是黑暗前的光明，恐怕只等夕阳一落，这世界就一片黑暗了。

肖意也不例外地听到了风声，她打电话问我杂志停办是不是真的？我们要不要也尽早做准备，另找退路？可别到时手忙脚乱的。

我说有什么手忙脚乱的？不就另找一份工作嘛，晚一点早一点有什么区别？大不了再给自己一个机会休整一下。

跟肖意说得好像挺淡然，其实我心里是很慌乱的，这是我到北京的第一份工作，一干就是几年，干得也极为顺手，说实话，要我决然地撇开它，心里还真是不舍呢，可大家都在悄悄准备，做好随时失业的姿态，我要能淡定得下来才怪。

你别这么死心眼。肖意说，三十多岁了，可没什么身价，如今找工作不是件容易事，你看满世界都是博士、硕士，我这个大本都落后，别说你。

我明白她的意思，她要说的话是别说我这个连正儿八经大学门都没进过的人。

我心里像被针一刺，也就是条件反射般紧缩了一下，而后便没什么感觉。我笑起来，之前我若还有一分等候的心思，那么现在叫肖意这一刺激，等候索性生了根，扎在了心里，让别人都去找好工作吧，这世上总会有被人剩下的，剩下的也一样可以果我腹，御我寒。

该来总要来，出完当月杂志，总编和老周等几位社领导终于给我们各自谈了话，树倒猢狲散，聚完杂志社最后一顿餐，大家就各自飞了。飞离时，没有谁和谁的告别，好像是聚在一起看一场演出，演出结束，演得好与坏都搁到心里头，彼此却不做交流。对我的那声"再见"和"保重"，没有一个人回应，每个人的脸上挂了冰，迫不及待地要离开寻找光明的地方去融冰。

我觉得悲哀，人和人的关系怎么会淡化到如同气体，在彼此的心里不着一点痕迹？就算社会到处都有尔虞我诈，可谁的心里没有一块真情之地？！

我把感觉告诉肖意，她竟傻了似的看了我半天，我推了她一下，干吗，我脸上没长花，经不得你这样欣赏。

　　肖意长吸了一口气，我以为你成熟了，想不到你还这么幼稚。真情，谁的心里存着真情？真情给谁？给你？你又是谁的谁，凭什么？告诉你陈伟悦，你所谓的真情在这个世界上是没有的。经历了这么多，你不能不明白！你以为摆晃孩子气，可这个人为了赶走你，写了匿名信诬告你，这就是你要的真情！

　　我浑身一阵凉透，是摆晃告的我？

　　你以为？

　　那她的离开……

　　我不能容忍别人把你揉来搓去，你又不是块泥巴，凭什么让那些猪呀狗呀来捏你？我敲打了她几次，找了她几回茬，是她自己待不住要走的，跟我无关。

　　我呆立无言，一个喜欢和我在一起说话，叫我"悦姐"的女孩，一个看到我受了委屈会心疼我的女孩,她站在我的背后貌似我的后盾，手里却是拿着棒，是为了瞅着空子狠狠地击中我。而我面前的这个人，看不得别人搓揉我，可她不也一样为了一个莫名的男人便置我于不顾么，那么决绝地断裂了我们的关系，二十年的关系不也如玻璃般脆弱？其实，我于她又何尝不是猪呀狗呀之流。真情，真情给谁？我又是谁的谁，凭什么？我心酸地笑起来。

　　你认为，我们之间的感情有几斤几两？无意识地冒出这句话，我一下子清醒过来，这样的话对刚刚复合的我们而言无异于风霜雪雨。

　　肖意脸"唰"的没了颜色，她瞪大眼睛瞅着我，瞅一个陌生人一样。我不敢接她的眼神，埋下头，鼻子却浸了醋，怎么抽那酸味都抽不净。

10

一个月后。

肖意去了一家公司干她的财会老本行，我依旧去了一家杂志社做我的编辑。社址很远，在大兴，离我住的地方连坐公交车带搭地铁，来回得要三四个小时。为了方便，我索性退了这边的房，在杂志社附近租了一间房。收拾这边的东西时，找出了尹可凡的名片，如果不是因为肖意，这个男人其实给我的印象还真不错，气质好，有风度，为人又平和稳重。不过我明白这只是表象，就像他说的那句话"爱一个人就不要让她的心在外面流浪"，可是他自己的心却在外面飘荡，爱，不过是他手里的一块抹布。我把名片上的尹可凡扔进垃圾桶，这种男人也是一种垃圾，但肖意需要这样的垃圾，就像一块地需要纯天然的肥料。

往大兴搬家的那天，因为手机装到了包里，我一直忘了开机。把所有的东西在新家落好脚以后，才打开手机。手机里存了好几条短信，第一条就是叶小叶的，他居然电话都没打就到了北京，就在我原来住的地方。下面几条除了一条是个熟人发的笑话外，还是叶小叶的，短信一条比一条惊心：他找不着我，就给肖意打电话，肖意也不知道我搬家，要他等着她，她打的来的路上，把司机催得急了，车速跟飞一样，结果飞出车行道，撞到了人行道旁边的电线杆子上，司机倒是没大碍，肖意却撞到前挡风玻璃上，然后又被摔了出去，现在还在昏迷中。

我一下子跌坐在地上，大脑混沌一片。

赶到电话中叶小叶所说的医院，天已经完全黑了。肖意还没有从手术室出来，长长的走廊，叶小叶孤零零地坐在那里，愣怔地盯着对面的手术室。手术室的灯光温和而安静地透射出来。见到我，叶小叶没有一点反应。直到我站到了他的跟前，才从恍惚中清醒过来，好像迷路的孩子终于见到自己的亲人，顿时眼泪喷涌而出。一个大男人的脆弱。我心疼地擦去他脸上的泪水，却管不住自己的眼泪，想说什么，又什么都说不出来。

叶小叶抓住我的手，握在他的手心里，我感觉得到他的手在颤抖。

别担心，肖意没事的。我狠狠地拽紧他的手。

叶小叶牵强地拉扯着他的嘴角，都怪我，我要是不来北京就好了，来北京是看你的，我不应该给她打电话，明知道她会这样赶过来……伟悦，是我不好。

我控制不住泪水，第一次见到叶小叶这样的悲伤和无助，又无法去安慰他，手术室里，肖意的命运又难以预测，我不知道，命运为什么要跟我们这三个好朋友较这么大的劲。

外面的黑暗浅了，街灯把夜咖啡一样冲淡，医院的病人寥落了，走廊有一盏灯明明灭灭，使幽静的廊道越发显得不定，偶有一两个医生或是护士手里拿着单子从走廊的一头走来，从另一头消失，对于走廊座椅上的我们，他们熟视无睹，生命的起落，于他们太过平常，就像我们看到太阳每天的升，每天的落，而不会再有情感的波动。

等待无比漫长，其实我只不过等了十几分钟，却感觉种过麦，割过稻，四季已历经轮回。我能体会到旁边叶小叶的感受，大半个下午他独自的等候一定是世纪的轮回，此刻他虚弱地依靠在座椅上，目光无力地凝望着手术室的门。除了虚弱，我已看不出他脸上任何的表情。

终于等到手术室的门开，肖意被推了出来，她的脸完好无损，却苍白得如同一张纸，头被绷带缠裹得严实，几根细长的输液管像血脉一样连通着她的身体。叶小叶已经站不起来了，他撑起身子，目光像风雨中细弱的烛光，摇摇晃晃地闪到推车上的肖意跟前。我过去要搀他一把，他却摇头。一旁的护士说了句，放心，她没什么大碍，就是几块玻璃渣子，都拿出来了。但她大脑受了伤，里面的瘀血已经清除干净，再观察两天如果没有什么异常，她就没事了。

叶小叶扯了扯嘴角，冲说话的护士点了点头，跌回座椅。

护士把肖意推走，前面那个说话的护士轻笑几声，悄声对另一个护士说道，瞧这做丈夫的，看上去比病人还虚弱。另一个护士也笑道，紧张的呗。

叶小叶一定听清了她们的话，他用歉意的目光望着我，我明白他的意思，什么话也没说，只紧紧地握住他的手。

11

肖意的身体素质一直很好，所以恢复得也比较好，只在医院住了一个多礼拜，医生就说她可以出院了。肖意像换了个人似的，高兴得直咧嘴傻乐。

好像不对劲儿，难道肖意……我心里紧了一下，看到肖意两眼直直地盯着叶小叶，我坐在她面前就跟一个摆设似的，她眼角的余光都把我排除在外。

叶小叶看了看我，我别过脸，起身走到窗前，望着外面，窗外是块小草坪，草坪边缘开满了各色月季，烂漫得像一群孩子的脸。六月

的太阳是水龙头，将阳光肆无忌惮地倾泻下来，晒得那些绿莹莹的草吸足了油似的，油汪汪地泛着亮光。草坪的外围是一条镶着卵石的小径，一个母亲带着孩子在卵石道上嬉戏，孩子有四五岁吧，玩着玩着就跑到月季花跟前，揽着几朵花放在鼻子下嗅着，作出一副为花香陶醉的模样，惹得母亲大笑不已。多么快乐而有生机的世界！可是这充足的阳光却照不进我的心里，那里一片黑暗。

肖意好像什么都不记得，有关北京，有关北京的其他人和事，她的记忆库里，只剩下我和叶小叶。这两年多来发生的所有事情，她恍然不知，还觉得我和叶小叶挺奇怪，怎么净说些她不知道的人和事？

就算医生不解释，我们也知道肖意失忆了。大脑经过剧烈的撞击，丧失部分或全部的记忆而身体却安然无恙，对肖意和我们来说，已经是万幸了。

医生说，有些失忆是暂时性的，只要在以后的时间里向病人讲述以往的事，让病人慢慢回忆，也许在以后的日子失去的记忆还可以再回来。当然，如果病人不愿意过去一些事物存在的话，也有可能刻意要忘掉那段记忆，那就不好说了。

肖意重又变成了以前的肖意，在叶小叶面前，她温顺柔弱，一点也没有在我面前时那曾有过的强悍，她的眼神对着叶小叶时，是妩媚娇羞，像恋爱中的小姑娘似的，时不时地，还冲着叶小叶撒娇，我想她一定是连自己的年龄都忘掉了。看到我，她则又恢复了我认识的肖意，既蛮又刁，动不动就训斥我，做事毛糙，说话不温柔啦，有时候是叶小叶跟我说些什么话，我没反应，她接话就说，瞧你，心思都去哪了，用点心思好不好。我只能对她笑，笑得有点傻，却不敢像从前一样跟她唇枪舌剑，怕心里泛的酸会溢出来。

每次叶小叶都很心疼地看我，即使坐到肖意跟前，也会拿目光寻我，我避到他的背后，不让他看到我，让他专心陪着肖意吧，我不过是肖意肩膀上的手，放上去和取下来都无所谓轻重。而他，才是肖意最最重要的支撑。

　　叶小叶不能不做肖意最最重要的支撑，是他想要给我个惊喜，唐突地来到北京，可给我的惊喜我没有得到，倒连累了肖意，他心里的歉疚不说我也明白。如今肖意的记忆里仅存了我和他，而眼里又只有他，他不尽心陪着还能怎样？总不能在肖意身体还没复原的情况下，叫她心灵遭受打击吧？

　　我只能避开他们，孤零零地在大街上徘徊。还是大街上舒服，满地是不要钱的阳光，白花花地让我踩着，没有人会觉得心疼。从身边过去的汽车是渠里的水，淌得再快，也溢不出来，有秩有序地流向前方。道上开始有打遮阳伞的人，脸上被伞下的阳光照出一片斑斓。我仰头眯着眼看太阳，太阳的光芒像针，根根扎进我的眼里，我的眼睛像个装满水的气球，水从那些扎出来的洞里淌出来，淌得我满脸都是。

　　有人好奇地看着我，我用阳光一样白花花的眼神看着他们，看不清楚他们的脸，但他们一定能看清我的笑。

12

　　我还是翻出了尹可凡的名片，搬家那天，本来把它扔进了垃圾桶，但莫名其妙的一个闪念又把它捡了回来，万一哪天用得着呢。这次还真的用着了。肖意出院前，我想去提前把她的住处打扫一下，一个礼拜虽不算长，屋里总是有灰吧。但我并不知道她的住处在哪里，从一

开始她就不愿让我知道。问肖意，她脸上一片茫然，说我在北京待了很久吗？

我很小心地说，是啊，你在北京有一年多了。

一年多了？我怎么没有印象？肖意皱了眉，很用力地去想。

医生说了，开始时不要刻意让病人去想某件事，免得想多了，引起病人情绪太大的波动，从而引发神经性头痛。

叶小叶赶紧示意我先别说了，我于是"哈哈"干笑了两声，说上当了吧，以前老是你欺负我，现在趁着你病了，也欺负欺负你。

肖意瞪了我一眼，你就不如叶小叶对我好，他还专门来看我。

我"啊哈"了一声，笑卡在喉咙里出不来，变成干咳。

叶小叶不敢说话，或者他不愿意说话。

我只好回去翻尹可凡的名片。

给尹可凡打了三次电话，他才接，问我是谁啊？

我没说我是谁，他不会记得我是谁的。我问他认不认识肖意？

尹可凡的声音听上去有点紧张，他问我想要干什么？

我鄙视地一笑，亏我对他还有个好印象，怎么看上去挺气魄的男人，骨子里却是如此不堪一击。我说我是肖意的朋友，她出车祸了。

尹可凡说她出车祸你找我干吗？我只不过跟她认识。

我说尹先生你别紧张，我不是找你的麻烦，她出车祸确实也跟你无关。我只是想问问你知不知道她的住处到底在哪里？

尹可凡说你不是她朋友嘛。

我说我刚来北京，人生地不熟，我只能打她手机里的电话。

尹可凡"哦"了一声，原来这样啊。他的语气明显比刚才轻松了些，她倒是跟我说过住在哪儿……哦，是惠新西里。他装着很认真地去想，然后又很快说出来哪幢楼，哪个单元，几楼几号。

真是欲盖弥彰，对一个仅仅认识的人，谁会把人家住哪楼哪层记得如此分明？

我还是跟他说了声谢谢。

她、怎么样？到我跟他说过再见差点儿就挂机的时候，尹可凡迟疑地问了一句。

我说，身体没大碍，就是记不得回家的路了。

打完电话，我把尹可凡的名片撕成了碎片。

来到肖意的家，这是一套二居室，一看就是租的房，房子没装修过，几堵墙只简单刷了刷，几件家具倒是新的，卧室向阳，临阳台，窗户是落地窗，浅蓝色纺绸的窗帘，使屋子变得很有居家的味道。另一间是客厅，两张面对面的沙发看上去是这屋子的原配，是最简单的那位布面的折叠式沙发，中间一张玻璃茶几。再有几把折叠式椅子。除此，并没有别的物件。客厅的样子像是没有人进来过，东西不多，可怎么看都乱糟糟的，很不受待见。厨房倒干净整洁，符合肖意一贯的脾性。我把桌子柜子都擦了一遍，在替肖意换下落了一层灰的床单时，发现匍匐在床单下面的一张过塑照片，那是肖意和叶小叶上大学那年我们三个人的合影，这是我们唯一的合影。照片上，站在我和叶小叶中间的肖意笑得最为灿烂，我是最颓败的一个，想要扯开脸上的肌肉却无力似的，像苦笑，最平静的是叶小叶，目光向前，目标明确。

我不明白肖意为什么会把照片放在这里，我们都离从前越来越远，那段单纯的青春岁月再也不可能回到现在，那么，她怀念的就不仅仅是我们的从前。我把照片找了个地方支起来，我也喜欢这样面对遥远的过去，面对过去的忧郁和温暖。

我刚把客厅简单收拾了一下，肖意和叶小叶就进门了。一进到整洁光亮的卧室，肖意惊讶地叫起来，她说伟悦，你住在这里啊，你家有个阳台可真好，我就喜欢向阳的阳台……还有，这照片……

肖意疑惑地看着我。

我笑着说，你怎么忘了，这是你们上大学前照的，那时的我们多年轻啊，哪像现在，你闻闻，都有霉味了。

我的鼻子有点酸，谁也敌不住岁月的蚀刻，仿佛还在瞬间，当年的葱绿就消失了。

肖意拿上照片到阳台去了，我跟着她出去，阳光下，塑封的照片上，三张年轻的没有界线的脸庞，就是最灰败的我，也灰败得美不胜收。

肖意抚摸着照片，午后的阳光落在她的脸上，使她苍白得有些透明的脸多了一丝红晕，她无语的宁静就像是一幅画，美丽得叫我吃惊，我忽然一下子明白过来，在我们三个人中，岁月其实只对我残酷了点，在他们身上，葱绿不过变成浓绿，更有味道，更耐品味。

伟悦你知道吗，不管有多少人追我，其实这辈子我最想的就是做叶小叶的新娘！

肖意看着照片，微笑着，她的笑容就像阳光一样干净和恬静。

我点点头，嘴角挂了笑。仰了头，阳光又刺进我的眼球，但没有刺穿什么。我向里屋望了一眼，里屋是模糊的黑暗，没看到叶小叶的身影。

13

秋日的阳光下，叶子依旧绿得透亮。

从肖意的住处到大兴，倒了三趟车，我居然一点也没犯迷糊，东西南北的方向，不管车如何转弯、掉头，我都清楚得很。我自己都奇怪，那么多年，我一直无法辨别北京的方向，那些高楼，那些霓虹，完全阻断了我的判断，怎么现在一下子就对方向有了感觉？

　　下车后，我给叶小叶发了一条短信，照顾好肖意！

　　我把电话卡从手机里抠出来，扔进垃圾箱，到书报亭重新买了一张卡，按进手机。

　　这个新的手机号，不会有认识我的人知道了。

　　秋天，也有明媚的阳光和透亮的绿叶。生活，阴了还会再开始晴。

图书在版编目（ＣＩＰ）数据

烟火男女 / 晓秋著. -- 北京 ：中国文史出版社，
2018.11
（实力榜·中国当代作家长篇小说文库）
ISBN 978-7-5205-0773-8

Ⅰ．①烟… Ⅱ．①晓… Ⅲ．①言情小说－中国－当代
Ⅳ．①I247.5

中国版本图书馆 CIP 数据核字(2018)第 258005 号

责任编辑：全秋生
封面设计：杨飞羊

出版发行：中国文史出版社
地　　址：北京市海淀区西八里庄路 69 号　　邮编：100142
电　　话：010－81136602　　81136603　　81136606 （发行部）
传　　真：010－81136655
经　　销：全国新华书店
印　　装：北京温林源印刷有限公司
经　　销：全国新华书店
开　　本：787×1092　　1/16
印　　张：15.25　　字数：240 千字
版　　次：2019 年 1 月北京第 1 版
印　　次：2019 年 1 月第 1 次印刷
定　　价：49.80 元